完结篇

娜可露露 著

NIWOZHIMING

下

U0526774

中国致公出版社·北京 知音动漫

目录 CONTENTS

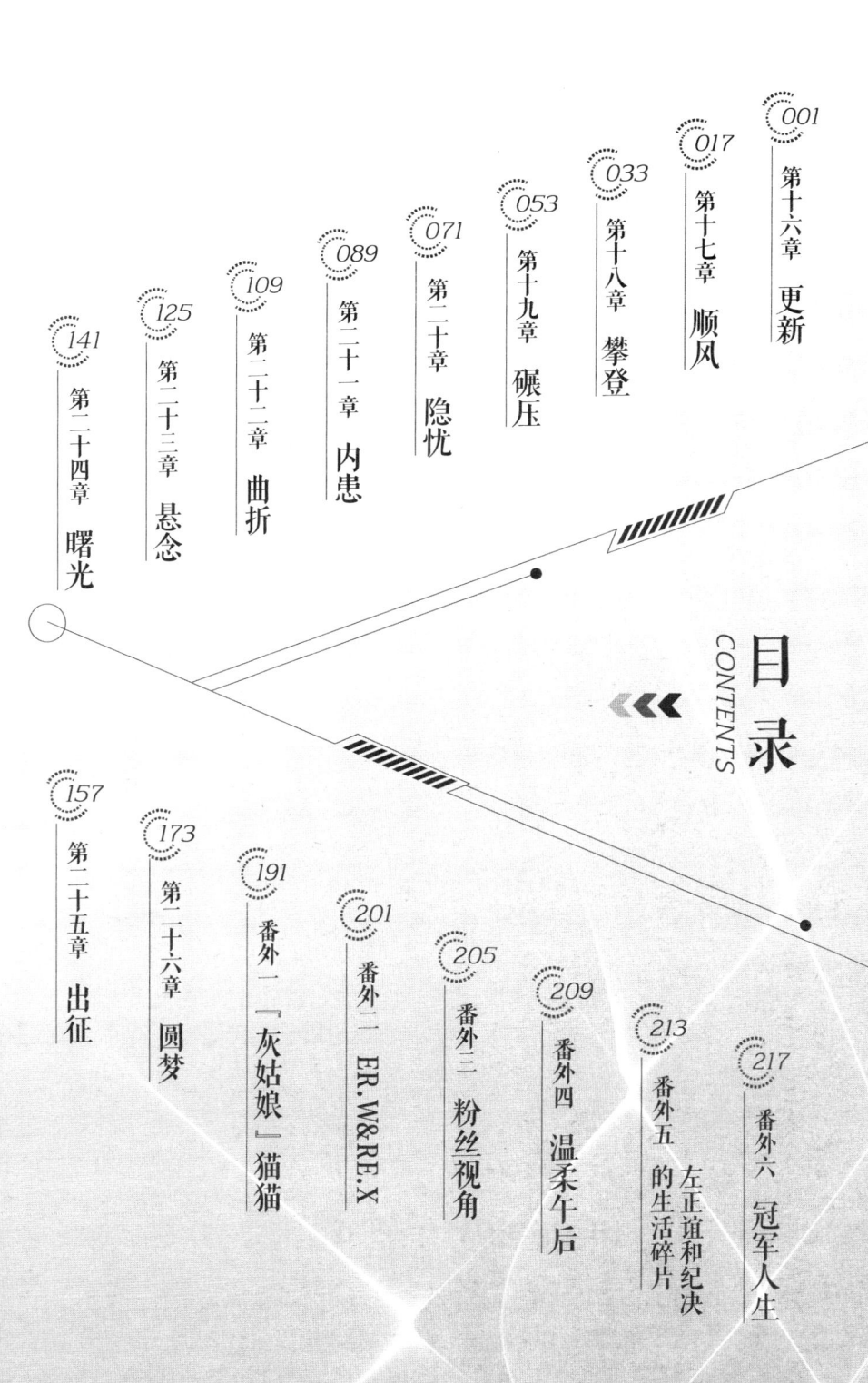

- 001 第十六章 更新
- 017 第十七章 顺风
- 033 第十八章 攀登
- 053 第十九章 碾压
- 071 第二十章 隐忧
- 089 第二十一章 内患
- 109 第二十二章 曲折
- 125 第二十三章 悬念
- 141 第二十四章 曙光
- 157 第二十五章 出征
- 173 第二十六章 圆梦
- 191 番外一 『灰姑娘』猫猫
- 201 番外二 ER.W&RE.X
- 205 番外三 粉丝视角
- 209 番外四 温柔午后
- 213 番外五 左正谊和纪决的生活碎片
- 217 番外六 冠军人生

第十六章 更新

"莫愁前路无知己,天下谁人不识君。"

2月13日这天,左正谊和纪决收拾行李离开酒店,去 SP 基地签约并报到。

转会这件事,一回生二回熟。左正谊当初刚搬到蝎子基地的时候,心情极其复杂,物非人也非,只有纪决能稍做慰藉。这回往 SP 的基地里搬,他一点多余的情绪都没有,坐在车上嚼口香糖,甚至哼着歌,在微信群里聊天吹水。

群名叫"正常人才不秀呢",群里就四个人:左正谊、纪决、程肃年、封灿。

群是封灿建的,一开始叫"能群聊就别私聊",现群名是左正谊改的。

End:"我们快到了,有人出来迎接吗?"

封灿:"到哪儿了?"

End:"还有五分钟。"

左正谊之所以拖到假期的末尾才来 SP 办手续,是因为严格来说,他跟蝎子的合同这个月 12 号才到期。在此之前,蝎子并未因为他在合约期内而约束他的行为,或者要求他参加商务活动,保留了最后一丝体面,和他勉强算得上是和平分手了。

虽然舆论并不和平。

出租车停在最后一个红绿灯前，左正谊懒洋洋地靠在靠背上，手指慢悠悠地打字。

End："听说你们基地有六层楼？"

封灿："听说？"

封灿："我们当了好几年邻居，你不会没见过SP的大楼吧？"

End："是啊，本人两耳不闻窗外事，天天关在训练室里训练：)。"

封灿："……"

End："我还听说，你们的辅助和AD住一个房间？"

封灿："什么呀，那都是程肃年在役时候的事了，现在不是。"

End："懂了，现在AD和教练住一个房间。"

封灿："：)"

纪决最喜欢用的经典表情"：)"像病毒般流传开来，最近封灿和程肃年也开始发了。可能是因为"物似主人形"，纪决发这个表情的时候，不管是在什么语境下，左正谊都觉得他阴险狡诈。但封灿发的时候就没有这个感觉，反而有点喜感。

就像现在，左正谊能透过手机屏幕感受到封灿的那股得意劲儿，拼命掩饰都掩饰不住。封灿等着他问，但他偏不问。

刚好过了红绿灯，司机一脚油门冲向了不远处的电竞园区，停了车。左正谊和纪决从后备箱里拿出行李，一人拖一箱，走进大门。

此时正是二月中旬，天已经不那么冷了。园区内早就复工了，路上偶有工作人员经过。左正谊和纪决往SP基地方向走的时候，忍不住问："封灿为什么天天嘚瑟他和程肃年关系好啊？我也没见你像他那样天天说啊。"

"……"纪决顿了顿。他今天穿了一件深色风衣，系了一条同色格子挡风围脖，衬得气质沉稳，甚至有几分斯文，一点也看不出私下里的闷骚模样。

他最会装腔作势，当即拉踩封灿吹捧自己："其实我也很想说，但我不像他那么心智不成熟，说得多了影响不好。"

"哦。"左正谊斜眼看他,"那上回的微信头像是怎么回事?"

"……"

他们边走边打闹,一抬头,远远地望见 SP 大楼门口站着一个人,正是出来接他们的封灿。

左正谊有点惊讶,刚才他在群里喊人来迎接他是开玩笑的,没想到封灿竟然当真了,这位"毒瘤 AD"比他印象中实诚不少,看起来挺好相处的。仿佛猜出他心中所想,纪决道:"SP 的人都很好相处。"本来是一句夸奖,纪决偏要再接一句损话,"因为平均智商不高。"

左正谊:"……"

不搞内斗是 SP 的一大优点,左正谊心中甚慰,快步走到门口,跟封灿打了声招呼。

封灿还挺正经,可能是带着任务下来的,顶替了领队的活,一开口就安排流程:"程肃年和法务在五楼等你,先去把合同签了吧,然后我和 Righting 带你去六楼放行李。"左正谊没有异议,跟着他们进大门,上电梯,来到五楼会议室。

SP 俱乐部的基地大楼里住了好几个游戏的分部,EOH 分部独占五、六两层楼。五楼是训练区和办公区,六楼是生活区。食堂在一楼,供所有游戏分部使用。

这就是未来几年,左正谊生活的地方。"几年",暂时没有明确数字,他跟 SP 签的合同十分特殊。

话要说回到年前,他和程肃年的两次谈话。第一次是在饭店的露台上,程肃年说动他加入 SP,冲击三冠王,在开出条件之后,让他签"2+1"的合同,即两年期满即可转会,不转就自动续约一年。

左正谊没同意,又思考了几天。

第二次是五天后,他们在电话里长谈了一个小时。左正谊不想把自己和俱乐部绑得太死,不得自由。程肃年也担心频繁换人影响战队的稳定性,两人意见不一,但最终各退一步,拟了一份若流传出去会引起相当大争议的合同——合同约定,左正谊和 SP 签约时间为四年半,即从 S13 到 S17 赛季。在 S17 赛季结束之前,左正谊不能转会到 EPL 和国外的任何一家俱乐部里，但他可以选择以非转会的形式离开SP，同时也必须离开EPL。

"非转会形式"包括但不限于：退役或以自由人的身份进入国内次等级联赛等。合同内的条款写得相当详细，包含了多种特殊情况。简而言之，在这四年半里，只要左正谊想以普通选手的身份在顶级联赛里好好打比赛，就只能留在SP，不能转会。但如果他想退役，或者建俱乐部，在次等级联赛里从头干起，程肃年也不拦着。

这份合同看似苛刻，实则给了双方极大的空间。

程肃年是个很大胆的管理者，这种条款亏他想得出来。他和左正谊一个敢想，一个敢签，最终双方都挺满意。

左正谊心想，他当然不吃亏，事到如今，他唯一的职业愿望就是建立一个属于自己的俱乐部，想走就走，难道不好吗？程肃年却觉得，左正谊根本不可能在当打之年离开EPL，想法总是简单的，付诸行动却很难。所以，这就是一份长期合同，变相的卖身契，左正谊被他套路了。

既然双方都觉得满意，这也可以称之为一种特殊的"双赢"。

会议室里，左正谊和程肃年相对而坐。会议桌上的合同一式两份，左正谊翻阅几遍，拿起笔，毫不犹豫地写下了自己的名字。

"欢迎加入SP，"程肃年微笑着向他伸出手，"世界第一中单，End。"

按照EPL联盟规定，选手和俱乐部签约完成后，必须由俱乐部出面向联盟官方上报审核登记信息，走完这套程序之后才能对外官宣。

左正谊原以为，他加入SP的事已经尽人皆知，该有的争议早就扯过一遍了，该吵的架也都吵完了，各方粉丝充其量只能讨论几句阵容的适配性，或者八卦一下SP队内是否会闹矛盾，这些都是老生常谈。总之官宣时不会再起什么风波。

但没想到，事情的发展和他预想中的不一样。

他是在2月13日上午签约的，当天傍晚，SP官方在各大平台上发出了官宣公告。在此之前，左正谊在新基地吃了第一顿午餐，下午收拾行李，整理房间，顺便和领队等工作人员进一步熟悉，互相加了微信。

第十六章

在纪决的争取下,他被领队安排到了纪决的房间住。纪决的房间陈设和在蝎子时差不多,很简洁,除必需用品之外,基本没摆放什么装饰性的东西。

SP的领队叫钟蓉,纪决叫她"蓉姐"。蓉姐简单地交代了几句注意事项,比如基地一般几点熄灯,几点起床,晚上会收手机之类的。最后她友好地笑了笑,寒暄了两句,留下一句"有事找我"就走了。

纪决关上门,第一时间给左正谊拍了张照片。他的天赋可能都在摄影上了,拿着手机对着左正谊的脸连拍数张。左正谊骂他乱拍,但一看照片,竟然拍得挺好看。

"你真行。"左正谊一把抢过手机,顺手翻了翻相册。

这一整个假期,纪·天才摄影师·决没少拍照,左正谊的正面、侧面和背影照应有尽有,搞笑照片也有不少,比如左正谊喝奶茶洒了一身,被纪决捕捉到了狼狈又气急败坏的一瞬间。

左正谊像首长阅兵似的,在相册里逐张检阅,想删掉几张他觉得不好看的照片,但删除键没按下去,就被纪决拦住了。纪决对"删除"这件事有严重的PTSD(创伤后应激障碍),默不作声地望着左正谊。

"别删。"

"我又没想都删掉……"

左正谊嘟囔了一句,换了个话题,指挥纪决:"你去帮我收拾行李,快去,快去。"

其实收拾起来是很快的,左正谊的行李很少,衣服,一些杂物和外设,洗漱用品等,至于枕头和被子,都是领队提供的。

他们收拾完,在房间里待了一会儿,纪决带左正谊出门熟悉新环境。

SP的六楼很像酒店,一条宽阔走廊,两侧都是带独立卫浴的大"客房"。他们隔壁住的是辅助小赵,小赵的隔壁是封灿和程肃年。这两个人早就在外面买了房,房子离电竞园不远,他们有时会回家去住,但赛程紧张的时候还是会住在基地里,方便。五楼是训练区,一队和二队每队一间训练室,都很大,透过双开的玻璃大门,能看见训练室内摆成两排的电脑桌,挂在墙上的巨幅游戏地图,和战术指挥板。

除训练室之外,五楼还有一间奖杯陈列室。左正谊路过时隔着玻璃窗看了一眼，金色、银色各式奖杯高高低低地摆了几排，他心想，这里迟早会留下他的痕迹。

其实，如果不能始终待在同一家俱乐部，那么走到哪里都能留下属于自己的奖杯，也是一种辉煌。这样的传奇生涯，又有几人能拥有？

左正谊有片刻的走神。

纪决推开训练室的大门，把左正谊领到他的位子上，帮他插好键盘，调试电脑。

训练室里有人，封灿和小赵都在。程肃年也在，他自从当了教练，就不坐原来的位子了，在选手的两排电脑桌对面另设了一张单独的桌子，像个监工，时不时就会坐下来监督他们训练。此时他正对着电脑屏幕出神，似乎在处理工作，见两人进来，抬头说了句："End，运营说官宣微博会在今晚七点发，你记得转发一下。"

左正谊应了声"好"。

官宣文案他都猜得到，无非是"欢迎XX选手加入我们俱乐部，担任XX位置，今后一起为夺得冠军而拼搏"之类的话，这是几乎所有俱乐部通用的模板。

正如左正谊预料的那样，SP的官博就是按照模板发的，十分正式。

评论区里也十分和谐。

其实SP的队粉很挑剔，并不好惹，但再怎么挑也挑不到左正谊的头上来，他是世界冠军FMVP中单，过往的荣耀有目共睹。由于新上单李修明退役了，SP在冬窗买了一个名不见经传的小新人。此时他还没来报到，正式训练并未开始，全队处于自由活动状态，晚上左正谊在训练室里适应了一下新电脑和新键盘，就回房间休息了。

风波是在后半夜发酵起来的，当时左正谊和纪决都已经睡了。

起初是有人在论坛上发帖，以左正谊的网传年薪为引子，给SP算了笔账。这位楼主说："改皇拿高薪大家都知道，太子以冠军打野的身份加入SP，想必也是两千万打底。现在End哥哥也来了，他的年薪只会更高不会低。SP在选手薪资这块的支出超标了吧？搞不好已经超过联盟工资帽了。"

第十六章

一石激起千层浪，SP被质疑违规。所谓工资帽，指的是EPL联盟对战队花在选手身上的总支出有一个额度限制，规定总支出不能超过战队前一年收入的某个百分比。

这一规定十分严格，有的俱乐部为了躲避联盟审查，会在合同上做手脚。比如职业合同上写明的年薪并非选手的实际年薪，转而在直播合同上另做文章，打擦边球。

左正谊不知道SP是否有违规擦边的行为，程肃年怎么可能跟他聊俱乐部的财务状况？

吃瓜群众真正在乎的也不是SP的财务状况，而是由此衍生出的一系列争议，也就是"黑点"。

最看不惯SP的自然是蝎子的粉丝，这个帖子很快被他们顶成了热帖。一开始大家讨论的是SP是否有违规的可能，后来不知怎么回事，你一言我一语的，话题歪成了"左正谊离开蝎子的真正原因究竟是什么，是钱吗？"。

这个问句带着几分居心叵测，无视左正谊在手伤时期不被蝎子管理层信任的事实，声称是左正谊嫌新合同开价太低，不肯续约，所以蝎子管理层才不得不放弃他，重用Akey。

网友又串联起年前撕过一场的"SP违规挖人"风波，蝎粉说，一定是那个时候SP就给End开出了天价高薪，双方暗通款曲，还装受害者，害蝎子被全电竞圈嘲讽。实际上蝎子才是最无辜的，冠军中单和打野都被挖走了，惨不惨？

蝎子粉丝颠倒黑白的本事堪称一绝。最绝的是，他们不是故意造谣，而是真心实意地认为这才是真相。毕竟，谁会认为自己是坏人呢？坏的一定是对方。

左正谊一觉醒来，发现自己又上热搜了。

SP的官博发了一条己方并未违规的澄清声明，但也没什么用，蝎粉到处带节奏，说他们给左正谊做了份"阴阳合同"。

排除世界赛时期的"对外战争"，国内电竞圈里已经很久没有出现过这么大规模的内战了。蝎子粉丝祭出了一股为左正谊"送行"的气势，仿佛这场是终极之战，把前阵子的"大撕"都衬托成了小打小闹。左正谊的个人粉丝实在太多,再加上SP的队粉,三方混战,蝎粉以一打二,竟然还能打得有来有回。

左正谊感觉十分离谱,想不明白蝎粉为什么这么恨他。他们对他的感情似乎从来都没正常过,要说没喜欢过他是假的,但这种喜欢里带着几分"单相思"的怨恨。蝎粉怪他把忠诚都给了WSND,不会像爱WSND那样爱蝎子,责骂他身在曹营心在汉,不是自己人,是"雇佣兵",迟早会离开。但当他真的离开了蝎子,他们又觉得被背叛了,痛恨他的"无情",仿佛之前的一切怀疑都应验了,左正谊果然没爱过蝎子,所以该骂。

但蝎粉并不愿意承认这一点,把"爱走不走,谁稀罕他"挂在嘴边,仿佛喜欢左正谊会掉价。为了证明自己的"不稀罕",他们就贬低左正谊,反复论证他不如Akey,说得多了,连自己都信了。

左正谊心情复杂,但也没给什么回应,他无话可说。让他比较尴尬的是,2月14日是情人节,也是封灿的生日。按往常的习惯,SP的官博会为选手庆生,发选手生日当天的欢乐照片和视频。结果因为这天官博下全是吵架的,热搜居高不下。庆生微博刚发出去,评论区就被几方粉丝给霸占了,惹得封灿的粉丝也很恼火,官博不得不开精选评论。

封灿说没事,他不在意这个。但左正谊心里很过意不去,怀疑自己的体质不正常,走到哪里就把腥风血雨带到哪里,明明他没做过任何亏心事,也没对不起谁。

左正谊烦躁不已,把自己关在房间里,编辑微博。他想给一个正式的回应,把那些莫名其妙的争议解释清楚,跟蝎子的粉丝做个了断。这条微博还没来得及写完,就有人替他做了澄清。是除去左粉、蝎粉和SP粉之外的第四方:老WSND粉丝。

带头人是"正谊不怕乌云",这位曾经知名的左粉头子,发了一条足足塞满十八张图的微博,里面全部都是老WSND粉丝写给左正谊的信,一面为他的人品做澄清,一面表达对他的支持。

微博最多只能发十八张图,放不下的图片都被她放在了评论里,足足有一百多张"千字长信",加上评论里不计其数的短评,一时之间,那些和主队一起消失在电竞历史里的"WSND粉丝",纷纷涌现了出来。

他们有的妙笔如花,写得字字煽情;有的不善言辞,写得磕磕绊绊,但都表达了同样的态度：老 WSND 人永远把 End 当自己家的小孩，不论左正谊转会去哪里，换多少支战队，他们都会一直支持他，做他的后盾。

左正谊再也不能和 W 队一起夺冠了，这是他们心中永远的遗憾。但，既然不能把时间停留在过去，那么他们希望他前程似锦，走得更远。

"莫愁前路无知己，天下谁人不识君。"

这条微博成了热搜广场上的第一条，并以极快的速度破圈，被转发了好几万次。

左正谊根本没能把那些信都看完，读到一半他就伏在纪决的肩膀上，抬不起头来了。

纪决感觉到自己肩上发烫，叹了口气，安慰他："别伤心好不好？"

左正谊摇了摇头，半天才道："我不伤心，我只是觉得……"

"嗯？"纪决耐心地等他说。

左正谊轻轻呼出一口气，沉重的心情又变得轻松起来，好似有彩色的气泡从他的心脏往外冒，咕嘟咕嘟，升起，炸开。

出乎纪决的意料，他说："我感觉很幸福。我真是个……幸运的人。"

幸运吗？纪决不敢苟同，但左正谊开心就好。或许有几分幸运吧，他的人生比任何人都要不平凡，虽然他吃过了很多苦，但也得到了很多爱。

纪决忽然想起，昨天他给左正谊收拾行李的时候，又看见了左正谊没舍得丢掉的 WSND 蓝白色队服。明明左正谊搬过好几次家，每次都会扔掉很多东西，却总是留着这件旧队服。

纪决把询问的话咽回了肚子里，安慰般用力地抱了抱他。

屋里一时寂静，过了一会儿，忽然有人敲门。

是程肃年，纪决给他开门。

"……"程肃年刚要开口，顿了一下，看了一眼坐在床边的左正谊，"你还好吧？"

左正谊面色如常，用眼神回答了他。

程肃年对左正谊的心理素质很满意，说道："没问题就出来开会吧，新上单来了，我讲一下后半赛季的战术安排。"

所谓开会，其实是开小会。地点在五楼训练室，参与人员只有一队的五个主力选手和教练程肃年。主要目的是让他们聚在一起互相熟悉一下，

顺便聊聊今后的训练方向。

左正谊和纪决下楼的时候,见训练室的玻璃门敞开着,远远便听到封灿的吐槽:"蝎狗阴招不少,还想挑拨 SP 队友间的关系,真缺德。"

左正谊这会儿已经完全收拾好了情绪,一脸若无其事地走进门,问:"他们又怎么了?"

封灿似乎被恶心得不轻,直接把手机递给他,让他看转发评论。

是正谊不怕乌云发的那条微博,转发区里的内容大部分是感动和感慨,其中夹杂了几条蝎子粉丝的阴阳怪气:"爹粉又出来跳了,当初你们少跳几下,End 和蝎子的关系也不会那么差。现在人家去 SP 了,你们还发什么自家小孩,恶心谁呢?"

"你不懂,蝎子和 SP 对左正谊来说都是公司,WSND 才是家。"

"SP 粉跟着瞎感动什么? SP 就是下一个蝎子,接盘侠,懂不? End 公主工作结束后就把你们也一脚踢开。"

左正谊无语了,把手机还给封灿,心想,蝎子粉丝应该改名叫癞蛤蟆粉丝——咬不死人,恶心人。但今天那些老 WSND 粉丝的信已经把他的心填满了,满到没有一丝缝隙可以用来装下气愤,以至于左正谊现在一点都不生气,只盼着早点把蝎子打趴下,让这群嗡嗡叫的"苍蝇"闭嘴。

虽然他表现得无所谓,但 SP 是一家很有人情味的俱乐部。在程肃年的示意下,SP 的官博转发了"正谊不怕乌云"的微博,写了一句"电子竞技的世界里不是只有胜负,还有忠诚和情谊[心]"。SP 用一句话化解了蝎粉的挑拨,表明了支持的态度,引得左粉和老 WSND 粉丝又哭倒一片。

这是后话了,开会的时候左正谊并不知情。他没再看手机,和队友们一起坐到训练室的会议桌前,也是在这时,他才注意到新来的上单队友。

一个人的性格能体现在方方面面上,就比如说两分钟前,他们开会挑座位。会议桌不大,左右两侧总共摆了六张椅子。左边单独放着一张椅子,程肃年已经坐了。右边五张椅子摆成一排,是给选手准备的。

左正谊第一个走过去,想也不想就直接坐了右侧最中间的位子。纪决习惯性地挨着他坐。等封灿过来的时候他们都坐好了，他也没多想，直接坐到了左正谊的另一边，辅助小赵则跟着封灿坐。最后一张椅子空了半天，是上单的位子。

所有人同时扭头，寻找新来的上单。

此人还在自己的电脑桌前坐着，磨磨蹭蹭一动不动。他看起来年纪很小，像个叛逆的高中生。头发染了红、黄、绿三个颜色，打了耳洞，戴着一颗奇形怪状的耳钉，穿衣风格也奇奇怪怪，土不土洋不洋的，颜色倒是丰富，一站起来，整个人像一面大号的调色板。造型很高调，夺人眼球。相比之下，他的五官比较一般，充其量只能算清秀。他的大名叫丁海潮，职业 ID 是 Lamp。

左正谊之前在微博上看见过他签约后 SP 发的官宣照，但因为完全不认识他，不知道这个上单是从什么地方冒出来的，所以也没在意。

这时，程肃年开口了："Lamp，快点过来，开会了。"

这个年龄只有十八岁的新上单终于迈着小碎步，慢吞吞地挪过来，坐到了椅子上。他穿得像个社牛，行为模式却很像社恐。

左正谊心想，哪来的奇葩？不会是程肃年在路边捡的吧，靠谱吗？

程肃年拿眼神示意丁海潮："他们都不认识你，你先做个自我介绍吧。"

丁海潮说话了，嗓音比动作利索，但音量不高。

他说："我，Lamp，国服通天代，专业冲排名，五十一局，需要的滴滴。"

左正谊："……"

纪决："……"

封灿事先在程肃年那里听过他的消息，没太惊讶，但表情也有点一言难尽。

所谓通天代，"代"指的是代打，"通天"就是字面意思，夸张手法，形容这种代打能打到最高段位，技术通天。代打出身的职业选手并不稀奇，但像 Lamp 这种一开口就向队友推销业务的可不多，活像个卖保险的。况且在座的有好几个世界冠军，谁稀罕让他代打啊？

他看起来脑子不太好使的样子，纪决心想，这厮有望取代封灿成为 SP 的智商新洼地。

程肃年在桌子底下踹了丁海潮一脚："以后不准再提代打的事，违规了，会被禁赛。明天把你的头发染回黑色，耳钉摘了，还有，基地禁烟禁酒。"

丁海潮像鹌鹑似的点了点头。由于左正谊一直盯着他，他也看了一眼左正谊。可能是觉得不打招呼不礼貌，他满脸通红，半天才憋出一句："看什么看。"

左正谊："……"

弱智吧。

左正谊突然对程教练画的三冠王大饼失去了一点信心。程肃年好似看不出他的丧气，坐在他们对面，一脸平静地照常开会。

"Lamp 介绍完了，你们几个不用介绍了，我直接说正事。"程肃年道，"虽然我们战队训练开始得比较晚，但这段时间我也没闲着。我综合了你们每个人的打法特点，琢磨出了一套初步的战术规划。"

闻言，所有人齐齐望向程教练。

在座五个选手，可以分为三个类型。

第一类：左正谊和封灿，职业战队的大核，单一位置专且精，习惯被全队喂养着长大。

第二类：纪决和丁海潮，路人王，较为全能，但不管打什么位置，都是抢资源型毒瘤。

第三类：没有话语权的工具人辅助小赵，基本可以忽略不计。

左正谊和程肃年谈签约的时候，就"以后谁当 SP 的第一核心"的问题展开过讨论。程肃年的情商奇高，给他的答复是："放心，我花重金签下你，不可能是为了把你摆在基地里当花瓶。"

左正谊心想也对。况且战队核心不是说谁想当就能当的，队内的地位靠场上的表现来争取，以他的 carry 能力，他不信自己争不过封灿。

最差的结果也不过是双核。但如果采取中下双核战术，纪决的地位就比较尴尬了，要当一个基本不吃资源的打野来为团队服务。

左正谊觉得这样不好，这不是纪决喜欢的模式。出于私心，他还是想像以前一样，打中野联动。但在 SP，根本不可能全队围绕中野来制订战术，否则把封灿往哪儿放？现在又来了一个 Lamp，看起来他要么是个花里胡哨的菜鸡，要么也不是盏省油的灯。但前者的可能性不大——程肃年不至于老眼昏花到买一个菜鸡上单回来打三冠王吧？

总之，左正谊很好奇程肃年究竟做了什么规划。纪决也很好奇。他们对视一眼，又看了眼封灿，封灿似乎也不知道。

程肃年不卖关子，他从文件夹中抽出一张纸来，纸上是他亲手画的游戏对局地图。

程肃年扫了一眼各怀鬼胎的五个选手，说道："我们不打法核，不打野核，也不打射核……"

上单 Lamp 眼前一亮，这时候他倒是不社恐了。但程肃年马上就打消了他的妄想，接着说："游戏官服已经进行了版本大更新，比赛服也即将实装。下个版本仍然是各英雄强度相对平衡的版本。但 MOBA 游戏永远不可能有绝对的平衡，不调整英雄的技能，不代表英雄的梯队排序不受影响。这次对局内增加了天气系统，大改了装备，局势必然会比以前更复杂多变。"

程肃年把地图纸往前一推，让他们看清纸上标注的信息："这意味着太固定的套路八成是行不通了，我们不如剑走偏锋，试试无核战术。"

左正谊的脑子里缓缓冒出一个问号，不解地皱起眉："无核？"

"无核战术"在竞技项目里不算新名词，它通常指的是弱化个人的团队合作式打法。放在 EOH 里，应该指的是团队运营。但如果仅仅是打常见的团队运营，程肃年何必叫它"无核"？

左正谊坐得端正了些，问道："你的意思是要我们像 CQ 那样打吗？但 CQ 也不是无核啊，他们是传统的双 C 打法。"

程肃年摇了摇头："CQ 的那种打法不够灵活，在形势多变的版本里我们需要更随机应变的战术。我说的无核，不是合作，而是竞争。"

"……"

左正谊仍然茫然，语塞了片刻。

程肃年乍一看是个情绪稳定、行事稳妥的正经人，但可能是因为打职业赛的那些年里压抑了太久，为团队做了太多妥协，所以在当教练后激情反弹，不愿意再规规矩矩地走团队路线了。

"这暂时还算不上是一种成熟的战术，我说的是思路，你们先听听看。"他神色冷静，说出来的话却很疯狂，"比如竞争资源，我举个例子，假定一局比赛里的某一时刻，Righting 不在野区，End 就可以去抢他的野怪。"

程肃年盯着左正谊说："但是，当 End 去刷野的时候，封灿也可能从下路上来，偷吃 End 的兵线。所以 End 要想在这场竞争里胜出，就要处理好吃资源的时机，确保自己在抢到队友资源的同时，不被另一个队友偷家。"

训练室里安静了半分钟，所有人都听懂了，但又没完全懂。

左正谊眉头一拧，看向程肃年的目光中带着审视和怀疑："这不乱套了？你是认真的吗？"

封灿也皱起眉："昨天我问你的时候，你不是这么说的。"

赵靖——辅助小赵没吭声，但从神色判断，他也十分疑惑。

丁海潮的关注点和他们不同："那我不是亏了吗？我是上单，偏远地区能抢到多少……"

纪决问了一个关键的问题："这么打，不要指挥了？"

"要啊，End 当指挥。"程肃年扫视他们，"这个你们没异议吧？"

在座几人中最擅长指挥的就是左正谊，另外四个人当然没异议。但左正谊本人有异议，他往前一倾身，警惕地说："教练，你先把话说清楚，什么叫竞争资源？我们是在玩路人局吗？不仅要防对手，还得防队友？"

在赛场上，或是场下讨论战术的时候，左正谊从来都不是个乖乖听话的人，"当家做主"四个字已经刻进他的骨子里了。他之所以能对程肃年保持客气温和的态度，是因为他们不够熟。

现在，当不熟的外衣逐渐褪去，他像是一个上课顶撞老师的刺儿头学生，音量不自觉加大："照这种思路发展下去，大家都惦记着抢资源，都不听指挥了，我怎么指挥？不太合理吧。而且这种打法的优势是什么？你确定能提高胜率吗？"

"不确定，目前这只是个想法。"程肃年语不惊人死不休，"从 B/P 的角度来看，执行这种战术我们要选纯进攻阵容。如果攻势够强，还用防对手吗？防守会变得没有意义。我们唯一要考虑的就是，怎么攻得更猛，快速拿下比赛。"

他又说："竞争不等于放弃合作。我们要打运营，还得打得比别人好。我说的竞争，也不是让你们专门去抢队友的钱，地图上的资源就这么多，要想每个人都发育好,眼睛得盯住敌方的资源和人头。"

"这么说吧,我理想中的完美对局是,"程肃年拿出一支笔,在地图上画了一道箭头,"我们选前期有优势的英雄,进攻阵容,在 B/P 中占优势。上单、中单、打野和 AD 都有前期打架的能力,或是反野或是一级团,开局就把对面杀穿,控住下三路兵线权,野区自然比较安全。在这种情况下,你们要靠个人能力来为自己争取更多的对线优势,用对线优势来争取团队优势,再把团队优势扩大,滚雪球,推高地。"

"其实这就是常规前期阵容的打法变种,区别是我们没有固定的发育点。你们竞争的意义在于'内卷',谁的优势更大,谁就当这一局的核心。必要的时候,全队围绕核心发起进攻。"程肃年又看了左正谊一眼,"不过,与其说这个人是核心,不如说他在的位置是在当前局势下的最佳进攻点。至于'最佳'怎么判断,就是指挥的任务了。"

"我明白了,但这太理想化了吧?可执行性高吗?"在正经事上,封灿一般很少反驳程肃年,他是最听话的,但这时也忍不住提出质疑。

左正谊道:"这都不是理想化,而是极端情况了。"

在此情况下,B/P 的容错率和选手操作的容错率奇低,一个失误就能葬送全队。程肃年太自信了,也太信任选手了。

左正谊理解程肃年为什么自信,他也很自信,但如果说他对自己的信任值是 100%,那么对纪决的信任值就是 99%,对封灿的信任值大约是 80%,辅助……不太熟,也不重要,勉强算 60% 吧。而这个新上单 Lamp 是什么水平,他根本没见识过,信任值约等于零。

在这种情况下,程肃年所说的"无核内卷"战术思路,在他看来过于离谱了。

"为什么?"纪决突然问程肃年,"我觉得可以试试,但不太有必要。新增的天气系统和装备大改的确对战局有影响,但影响有限。教练,你是怕我们队内的'毒瘤'太多不好处理,用无核来避免闹矛盾吗?"

纪决不常插话,但只要说了就直击要点。

左正谊立刻接道:"如果是出于人际关系的考虑,我觉得更没必要。谁强谁当老大,难道不好吗?"

他俩一唱一和,程肃年忍不住笑了一声:"你觉得谁更强?"

"当然是我。"左正谊说这话时眼都不眨一下,一点也不会觉得不好意思,"如果说 EPL 只有一个大 C,那就是我。如果说全世界只有一个大 C,那还是我。"

封灿坐不住了:"你是不是不知道 ADCarry 怎么写?"

左正谊斜他一眼:"喊,来 solo。"

"好了。"程肃年打断他俩,"我当然不是为了平衡人际关系才这么做,否则买你们来干什么?你们难道没发现自己的共同点吗?你们都是激进派,天生适合打进攻。

"这种战术能不能实现,教练组会进一步研究。但我之前好像忘了告诉你们,我把你们几个组到一起,就是为了打造一支纯进攻战队。

"电子竞技是进攻的艺术。"

左正谊抬头看站起身的程肃年,听见他说:"这话不一定对,但至少我是这么认为的。你们就先给我一点信任吧。"

不知是否是错觉,左正谊隐隐发现,虽然程肃年说的是"你们",但眼神似乎只看向了他,这句话是专门对他讲的。

封灿不管心里是怎么想的,最终都会听程肃年的安排。赵靖也是程肃年一手带起来的老 SP 人,也听话。丁海潮是程肃年"捡"来的,智商明显不足以支撑他不听话。纪决虽然心眼很多,但事事站在左正谊这一边,只要左正谊点头了,他就没意见。所以,程肃年真正需要说服的人,其实只有左正谊一个。

左正谊和程肃年对视一眼,进行了两秒无声的交锋。虽然是交锋,左正谊却奇异地感觉被捋顺了毛。他终于点头:"好吧。"

第十七章 顺风

他仿佛坐镇军中运筹帷幄,根本不在乎自己有多少表现的机会,只做正确的决策。

2月14日,左正谊来SP的第二天,训练的第一天。这一天发生了太多事,左正谊需要好好消化一下,他拖着疲惫的身体回了房间。

房间的门薄薄的,不太隔音,他刚进门就听见门外有脚步声。

从声音判断,是两个人从走廊经过。

其中一个说:"为什么让我住最里边的房间?换一间行吗?我害怕。"

另一个问:"怕什么?"

"怕鬼。"

是丁海潮和程肃年。即使只闻其声不见其人,左正谊也能想象出他们此时的表情。

都说上单是猛男,丁海潮却简直是猛男的反义词。他又嘟囔了几句,说什么走廊最深处的房间在鬼片里是最危险的地方,问程肃年有没有看过鬼片。

程肃年嘴很毒:"放心吧,我们基地里没有鬼。就算有,你脑袋上顶个'红绿灯',一看就法力高强,鬼也不敢去找你。"

左正谊笑瘫，招来纪决，让纪决和他一起贴在门上听笑话。

他们房间的右边住着小赵，左边就是走廊最深处的那间，现在被分给了丁海潮。由于两间房挨着，距离很近，丁海潮和程肃年就站在门口聊天，说了什么他们听得一清二楚。

丁海潮说："对了。"

程肃年问："什么？"

丁海潮说："我们合同里写的三百万年薪是真的吧？税后对不对？每个月几号发工资？今天14号了，我这个月能拿到钱吗？我上个月给女朋友买了台手机，花呗还没还呢。"

有的时候真的很难分清丁海潮到底是社恐还是社牛。他一副大气不敢出的样子，却敢在报到的第一天就向程肃年张嘴要钱。

好半天才听到程肃年的声音："财务不归我管。你要还多少？我先借你点。"

"不用，不用，那多不好意思。"丁海潮说完，嘿嘿一笑，"8900。"

程肃年半天没吱声。

左正谊和纪决笑得想砸门。所以说，情商高如程教练也并不能所向披靡，遇到丁海潮这种二傻子，他也没办法。

程肃年似乎把钱转过去了，然后又交代了几句让丁海潮训练认真点，拿出职业态度，别把比赛当代打任务之类的话，就转身走了。

门外一时没了声音，走廊重归安静。

纪决忽然说："上半赛季，SP的成绩不如预期。"

"嗯？"这个左正谊知道，但他不知道纪决想说什么。

"也不只是今年上半赛季，从去年S12开始SP的成绩就不理想。我听说程肃年的压力很大，他想过不少办法，方案换了好几套，但最终效果都一般般。"

纪决顿了顿说："他打职业时是很优秀的选手，但这种优秀选手转行当教练，通常有个毛病，习惯用他自己的水准来要求别人，给出的战术方案难度都很高。如果选手够强倒也没什么，但这两年SP的选手青黄不接，新的新老的老，全靠封灿一人苦苦支撑。你说SP的纸面实力弱吧，其实没那么弱，可要说强，确实也不够强。"

纪决看着左正谊，说出了心里话："现在阵容大换血，你、我、Lamp能磨合成什么样还不知道，他就提出了一个这么极端的进攻思路……老实说我不看好。"

左正谊道："试试也没什么。"

纪决压低了嗓音："我事先给你提个醒，你要做好心理准备，到时候别不开心。"

"什么心理准备？"左正谊有点莫名其妙，像听懂了又像没听懂。

"警惕程肃年啊。"纪决兜了一大圈，终于图穷匕见，"你别以为他好说话，那都是他装出来的。如果我们输了比赛，他可是会给你甩脸子的，现在只是虚伪地哄哄你罢了。"

左正谊瞪大眼睛，匪夷所思道："你不至于吧？"

"我在说正经的呢。"纪决一脸认真。

过了一会儿，领队来敲门收手机，顺便通知他们，从明天开始就要按照日程表起居、训练了，任务繁重，今晚要好好休息。领队发了一张纸质赛程表，左正谊用胶带贴到了床头。

至此，假期结束。

SP下半赛季的第一场比赛在2月18日，星期六。神月冠军杯小组赛，对手是XYZ。值得一提的是，XYZ在18日打完SP后，下一场就打蝎子。也就是说，SP虽然不会立刻跟蝎子对上，但他们即将面对同一个对手。届时两场比赛的比分结果、选手的表现，都必然会被放在一起对比。

其实已经有人提前开预测帖了。但左正谊和蝎子的风波，以及老WSND的那条微博热度太高，把其他话题的热度都盖住了。

左正谊的脑内浮现出XYZ近期几场比赛的场面。XYZ表现很好，在上赛季时就有晋升为强队的势头了。但之前的比赛放在现在来看，可参考性不是很大，因为如今游戏已经改版了。每次更新版本都相当于一个新开始，各大战队的实力也会有所变化，情况难料。

不过左正谊太久没上赛场了，尽管程肃年的战术听起来很不靠谱，纪决也不看好，但他心态积极，跃跃欲试，整个人像是要钻进赛程表里似的。

纪决费了好大劲才说服他早点睡觉。

休赛期风云变幻,热点不断涌现,一波未平一波又起。但当假期结束,比赛正式开打时,大家的关注点就又回到游戏上。毕竟夺冠才是电子竞技里永恒的主旋律。

SP 和 XYZ 的这场比赛,在第一周所有赛事中关注度最高,看点最多,其中最主要的看点自然是左正谊回归赛场。电竞圈整天盼星星盼月亮,可算又把他给盼回来了。由于热度太高,比赛门票都被炒到了天价。另一个重大看点是 SP 的队内磨合成效,论坛上帮他们出谋划策的战术帖层出不穷,主张什么打法的都有。但任谁都没想到,SP 走上了一条如此极端的道路。

2 月 15 日到 18 日,SP 展开了紧急训练。时间仓促,第一要紧是练配合,打训练赛。

程教练的极端进攻思路在理论上可行,但真正实现起来却像是玩闹。他们的训练赛打得极其不如人意,局内充满了预料之中和预料不到的各种问题,场面一度混乱到连路人高分局都不如。

五个选手中最难的是左正谊。

他作为指挥,经常指挥到思绪打结,近乎失语。

要不是因为程肃年在 SP 的地位和威信足够高,他早已经被反对声淹没了。

但训练也并非全无效果。

他们打得差主要是因为熟练度不高。这种打法节奏太快,快易生乱,乱易出错,偏偏战术的容错率又很低,所以胜率提不上来。但好处是,五个选手的效率相当高,互相摸了一遍底,对彼此的优缺点和操作习惯有了初步的了解。

18 日的下午,全队乘坐大巴车,前往比赛场馆。

左正谊靠在座位上假寐,脑内循环播放着最后一场训练赛的画面。他虽然不是教练,但对队友的表现也十分留意。

左正谊最熟悉的是纪决,他发现,现在的纪决相比蝎子时期有了很大的进步，操作变得更强了，意识也更好了。这一方面是因为纪决的实战经验比从前丰富，另一方面是经历过世界赛的大场面后，纪决变得愈加沉稳从容，反映在操作上，就是更加胆大心细了。

封灿也是类似情况，他是一位曾经以"神经刀"著称的ADC，神时超神，鬼时超鬼，比较难控制。但其实自打SP夺冠，程肃年退役后，封灿的水平就比从前稳定了不少。这是SP近两年人员更替青黄不接，他压力太大导致的。跟其他ADC横向比较，封灿已经可以说是没有缺点了。这几天他在训练赛中的表现也比较稳定，除了跟队友磨合得不顺利之外，没有什么个人问题。

赵靖是个综合水平很不错的辅助。他的特点是不太出挑，也不轻易出错，在全队所有人中最听指挥，保AD的能力相当强。但他不擅长帮AD创造机会，较为被动，需要被人带着走。这是SP上赛季成绩不如预期的根源之一，当时的打野水平不行，辅助也没法主动游走起来打配合，盘不活全局的节奏。

让左正谊最意外的是上单Lamp，丁海潮。这个"红绿灯"在第一场训练赛中技惊四座，用他的招牌英雄飞景——一个在EPL中出场率较低的脆皮输出型战士，大秀了一场。

左正谊对飞景这个英雄不熟悉，他以前大部分时间都在打中单大核，上单队友只玩肉。

放眼整个EPL，飞景仅有的几次出场，也都是被用在了打野位。

丁海潮的技术很强，但大局意识很差。全队最不听指挥的人就是他，打了十场训练赛，他被教练训了十一回，连纪决和封灿都被他衬托成了"三好学生"。

问他到底为什么不听指挥，他就结结巴巴地说："我的脑子听了，但我的手不听话。"

也不知道是真的还是假的。

左正谊总想揍他，但看他操作还行，又觉得算了，可以原谅。

战队的大巴车缓缓行驶，左正谊从靠背上略直起身，摘掉了耳机。他和纪决挨着坐，前排的程肃年正在和副教练丁太平商讨今日的B/P方案。

他们想在第一局执行原计划，打极端进攻，如果效果不理想，第二局再考虑是否更换方案。

　　教练们在聊天，选手们也在聊。今天是 Lamp 有生以来第一次打职业赛，他很紧张，尤其是把脑袋上的"红绿灯"染回黑色之后，他就像是失去了灵魂，连精气神都差了好几分。

　　左正谊瞄了他一眼，好心安慰道："你不用太紧张，和训练赛一样打就行。"

　　封灿也说："对啊，反正输了有 End 背锅，网上都盯着他呢。"

　　左正谊："……"

　　虽然这是实话，但从队友嘴里说出来，左正谊的拳头握了起来。

　　Lamp 愁眉苦脸地问："你们第一次上赛场的时候都不紧张吗？"

　　"还好吧。"左正谊回想了一下当年他在 WSND 的经历，嘚瑟地说，"当时我的兴奋比紧张多，你懂什么是诸葛亮出山吗？我的时代开启了。"

　　"……"

　　Lamp 呆呆地看着左正谊，一时被他的气势震慑住了。

　　封灿撇了撇嘴："我都不记得我第一次上场是什么心情了。我第一年是在 UG 打的，打得一团糟，都是黑历史。"

　　赵靖说："我第一次上场也很紧张，不过我是替补，上场混混就完了。"

　　这是玩笑话。

　　纪决说："我没紧张，还跟队友吵了一架，他们把我孤立了。其实我觉得打比赛和上班没什么不同，做好你该做的事就可以了。"

　　"对。"左正谊立刻接道，"比如上单别碰蓝 Buff，那是我的。"

　　大家笑了起来，欢声笑语一直持续到了比赛开始。

　　接上半赛季赛程，今天是 SP 冠军杯小组赛的第三场。

　　今年 SP 抽签抽到了 B 组，同组的对手是 UG、FYG、XYZ、SFIVE 和 Lion。

　　小组赛单循环，BO3 赛制，只有最终积分排在前两名的战队可以晋级。

　　在这五个对手里，相对来说最难打的是 Lion，其次是 XYZ。SP 要想稳定出线，就得把这两支战队都打败。也就是说，今晚最好别输，否则将大大不利于 SP 争夺冠军杯。

后台的休息室里，程教练进行了一番赛前例行讲话。左正谊一边听着，一边把键盘从背包里拿出来简单地擦拭了一遍。

比赛在 18 点准时开始，两队的选手提前登台。数台摄像机对准选手通道，左正谊一现身，台下就响起一阵热烈的呐喊声。

有人高声叫"End"，左正谊像首长阅兵似的挥了挥手，惹得观众和解说一齐笑了起来。

"End 看起来心情不错。"

"肯定的，今天全世界都等着看他的回归大秀，他自己也早就手痒了吧。"

"据说 SP 最近的训练赛仍然只在队内打，不约其他战队，我很好奇他们今天会拿出什么战术。"

"新版本刚更新，最近的新套路有点多，大家都在摸索应对新版本的方案，SP 估计也有自己的理解。我觉得他们现在坐拥如此豪华的阵容，carry 点那么多，打法应该不会太保守。"

"XYZ 也不是走保守路线的战队，今晚的比赛恐怕要打得'火花四溅''血流成河'了。"

解说聊到这儿，直播镜头从选手席上扫过，两队都已经调试好设备，准备开始 Ban & Pick 了。

第一局，SP 在蓝色方，先 Ban 后选英雄。他们的 B/P 思路非常明确，要打前期快攻，就 Ban 肉，比如黑魔这种又肉又能强力保 C 的硬辅，肯定得禁掉。

SP 起手三 Ban 都给了这类英雄，XYZ 的教练一眼就看出了他们的意图，但不确定是不是障眼法，因此有些犹豫。B/P 环节很能体现选手的战术价值，比如此时面对左正谊，尽管 XYZ 觉得对手看起来不像是会选伽蓝的样子，但还是选择 Ban 掉了伽蓝，以防万一。这让 XYZ 的 B/P 有些被动，第二 Ban 又犹豫了一下，最终 Ban 了玛格丽特。第三手以选代 Ban，他们选的是赤焰王——封灿的招牌射手英雄，如果 SP 要打前期，它是个关键点。

XYZ 的选择很对。

但都在 SP 的预料之中，他们几乎想也不想，紧跟着选了飞景和红蜘蛛，输出型战士和控制型打野。

XYZ 选了大象和兔人,一个抗压型上单和解控打野。大象虽然够抗压,但和飞景对线时,基本拿不到线权,XYZ 的上野区比较危险。

B/P 就像打牌,是一场一来一回互相压制的博弈。

这导致 XYZ 迫切地需要在中单和辅助的选择上扳回一城,不能三线全处于劣势。

他们瞪大眼睛看 SP 的第三手选择,猜测 SP 会先出下路。

果不其然,SP 锁定了鹿女。鹿女对线赤焰王,难说孰优孰劣,关键要看选什么辅助。

在这种情况下,SP 最理想的辅助是女侍,但第二轮禁用已经开始,XYZ 并没给他们机会,直接把女侍 Ban 了。SP 退而求其次,选了白鲨。

同样是进攻型辅助,白鲨没有女侍的精准钩人技能,大招主打群体晕眩,虽然带有 AOE 群控技能,但这个技能比较好躲,常常放空,很考验施放的时机和位置。

SP 选出白鲨,战术意图就已经完全暴露了。他们没有前排。

至此 XYZ 仍然心怀警惕,怀疑 SP 的最后一手可能会给左正谊选一个法坦英雄,补上全队的短板,那么 SP 的阵容就比较完美了。

解说也是这么想的。

"End 以前从不玩法坦,但新版本新战术不就新在出人意料嘛。"

"我也觉得,法坦是比较合适的选择。"

"法坦虽然是肉,但也不是没有能秀的,我猜 SP 会选——"

解说的猜测还没来得及说出口,SP 就光速锁定了英雄。SP 选的根本不是法坦,而是一个体系大法师。

"神奥大君?!"

解说微微惊了下,迅速反应道:"这一手出得很妙,SP 上中下三路吃经济,钱不够分怎么办?压对面的钱!大君的被动技能很关键!"

神奥大君的被动技能是,降低敌方全体的经济获取速度。这个 Buff 在前期的作用巨大,后期就比较鸡肋了。兵贵神速,配合 SP 的快攻阵容刚刚好。

之所以说神奥大君是体系法师,是因为他并不拥有单独 carry 的能力——血薄、没位移、技能施法距离短。纵然技能效果颇为逆天，甚至无敌，但也要在活着且能打中人的情况下才能触发。

常见的大君体系至少会给他配两个保镖，一个女侍配合他施法，一个肉坦为他挡伤害。但SP这阵容别说给法师配备保镖，连正常的前排都没有。

左正谊终于领悟，为什么程肃年当初肉麻兮兮地对他说"我不能错过你"。敢情是在这儿等着呢。除了他左正谊，全世界恐怕没有第二个中单能打这种坑爹的阵容了。

神奥大君，曾经也是被写在左正谊"擅长英雄"栏里的法师。但左正谊使用他的频率较低，因为这个法师要么被削得非常弱，要么强到天天被锁在Ban位里，出不了头。

左正谊对他没有偏爱，玩不玩都行。但因他拥有强大的技能机制、亦正亦邪的人设和惊人的美貌，神奥大君在玩家群体里的人气很高，称得上是男英雄TOP3。

左正谊选中他时，他的出场语音一响，台下观众立刻发出热烈欢呼。不常出场的高人气英雄都有这种待遇。想当初左正谊第一次把伽蓝亮出来的时候，台下的欢呼声比这还要响。

思绪稍一游移，对局加载完毕，左正谊抛开杂念操控着英雄往前走。

他先看了眼队友和敌人的初始装备，然后瞄了一眼左下角聊天框里的系统提示。

[黑夜将在五分钟后降临。]

白昼开局。

这是新上线的昼夜天气系统。简单来说，现在的峡谷环境状态区分如下：

白昼：一切如常。

黑夜：夜幕降临，英雄的可视范围缩小，浓雾处的非草丛区域也具有隐匿效果。

雨：雨天泥泞，降雨范围内的英雄、野怪和兵线等均获得行动减速效果。

雪：雪天路滑，降雪范围内的英雄、野怪和兵线等均获得行动加速效果。

不仅如此，雨雪天气也会对大龙和小龙的防御状态产生影响。

游戏开局后，昼夜状态随机出现，五分钟更替一次。雨雪状态全程随机降临，无时间规律，但系统会在变天前三分钟进行文字提示，提醒红蓝双方提前部署作战计划。

左正谊对此的评价是：令人上火。

正如程肃年所说，天气系统把战局变得更加复杂化了，在输赢之中加入了一定的运气因素。但要想赢，绝不能仅凭运气，场上的调度更重要。换句话说，新版本的运营难度增加，对指挥的随机应变能力要求更高了。

这次游戏版本大更新，除增加了天气系统之外，局内装备也进行了大改。官方在原六神装的基础上，开辟出了第七个装备孔。但 SP 主打前期战术，对第七件特殊装备的关心优先级不高，暂时也未感受到它对战局的影响。

左正谊从开局的第一秒开始，神经就绷紧了。

飞景、神奥大君、红蜘蛛、鹿女、白鲨，脆如纸的纯进攻阵容，一开场就有不暴杀对面即暴毙的气势，没有任何回旋的余地。

因神奥大君在一级时没有支援能力，纪决并未选择反野，他从上野区往下刷，迅速升到了三级，来下路 gank。这时红蜘蛛的群控大招还没出来，但已有单控技能。

SP 的进攻战术练的就是快、准、狠，可以打输但不能尿。纪决没有任何犹豫，抓住对面打野还在刷怪的时间差迅速发起攻击。下路三打二，把对面 ADC 的血量打残，龟缩回了防御塔下，估计要回城。一波攻击结束，他一秒也不停留，带着辅助入侵了 XYZ 的下野区，刚好和同样从上往下刷野的敌方打野兔人相遇。后者迫于前期处于劣势有意避战，把没刷完的小怪给放了。

纪决升到了四级，回头把 SP 野区里的小怪也吃了。他成了开局最"肥"的人，转头来到中路，准备控中下两路线权，为击杀第一条小龙打基础。

游戏的前五分钟，SP 的节奏都很顺，并未出现意外。

一血出现在上路——Lamp 不声不响地单杀了对面的上单。击杀播报响起的时候，对局时间恰好进入第六分钟，第一次夜幕降临。

天色倏地一变，隐去了一半的视野让峡谷内变得危机重重。但这是 SP 的机会。

Lamp 杀完人后趁天黑直接进了 XYZ 的上野区，打算干点偷鸡摸狗的事。

左正谊叫他："Lamp 来中路支援。"

丁海潮没动。

左正谊有点恼火，但也习惯了他的反应，重复道："叫你来中路，别找打。"

丁海潮不得不放弃他打到一半的小怪，来中路支援。

神奥大君不具备单杀的能力。除了能降低敌方经济获取速度的被动技能之外，他有四个主动技能。第一个是常规输出技能，叫作"神罚"，另外三个分别是"标记""献身"和"偷天换日"。"标记"只能向队友施法。顾名思义，大君在队友身上挂一个标记，该标记存在期间，这名队友受到的所有伤害，大君都可以通过"献身"代为受之。

按下"献身"技能的 1.5 秒内，神奥大君拥有短暂的无敌状态。如果在这 1.5 秒之内大君成功释放大招"偷天换日"，即可将队友受到的伤害转移到被技能命中的敌人身上。

如果没能释放出"偷天换日"，大君将遭受"献身"的双倍伤害反噬。如果"偷天换日"成功击杀敌人，大招 CD 将刷新。

这一套技能看起来花里胡哨的，但用一句话概括就是，左正谊需要一个工具人队友来充当他施法的媒介，助他大杀特杀。

丁海潮荣幸地被选中了。当他来到中路的时候，左正谊正装模作样地后撤，假装身边没人。

这时下路正在打架，纪决在下路露了头，而丁海潮来支援时在敌方的野区做了一个往上走的假视野。对面的中单被左正谊吊得蠢蠢欲动，见 SP 的上单、打野都不在，便放松戒备，还摇了人，带着自家打野要二打一强杀神奥大君。

如果他们能得逞，这将成为 SP 前期崩盘的关键点。但左正谊绝不会给他们得逞的机会。

杀招袭来的一瞬间，左正谊已在丁海潮身上做好了标记。

丁海潮的脑子不够聪明但手速极快，立刻挺身上前一面砍人一面替他挡掉了大部分伤害。眼看丁海潮吃满对面中野的全套技能即将倒地，左正谊按下键盘，"献身"技能亮起！

短暂的 1.5 秒内，眨眼的一瞬间。

直播镜头里偷天换日，生死斗转，XYZ 的中单几乎是以一种被秒杀的姿态倒在地上，死不瞑目。

打野要走也来不及了。

被转移伤害后再度满血的丁海潮和左正谊联手杀了他，同时下路传来捷报——纪决绕后，封灿越塔，加上辅助，三人围追堵截，拿下了 XYZ 辅助的人头。

占据三线优势，SP 只留纪决一人开小龙，其他人将 XYZ 的野区资源搜刮一空后，又顶着小龙 Buff 连下两塔，经济雪球飞快地滚了起来。第一局打得比最近的训练赛还要顺利。

SP 的思路就是不断地 gank、入侵、推塔，只要是能控住的资源，一点也不给 XYZ 留。

XYZ 也算是半个前期阵容，但全程吃着神奥大君的经济降速，装备不如 SP，只能靠抓时机，寻找对面的突破口来创造翻盘的机会。

神奥大君是 XYZ 预想中的突破口。从理论上来说，他是 SP 这套阵容的进攻核心——大君体系都是如此。但在实操的过程中，XYZ 发现，左正谊根本就不是进攻核心。他的脚好像长在了中路的防御塔下，能不离开就绝对不离开，只时不时地给点假视野，假装去支援了，实际上根本没动。仅有的几次主动游走，是因为突然降雪，他吃到了加速 Buff，这才放心地去上路逛了几圈。

不经常游走，意味着他很难抓，他看重自保胜过吃经济。这是正确的思路，神奥大君不能死，否则在他死亡的时间内，他的被动技能就失效了。

道理是这样，但左正谊这么"低调"，还是令人有些意外。他仿佛坐镇军中运筹帷幄，根本不在乎自己有多少表现的机会，只做正确的决策。

XYZ 茫然地找不到突破口了，被 SP 一波又一波的快攻打得发蒙。

第一局水晶爆炸的时候，直播摄像机按惯例拍向教练席。程肃年用面无表情表达了他的满意，XYZ 的教练则脸色难看，快步走向了后台休息室。

SP 气势如虹，第一局打垮了对手的自信，第二局的胜利也得的很轻松。这局 SP 思路不改，依旧打前期进攻。

XYZ 有了准备，在 B/P 上做出应对，直接把神奥大君给 Ban 了。但

Ban 了大君，却放出了伽蓝——可能他们认为 SP 不会选她，毕竟伽蓝算是后期法师。

但 SP 打的是超前发育，左正谊拿到伽蓝简直像是寻回了本体，他手热到像要着火，一人单杀了对面的中单三回，直接把后者的心态打崩，让他成了 SP 的"第六人"，频频犯错害死了 XYZ。

这局比赛左正谊打得很快乐，让队友们来评价，却是有点无聊。纪决愿意哄左正谊，变着花样夸了他几句，但显然也是没新词了。谁会对 End 操作伽蓝的技能感到意外呢？

只有丁海潮是个没见过世面的，他似乎连左正谊以前的比赛都没看过几局，见到他的伽蓝天秀，哇哇乱叫手舞足蹈地夸了好一通。虽然左正谊怀疑这里面有故意拍马屁的成分，但依然照单全收，被哄得心花怒放，终于体会到了传说中的"快乐电竞"。

他大手一挥，豪迈地说："今天晚上我请你们吃饭吧！"

赛后聚餐是 SP 常干的事，2∶0 大胜，庆祝一场也未尝不可。况且 End 哥哥请客，不吃白不吃。

程教练当即准了，带全队前往火锅店，他专门在赛场附近挑了一家最贵的，一点也没客气。

左正谊是今天晚上最开心的人，SP 全队都予以理解。任谁阔别赛场半年多，回归便取得大胜，都会喜不自胜，更何况他还玩到了久违的本命英雄。

程肃年选的火锅店离电竞园不远，那附近一整条街都是饭店。晚上九点多正是人声鼎沸之时，左正谊来时高兴了一路，直到他看见菜单上写着"人均消费 ￥800+"。

他们总共十几号人，把一间大包厢坐满了。左正谊故作镇定，眼神呆滞地默数了一遍人头，脑内的计算器自动做加法：800、1600、2400……

纪决凑近他的耳朵，悄悄地道："我帮你买单。"

左正谊瞥了他一眼："这钱你花和我花有区别吗？"

纪决："……"

的确，没区别，都是自家的钱。

左正谊的心在滴血，感觉又被程肃年坑了。但请客是他主动提出来的，算了，钱财乃身外之物。

左正谊很快看开了，大大方方地帮队友们挑贵的菜点，以饮料代酒，喝得也很开心。

各行各业的饭局各有特色，电竞人聊的自然是游戏话题。想不聊游戏都不行，他们刚点完菜，程教练就带头在饭桌上做起了今晚比赛的复盘。

他一开口就说："我看你们都挺高兴的，我不忍心泼冷水。"

他话音一落，封灿把自己的饮料杯倒满，习以为常地"中译中"："大家做好心理准备，提高警戒，程肃年要开始泼冷水了。"

席间一顿哄笑，副教练丁太平在队内一贯负责唱白脸，笑呵呵道："今晚打得还行吧，有瑕疵的地方回去再练。我们磨合的时间短，打成这样已经不错了。"

程肃年道："第一局打得不错，第二局要不是XYZ心态崩了开始摆烂，胜负还不好说。你们开局没处理好。"

"哎呀，你让我们先吃饱行不？"左正谊一脸"不听不听王八念经"的表情，刚好服务员来上菜，餐车上冒着冷气的牛肉被纷纷摆到桌上，他挑了一盘推到程肃年面前，"多吃点，年教练。"

意思是赶紧堵住你的嘴。

封灿在一旁打配合，来了一波中下联动，亲自帮程肃年涮肉。他将涮好的肉蘸了下蘸料，直接往程肃年的嘴里塞，一副大逆不道要逼宫的架势。

程肃年皱着眉瞪了他一眼，还是吃了。

火锅吃的是一个气氛，热腾腾、闹哄哄的。一开始大家聊比赛的事，后来聊的话题就越来越随意，三人两伙，各聊各的。

纪决在这种场合总是话不多，虽说已经融入SP了，但他的融入更准确地说，应该叫作认可。他也知道SP的气氛好，很难得，队友和管理层人也好，容易相处。但仅此而已，他对外人很难发自内心地提起兴趣来。比起参与，他更喜欢旁观。

纪决的目光在左正谊身上打转。

第十七章

　　左正谊蓦地站起身，险些把饮料瓶撞翻。纪决伸手扶了一把，顺便把左正谊翘起的衣角抚平。

　　左正谊根本没注意到这些，人家喝酒会醉，他喝果汁竟然也能上头，端着杯子给丁海潮敬"酒"。

　　"Lamp，喝啊。"左正谊说，"我都没见你喝几口。"

　　丁海潮大概也没明白，果汁喝多喝少有什么关系？他像个被霸凌的职场新人，傻不愣登地望着左正谊，蔫蔫地道："End哥哥，我刚上完厕所，不喝了行吗？"

　　左正谊还要再劝，纪决突然揽住他的肩，把他按回了座椅上。然后纪决抬起他的手，喝掉了他杯里的果汁。

　　"你干吗呀？"左正谊觉得莫名其妙，拍了纪决一下。

　　包厢里闹哄哄的，没几个人看见刚才发生了什么，但丁海潮距离近，把整个过程看得一清二楚。

　　"你们俩……"

　　丁海潮认真思考了一下道："关系也太好吧？我早就看出来了，你们用的键盘都一样，还雕刻了职业ID，怪好看的，哪个牌子的？能推荐给我不？我也想换新的。对了，贵吗？不瞒你们说，我现在手头很紧，欠教练的8900块钱还没还呢。"

　　纪决："……"

　　左正谊："……"

　　一顿饭吃了两个小时，回到基地的时候已经十一点多了。

　　SP和其他战队不一样，不大喜欢熬夜。

　　程肃年让他们早点去睡，明天上午做详细复盘，继续训练。

　　今天SP打XYZ的这场比赛是冠军杯的小组赛，下一场要打的是EPL。

　　EPL的比赛现在已经进行到第二轮了，SP排在总分榜的第三名，前面两名分别是蝎子和Lion。

　　蝎子暂且不说，Lion实在叫人有些唏嘘，他们自打换了老板后，就再也没摸过冠军的奖杯。去年Lion在赛季后期赶上了刺客版本，打得很猛，但没能拉回分差，错失国内冠军后，也没争取到出国打世界赛的机会。

这个赛季 Lion 又重金投入，继澳洲中单之后，他们又买了一位很贵的韩国打野，教练团队也大换血，争冠的决心可见一斑。

SP 下一场 EPL 比赛的对手是 SXD 战队，打完 SXD 就轮到了 Lion，Lion 之后是蝎子。

赛程并不轻松，SP 的新打法也还没有彻底练熟。正所谓人无远虑，必有近忧，其实根本不用程肃年来泼冷水，左正谊自己就心里有数。

但还有一句话，人应该活在当下，不能活在对未来的恐惧里。

左正谊的好心情从比赛结束保持到了入睡之前，他决定尽情地享受今天，把快乐的期限再延长一些。

第十八章 攀登

天下武功，唯快不破。

▶ ❯❯

第二天是个好天气，旭日初升，阳光穿透窗帘的时候，左正谊睁开了眼睛，起了床。

昨晚发生的一切在他的脑海里快速回放了一遍，一股火直窜天灵盖，他掀开被子，把纪决踢醒："喂！"

纪决其实早就醒了，就在等他的反应。

果不其然，End 哥哥发脾气了。

昨晚左正谊很开心，心情好了便想使坏。他的本意是想好好折磨纪决一通，享受一下当恶霸的快乐。结果打闹到最后脱离了他的掌控，他被"恶霸"欺负了。

左正谊很郁闷，眼神一飘，瞥见纪决的胳膊上有块瘀青，下巴上也有不小心蹭到的瘀痕。

他故意伸手摸了摸，问："疼吗？"

纪决以为他良心发现："不疼。"

左正谊突然用力按了一下瘀青处，满意道："现在疼了吧？"

纪决："……"

电竞基地的生活和学校里有些类似，作息固定，一场场的训练赛如同上大课，课间有休息时间，中午有午餐时间，晚上还有"晚自习"。

丁海潮声音很小但很兴奋地说："兄弟们，昨晚一场比赛打完，我微博涨粉了。"

"涨了多少？"左正谊问。

"六千多！"

"出息。"

"嘿嘿，你帮我转发一下呗，带带我。"

丁海潮喊完左正谊，又喊封灿和纪决帮他转发，小赵也没能逃过，但他没敢叫程肃年。

丁海潮开心地道："等我的粉丝再涨几万，是不是就能接广告了？"

"……"

这小子到底是有多爱财？左正谊在心里发笑。但细细一想也不觉得稀奇了，打职业的不是为了梦想就是为了名利，丁海潮并没表现出对冠军的热爱，反而天天把钱挂嘴边，似乎肯签SP就是因为程肃年开出的几百万年薪打动了他，比代打赚得多。

左正谊觉得这没什么不好的，人各有志。

但程·班主任·肃年似乎不这么想，他酝酿了一阵子，找机会给丁海潮上了一堂思想品德课。

2月23日的晚上，SP刚打完SXD战队。SXD在EPL的排行榜上吊尾，这场比赛是一局没太大悬念的虐菜局。但SP打得不如预想中顺利，他们的这种打法对开局几分钟的处理要求特别高，稍有不慎就会翻车。

但开局顺不顺利有时并不全由己方决定，毕竟对手不是木桩，实时战斗变数太多。SP赢了第一局，第二局被扳平，第三局开局是黑夜，又遭遇全境降雨，战场环境不适宜打进攻。这导致SP拖了节奏，险些被SXD让一追二。

最后SP还是赢了，赢得惊心动魄，有死里逃生之感。

全队都打出了一身汗。

在赛后的复盘会议上，讲完比赛内容，程肃年话锋一转，借着闲聊之机,让大家说说最近的职业心态。

丁海潮是很直接的,他说他想在职业赛中混出点名气,将来退役后开直播好混饭吃。

程肃年等的就是他这句话,当即指出:"抱着这种想法打职业,是走不远的。我们现在还没输过,你整天嘻嘻哈哈的,等输了一场你就笑不出来了。"

丁海潮道:"没关系啊,哭着混饭也行。钱难挣屎难吃,我有心理准备的。"

"……"

程肃年被这个二傻子顶得半天没说出话,罕见地词穷了。

可能这就是大智若愚吧。

程肃年采取迂回战术,换了个人问:"End,你呢?"

"我?"

会议桌上,左正谊抬起头,用一种"你在问什么废话"的表情说:"我想当三冠王啊。"

程肃年道:"当三冠王是为了什么?"

左正谊想了想道:"竞技嘛,就像登山,大家都想爬得更高。好胜心?荣誉感?探索活着的意义?可能都有吧。不过对我来说呢,我的目的主要是练剑,剑意无止境,我还能更强。笑什么?算了,你们这些凡夫俗子什么也不懂。"

左正谊一脸骄傲,不肯再说了。

大家笑他并不是嘲笑,只是觉得他很有意思罢了。

程肃年看了看左正谊,又看了看丁海潮:"听见没?Lamp,你难道不想当世界第一上单吗?我们战队的中下野可都是世冠级别的,你这么有天赋,也该和他们一样,否则就浪费了。"

丁海潮的优点是听话,立刻点了点头,但左正谊觉得他根本没听进去几句。

程肃年也没有再多说,毕竟他不是真的老师,能管的很有限。况且,也谈不上"管",只是一种引导和建议罢了。

性格决定命运,但一个人的性格不是外人随便几句话就能改变的。

丁海潮和纪决倒是很像，不过，纪决的想法都藏在心里，除了左正谊，没人知道。

他们的区别在于，丁海潮没目标，而纪决有目标——只要左正谊还在往上攀登，纪决就要攀到相同的高度，和他永远并肩。

2月24日，SP开始备战下一场比赛。下一场比赛的对手是Lion，硬骨头，并不好啃。但若能赢下这一场，SP就能在EPL积分榜上前进一位，压过Lion当第二，距离榜首更近一步了。

为了这个目标，SP拼上全力，准备了两套方案，练了好几种阵容。而在这场比赛之前，左正谊很意外地，收到了Akey发来的微信好友申请。

SP和蝎子同住电竞园，就像是同一个小区里的邻居，虽然平日里几乎没有交集，但外出时偶尔也会碰到。

左正谊上一次见到Akey，是在22日的夜晚，当时他和纪决在超市买东西。他在货架前一回头，就看见了身后的熟人。他之所以把日期记得这么清楚，是因为那天蝎子刚打完XYZ，与SP一前一后，并且也打赢了。

好事的吃瓜群众们迟迟等不到蝎子和SP的正面对决，只好用XYZ当媒介，侧面比较了一下两队的强弱。

他们是怎么比较的，左正谊懒得看。他最近心情很好，不想自找晦气。但没想到，他不找晦气，"晦气"自己找上门来了。

"End，我是Akey。"微信的好友申请栏里，对方言简意赅。

左正谊没搭理。

Akey不死心，又申请了一次："你在SP怎么样？能聊聊吗？"

关你什么事呢？左正谊心想，别太关心我。

他不给通过，Akey执着地继续发："我是来向你道歉的。"

这倒是让左正谊有些意外。

左正谊终于加了他，发过去一个问号。

End："？"

Akey："好久不见。"

End："没多久吧。你要道什么歉？有事直说。"

Akey："好吧。"

那头停顿了片刻，微信对话框上显示"对方正在输入"。

左正谊还没吃晚饭，现在已经九点多了，SP 刚打完一场 BO3 训练赛，明天要对战 Lion，全队的神经都很紧绷。

训练赛一结束，他就跟纪决说他又累又饿，抬不起腿，叫纪决下楼去帮他打饭。

纪决欣然去了，回来时就见他懒洋洋地斜倚着电脑桌，一边打呵欠一边和人聊微信。

"和谁聊天呢？"左正谊现在的交际圈很小，左右都是熟人，一般来说没有纪决不认识的人。他把饭放下，凑到左正谊背后，低头一看，正好 Akey 发来了消息。

Akey："你离开蝎子的那天，我的情绪比较激动，说话很过分。虽然当时你没生气，但我事后反思了一下，我不该怪你，你从来没有故意打击过我，是我自己一厢情愿把你当对手，给你带来了这么多的舆论困扰。现在只要有比赛，就会有人在论坛上开帖对比我和你的场上表现。"

End："。"

End："没关系，电子竞技的本质就是'竞'，被拉出来对比很正常。"

Akey："你不生我的气？"

End："还好吧，一点点。"

左正谊很客气，说得委婉。

Akey："那你看了我和 XYZ 的比赛吗？我差点就拿了五杀。"

End："……"

又来了。果然说什么道歉都是假的，他真正的目的还是来左正谊的眼皮底下炫耀，和以前一样，死性不改。

左正谊简直无语至极，有些不想理他。

微信还在闪动。左正谊迟迟不回复，Akey 一头热地发消息也发得起劲。

Akey："没看？好吧。"

Akey："我看过你的比赛，你的状态恢复得不错。"

Akey："但我觉得 SP 的战术有问题，这么打太容易翻车了，明天打 Lion，估计你们有点悬。"

Akey："你在忙？"

Akey："你忙吧，可以抽空看一下我的比赛。"

Akey："拜拜。"

左正谊："……"

虽然仍然是炫耀，但 Akey 的态度和以前比稍微有点不一样，从"我就是比你强"变成了"你抽空看一下我的比赛"，他竟然学会拐弯抹角了。

左正谊不知道这是为什么，也没有多想。

他们一起吃饭的时候，纪决问起原因，左正谊解释了一下当初 Akey 参加 WSND 青训营的选拔被自己 solo 筛掉了的事，说 Akey 对此耿耿于怀，记仇记到现在。

纪决听完有些不高兴，反复追问。

左正谊不想聊，耐着性子解释了五分钟就耐心耗尽，一摔筷子，威胁道："我不想聊他，你再问下去我就要生气了，好烦。"

"……"

搞了半天，纪决还得反过来哄他。

但 End 哥哥就是这样的。

不过这只是一个小插曲，很快就过去了，左正谊和纪决还不至于因为 Akey 影响感情。

二 >>>

他们生活的重心依旧是比赛。蝎子和 XYZ 对战的那场比赛 SP 全队一起看过，左正谊自然没落下。但 SP 现在的首要目标是打败 Lion，暂时还顾不上蝎子。

SP 打 Lion，时间在 2 月 27 日，晚上八点。Lion 今年换了主教练和打野，打法与上个赛季相比略有不同。这位韩国打野贵则贵矣，却不是吃经济 carry 的类型，而是非常万金油的团队型打野，比起 carry 更擅长为队友提供助力。ECS 赛区流传着他"中单背后的男人""影子核心"的传说，意思是指，他到哪个战队，哪个战队的中单就特别强，各种高光 carry。

一开始大家没注意到他，以为是那些中单本身实力强。后来才发现，一离开他，中单们就全部"状态下滑"，不如以前了。

Lion 把他买来，是为自家中单 Record 服务的。Record 是 Akey 的"前辈"，左正谊的老深柜粉了。他最有名的发言当属上赛季初刚回国时的那句："我最擅长玩的英雄是伽蓝，我比 End 玩得好。"

后来惨遭打脸，Record 也不觉得尴尬，是个脸皮厚的乐天派选手。他还在微博上关注了左正谊，左正谊发的每一条微博他都会点赞。

左正谊从首尔回来之后，Record 还曾坦言，他最喜欢的中单就是 End，但他自己也在精进，技术提高了很多，期待和 End 的下一次交手。

踩着二月的尾巴，"下一次交手"终于来了。

左正谊同样对这场比赛充满期待，他想亲自检验一下，Record 是不是在吹牛，这位老对手真的进步了很多吗？

Lion 的新打野也令人十分好奇，在左正谊看来，纪决已经是最强的打野了，化用一下 Akey 当初挑衅他的狂言：其他打野能做到的，纪决都能做到；其他打野做不到的，纪决也能做到。

无论什么打法什么战术，纪决总能给出最好的配合，让左正谊特别有安全感。

27 号的晚上，SP 全队抵达比赛场馆。他们和 Lion 的比赛是今晚的第二场比赛，由于上一场的两支战队打满了三局，并且最后一局时间超出常规，打了将近五十分钟，所以 SP 和 Lion 原定八点的比赛拖到了九点多才开始。

左正谊和队友们被迫在后台当观众，观看了一整局别人的比赛。

这局两边打到大后期，你一波我一波地互推塔，迟迟攻不下高地，看得人有些发困。

轮到 SP 上场的时候，左正谊才精神一振，随口吐槽了一句："还好我们打前期，结束得快，不然今天晚上得打到后半夜去。"

没想到，他这个乌鸦嘴，好的不灵坏的灵。SP 和 Lion 的第一局，竟然也打成了时间超长的"膀胱局"。

打前期阵容，就要有久攻不下，比赛被拖到大后期的心理准备。

第一局比赛一开始，程肃年和前两场比赛一样，原封不动地选出了极端进攻阵容。几乎所有的观众和解说都为 SP 捏了把汗。因为他们面对的是 Lion，不是水平不稳定的 XYZ，也不是吊尾的 SXD。

面对强敌，SP 依然自信得可怕。在外人看来，这种自信是盲目的，SP 没有给 Lion 应有的敬意。

但事实上并非如此。

SP 很有敬意地准备了好几套方案，只是在 B/P 的时候，程肃年犹豫了半天仍然觉得，还是打前期进攻比较好。

天下武功，唯快不破。

从理论上来说左正谊很支持他，但打起实战来，打得顺不顺利就不是左正谊一个人可以决定的了。

第一局打得相当艰难。开局是白昼，SP 没有放过入侵野区的机会，没拿下人头，但抢到了两只野怪，拿到了一点资源优势。

SP 再接再厉，纪决快速刷够等级去三路游走，试图帮上中下三路建立线上优势，再从线上反哺野区，加快节奏，压制对面英雄的发育。

前七八分钟都是按照 SP 预设的剧本在发展，但这时困局已初现端倪——他们很难杀掉 Lion 的核心中单，Record 的操作非常谨慎。

放弃中路去抓下路，下路也不给机会。好不容易打残了中单，趁 Record 回城补状态，SP 如愿拿下小龙，顶着击杀小龙获得的战力增强 Buff，越塔强杀了 Lion 的 AD，人头给到封灿，拿到了较大优势。但节奏仍然比原计划的慢了一些。

"慢"是致命的。SP 不敢拖，一点时间都不能浪费地飞快运营。左正谊指挥全局，将进攻核心倾向下路，和纪决一起帮助封灿快速打钱、杀人，压着对面的 AD 推掉防御塔，然后搜刮对面的野区。

这时，系统提示：三分钟后将有局部降雨。

降雨分为两种模式：全境降雨和局部降雨。前者全地图内的所有移动单位都会被减速，后者顾名思义，只有某一局部地区才有降雨。

局部降雨通常出现在大小龙和红蓝 Buff 所在的地方，或者当下正在进行战斗的地方，让战场乱上加乱。

所有战队都在摸索怎样更好地利用天气系统，掌握它的变化规律，或者有没有隐藏设定，但暂时还没研究出一个有效的套路。

SP 也在摸索之中。

降雨提示出现的这一刻，SP 的四个人正在 Lion 的下半野区里打架，只有 Lamp 在上路跟 Lion 的上单焦灼地 solo。

按 SP 的战术，上单也不能闲着，Lamp 必须和队友一样为自己或为其他人创造机会。

左正谊原计划把下半野区里的团战打赢，上路的 solo 也打赢。他很信任 Lamp 的技术，等拿下双线大优势后，全队会合推中路的塔。

但团战打得没有预想中顺利。

Lion 的新打野滑不唧溜，在野区遍布围墙的环境里走位诡谲，诱使 SP 把团开在了一个很狭窄、不利于调整阵型的位置。

这时 Lion 全场仅存四人，AD 复活倒计时中——上单在上路打架；打野和辅助在野区里和 SP 周旋，一副半撤不撤的作态；中单没露视野。

纪决、封灿、赵靖三打二包围了对面的打野和辅助，左正谊在稍远一些的位置放技能，同时防备着极有可能突然进场的法师 Record。

如果 Record 不来支援，Lion 的打野和辅助不会拖着不走。他们是在寻找机会。

这个机会终于被 Lion 找到了。

他们的打野被封灿打残，转身准备逃走，封灿和纪决的第一反应都是追上去。Record 在这时从中路二塔的路口进入了野区。他的这个进场位置很危险，刚好把自己夹在封灿、纪决和左正谊的中间。

纪决继续追杀打野，封灿回头和左正谊一起包抄中单。

战场在顷刻间转移重心。Record 的目标是左正谊，他们一个后期法师一个前期法师，Record 在没发育起来的时候是根本打不过左正谊的。

在左正谊看来，这就是一个送上门的人头。

封灿也是这么想的。他们两个犹如饿虎扑食，一齐杀了上去。赵靖紧跟上来助攻。

但 Record 只稍微一试探就飞快地退回了防御塔下。

SP 三人收不住攻势，越塔强杀。

就在这时，Record 秀起了走位。他按着闪现，注意和封灿保持距离，在左正谊和赵靖用技能封死左右两路时闪到了技能刮不到的空隙里，同时开启 AOE 大招，以攻代守，为自己争取躲避的空间。

越塔本就是冒险之举，Record 带来的伤害不高，但塔伤够高。

SP 一击不中就不宜再拖了，Lion 的 AD 也已复活，纵然不甘心，左正谊也不得不下令撤退。

与此同时，局部降雨落在了上路。丁海潮 solo 胜利，打得对面的上单夹着尾巴败逃，人头即将到手的时刻，降雨特效落了下来。他脚步一缓，本该砍在敌人头上的招式落到了空地上，敌方上单刚好卡在降雨范围的边缘位置，趁机脱逃。

丁海潮在队内语音里吐了个脏字。

左正谊把视角切到上路，看见了这一幕，随口安慰："没事，问题不大。"这是一句机械性的回答。左正谊的大脑仍在思考全局。

这短暂又漫长的三分钟是一个转折阶段，只有纪决拿下了对面打野的人头，除此以外 SP 没有更多收获。

Lion 却得到了喘息之机。自这以后，SP 的进攻越来越难打。

谁都没犯操作上的失误，大体上来说，左正谊的指挥也没问题。但 SP 就是攻不下，塔推得慢，人打不死。Lion 拖了又拖，十五分钟一过，左正谊的心就凉了半截。

大龙刷新又是一个关键点。

在最近的几场比赛里 SP 都不喜欢打大龙，没必要。但现在他们需要一个大幅提升战斗力快速推进的契机。左正谊很想吃掉大龙的增益 Buff，强化兵线，但不敢轻易下令。

自古打龙易翻车。如果 SP 开龙，Lion 必定会来抢。一旦团战爆发，SP 这种全菜刀阵容如果没有超前发育，经济不能碾压对方，那么在打团时就是劣势方，基本一碰就碎。

但 Lion 也不傻。游戏进入中期，即使 SP 不开龙，他们自己也会主动开龙来逼团。

SP 进退两难。全队都在等左正谊尽快做出决策。

气氛愈发焦灼，左正谊探了一圈视野，最终做了一个让人意想不到的决定。他看了眼上半区河道龙坑里的大龙和下半区河道龙坑里的小龙。

"两条龙一起开。"他说，"打野去上半区，AD 和辅助去下半区。上单跟我走。"

第十八章

他带着 Lamp 清理兵线的同时在野区附近望风。

Lion 起初没发现,后来见纪决迟迟不在小地图里露头,便猜到了他多半在偷龙。

Lion 派辅助来大龙坑附近探视野,躲在草丛里的左正谊和丁海潮将这一幕尽收眼底。Lion 挨个草丛扫过,眼看要扫到他们面前了,这时大、小两条龙的血量都降到了 50% 以下。

Lion 并不知道 SP 连小龙也在打,全队压上来抢大龙。

左正谊和丁海潮见拦不住他们,迅速喊纪决拉脱,三人齐齐撤退,Lion 接手了血量回到 80% 的大龙。

丁海潮在一旁盯着 Lion,假意靠近,左正谊和纪决则去帮封灿迅速收掉残血的小龙,趁 Lion 的大龙还没打完,抢一个时间差,带着小龙给的 Buff 回头开团。

这是左正谊能写出的最好的剧本了。

他竭尽全力为 SP 争取机会,队友也全力配合,把团战的每一个步骤处理到近乎完美,但仍然只打出了个三换三。

SP 把大龙抢下来了,算是不亏。但对 SP 来说,微弱的优势根本不够用。

一波抢龙团打完,SP 只把 Lion 的上中下三路外塔推平,仍旧没能上高地。而这一波结束后,Lion 的中野存活,Record 吃到两个人头,又合成了一件神装,宣告进入了他的强势期。

对面的核心发育完成,致使 SP 越发步履维艰。

丁海潮、赵靖换了肉装,纪决也被迫出半肉装,否则都扛不住 Record 的伤害——一个小技能就能刮去他们的半管血。

输出的任务落在了封灿和左正谊的头上,但他们两个属于前期英雄,早就进入疲乏期了,伤害量十分有限。

SP 简直不知道自己是怎么拖下去的。

三十分钟左右,场上的局势就已全面反转,SP 的高地防御塔被拔下两座,仅剩中路岌岌可危的一座。

屏幕上方的信息条显示着游戏时间:49 分 36 秒。

左正谊打得头都开始痛了,他的手也有些发酸,对面却气势正盛。

理论上来说,SP 能否在这种情况下绝地反击,要看 Lion 给不给机会。

如果对面没人犯错，以 SP 的这种阵容是绝对打不过的。

这种感觉最糟糕，无可奈何，苟延残喘。

SP 又拖了几分钟，每个人简直是拿命在扛 Lion 的攻势，扛了一波又一波，水晶被攻击的警报响了五六次，可惜最终还是没拖过去。

Lion 根本不给机会。尤其是当 Record 合成了第七件神装之后，简直神挡杀神。

第 55 分钟时游戏结束，SP 以 0∶1 的比分落后，全队下台休整。

左正谊从座椅上站起身时有点头晕，纪决顺手撑住他，扶着他去了后台。

领队迎上来递纸巾帮他们擦汗，封灿的队服都湿透了，程肃年拧开一瓶矿泉水递给他。封灿喝了一口，像是打游戏打傻了似的，半天才迟钝地冒出一句："我去上个厕所。"

不止他一个人要去，每个人都去了厕所，顺便洗了把脸，清醒清醒。

再回到休息室时，程肃年已经调整好了情绪，从第一局失败的低迷中走了出来。

程教练鼓励道："你们打得很好，都已经尽力了。输了是阵容的问题，我们也差了一点运气。"

没人接话，大家都打得很累，只听着他说。

"下一局我们打什么阵容，看对面的 B/P 情况再说。如果继续打前期进攻，你们……"他顿了顿，"信心还够吗？"

这里的信心当然是指对程教练有没有信心，愿意继续听他安排吗？还是和此时此刻的广大网友一样，认为 SP 的教练组昏了头，早该换战术了？

程肃年当然有权要求他们继续这么打，但如果连选手们自己都心存怀疑了，那么就不可能打出太好的效果。所以他得先了解选手的心理状态，才好做下一步规划。

左正谊和纪决对视一眼，都没吭声。

出乎意料，封灿先开了口。他带着几分亲昵的埋怨，吐槽程肃年："我当然信任你，但你别这么信任我们。我是觉得还得练，这打法还没练熟。"

选手的操作不犯错，不等于他们打得没有任何问题。操作只是游戏的一部分，意识同样重要，比如在什么时候该做什么事，不同的选手会有不同的选择，不同的选择就会造成不同的后果。运营细节实在是太重要了。

但话说回来，这全都是选手的错吗？教练组的责任呢？

如果放着更安全、胜率更高的战术不用，反而要求选手们在一种极端战术里追求完美，打到极限，这是否是舍近求远，舍本逐末？

程肃年沉默了。

休息室里一时寂静无声。

封灿刚才那句话乍一听是在埋怨程肃年，但仔细一想，其实是在为他开脱。

丁海潮的脑子就想不了太多，他打职业比赛只是为了赚工资，自然是领导怎么安排他就怎么做。左正谊也给不出更好的建议。

最近这段日子，SP 虽然练了好几种阵容，但始终以极端进攻为主，其他阵容为辅。在他看来，虽然打极端进攻有很大的风险，但其他阵容也并不是绝对安全。

当初程肃年有一句话说得对，无核进攻最适合他们。让他们规规矩矩地和别人一样，走"安全"路线，红花绿叶很难分配，必然会有人因此受到限制而发挥得不好。这就是团队磨合的难题了，似乎怎么都对，也似乎怎么都不对。

战术的正确性只能靠胜负结果来检验，但职业赛场不是路人局，他们输不起。更何况，SP 的目标是三冠王，连 Lion 这座小山都翻不过，凭什么当三冠王？

左正谊有些犯困，倚在纪决身边喝矿泉水。喝了几口，他倒出一部分到纸巾上，用湿的纸拍了拍脸。

队友们也都歇的歇，发呆的发呆。

程肃年则和副教练丁太平一起避开选手，去一旁商讨战术了。

三

休息时间一眨眼就结束了，他们再次回到比赛台上。

第二局 B/P 开始。SP 和 Lion 的第二局比赛开始的时候，时间已经逼近晚上十一点。这一局在 B/P 时程教练仍有些犹豫，原本不想重蹈第一局的覆辙，换一套阵容来打。但意外的是，Lion 竟然换了思路，起手就以选代 Ban，锁定了进攻型辅助玛格丽特。

这是一个明显的信号——Lion 想趁 1：0 领先，有士气优势，也想打前期，一鼓作气拿下 SP。

SP 虽有压力，但不缺魄力。如果这时选择保守阵容就落了下风，前期硬碰硬反而是个机会，无非是看谁的刀更快更锋利，这正是 SP 擅长的。

两队的 B/P 进行得飞快，比赛一下子变得刺激起来，第一局超长时间带来的沉闷感一扫而空。

刚才还在犯困的解说顿时精神抖擞，音量都提高了几度。

"玛格丽特！"

"女侍！飞景！最近 SP 对飞景情有独钟，是因为他们的新上单 Lamp 玩飞景玩得格外好，每局都有亮眼操作。"

"SP 最近打的都是菜刀流，Lion 的阵容看起来稍微均衡一些——大象、幽灵诗人。大象还是比较肉的。"

"这两手一出，感觉 SP 会拿阿诺斯。"

"果然，他们选了阿诺斯！拆了 Lion 的三叉戟。"

"中路呢？左神玩什么法师？"

"我觉得比较适合拿纺织娘这一类的，上野都够猛了，中单来游走打配合。但这英雄手感偏软，End 似乎一直都不太喜欢玩。"

"我觉得从 SP 前两场的风格来看，选法刺的可能性更大。"

"法刺也不错，SP 真的很爱多核菜刀流。"

"我听说他们管这叫'无核极端进攻流'。"

"多核即无核，无核即多核，也没错。"

解说的话音刚落，SP 把法师亮了出来，是冰霜之影。这是一个在大家意料之中的选择。

伽蓝永恒被 Ban，左正谊最擅长后期法师，在 SP 现如今的战术下也基本不怎么玩了。他现在全面发展，要的就是什么都能玩，什么都能秀。事实上，解说说他不喜欢玩的纺织娘，他最近也练得比以前熟了。

SP 的上中野是飞景、冰霜之影、阿诺斯，下路是女侍加鹿女。这套阵容的优势是一如既往的攻击值拉满，不管抓到谁，对面都会瞬间融化。

Lion 的上中野是大象、幽灵诗人、红蜘蛛，下路拿赤焰王和玛格丽特来对线，控制技能比 SP 多，相对来说也稍微更肉一点。凡事有利有弊，Lion 的攻击没有 SP 那么猛，主打 combo 控杀，团战占优势，SP 这种典型的 gank 阵容并不愿意跟他们打团。

　　对局一开始就是黑夜状态，视野只有正常情况下的一半。SP 浑水摸鱼，在中路抱团埋伏。

　　对面中单 Record 在黑夜中的走位稍微靠前，直接被抓到，掉了半管血，被迫交出闪现才逃过一劫。

　　这一波交锋发生得突然，SP 的行动又快又急。紧接着，丁海潮回上路清线，顺路探看自家的上野区。封灿和赵靖回下路清兵线，从下野区附近扫过。左正谊和纪决紧随其后，沿河道的岔路口拐进了 Lion 的蓝野区，打算趁 Record 状态不好反个蓝 Buff。

　　Lion 既然选出前期阵容，自然也都没闲着，打野红蜘蛛点控制技能出门，和辅助玛格丽特一起，正在蓝 Buff 旁边的草丛里候着。

　　纪决拉开蓝 Buff，左正谊用技能探草，双方二对二正面遭遇，冰影被控！要么撤，要么打，左正谊不肯放过对面中单支援乏力的机会，立刻在地图上发出一个需要支援的信号。

　　封灿和赵靖第一时间回头，Record 同时出现，二对二变成四打三！

　　在封灿和赵靖还未赶到的几秒内，左正谊向野区外走动，把阵型朝远处拉开一些。他刚才在被控的瞬间吃了对手的两个技能，血量降下一截，这时 Record 操控着前期机动性高的幽灵诗人紧追到他面前，配合红蜘蛛和玛格丽特，欲拿一血！

　　解说一句"End 危险！"才脱口而出，场上局势陡转。

　　左正谊身法灵活地躲过几道攻击，同时不忘进攻，和纪决的阿诺斯一起在极其危险的境地下和敌人周旋，把 Record 打成了残血！

　　机会一到，封灿如鬼魅般闪出。他的闪现是用来打进攻而非逃命的，一进入射程，鹿女的飞镖便破空而来，直取幽灵诗人的项上人头！

　　"First Blood"跳出屏幕，击杀音效如惊雷般响彻现场，SP 的粉丝集体发出一阵欢呼。

　　战斗还没停止。左正谊和纪决的血量状态都不好，残得快空了。

面对两个残血，哪有放他们离开的道理？Lion 不肯龟缩，AD 赤焰王在下路吃了一波兵线，带着等级和装备优势赶来支援，从边缘伺机入场，瞄准左正谊的冰影发起攻击。

玛格丽特在另一侧堵住他们的去路，左正谊和纪决在封灿和赵靖的掩护下逃向下路，场上一通乱战，封灿的鹿女和对面的赤焰王正面对 A。

鹿女是偏技能型的 AD，在没有装备加成的情况下攻速不如赤焰王。但封灿边打边撤，竟然把对面的 AD 打成了残血。但他自己的状态也不太好了。

场上残血遍地，再让丁海潮下来收割根本来不及。

左正谊一不做二不休，手比大脑反应快，算准对面几人技能放完的空档，踩钢丝般扑上去，一个冰锥刺死了血最薄的赤焰王，然后在其他人朝他攻来的前一秒，闪现过墙！

他的动作太快，走位刁钻，杀人也不忘给自己选离退路最近的位置，直叫人看花眼。

然而，离他最近的那面墙是 Lion 下野区的墙，他闪进敌人家中，绕出草丛后，被堵在了 Lion 下路第一座和第二座防御塔之间。

这就有些尴尬了。

左正谊无奈，对队友道："撤吧，我送塔。"

他在心里默数时间，赶在 Lion 来人抓他之前视死如归地走进了防御塔里。

[红方防御塔成功击杀 End。]

台下响起一阵哄笑。

左正谊活动了一下手指，愉快地道："没关系，还是赚了。"

SP 开局打出了气势，直到第一条小龙刷新之前，一路顺风。

情况对 Lion 来说却十分不利，但 Lion 也并非没有机会，他们将小龙视作一个较大的翻盘点，在中下两路全力运营，争夺线权。

第二次大规模战斗就爆发在小龙刷新的一瞬间。直播画面给到在河道草丛中埋伏的左正谊身上，Record 从草丛旁路过，他暴起发难，但在这种关键时刻 Record 必然不会草率去探草丛，这是一招将计就计。

Record 故作惊慌之态引左正谊后退，他的打野队友红蜘蛛从天而降，蛛网兜头罩住左正谊！

然而就在这一刻，螳螂捕蝉黄雀在后，SP的女侍嗖地甩出一根花枝，在半途打断了红蜘蛛的施法，把人钩到了她身边！SP才是将计就计！

纪决的一整套爆发都给了红蜘蛛，后者当场暴毙，Record溜得快逃过一劫。但打野一死，直接宣告Lion失去了小龙的争夺权，翻盘希望再度变得渺茫。

接下来的发展几乎没有悬念，SP的经济雪球越滚越大，以强势的姿态拿下了第二局，比分变成1:1。

到了第三局决胜局，Lion是很不甘心的。他们认为SP一整局的优势都建立在开局时Record大意失掉的半管血上，若非如此，Lion的一级团不会打输，自然也不会有之后的一系列发展。

所以在B/P的时候，Record似乎还想打前期，继续拿第二局的阵容，为自己一雪前耻。

直播画面里，他坐在电竞椅上，回身抬头和教练交流。不知他们说了什么，Lion的教练摇了摇头，把第一手选出的玛格丽特换成了黑魔。

黑魔，肉型硬辅。Lion要回归到第一局的路线上，用传统阵容制裁SP了。

同一时刻，SP也在商议。他们打完第一局时有些灰心，但打完第二局又恢复了士气。

全队的手都很热，程教练只犹豫了三秒，可能连三秒都不到，就下定决心坚持己见，继续打极端进攻。

阵容选完的那一刻，比赛直播间里的弹幕精彩纷呈。

SP粉丝的心情焦灼又担忧，刷了满屏的"药丸"表情符号，是暗示SP"要完"了，也是在给他们自己喂"速效救心丸"。

连解说都忍不住调侃。

"SP可真固执啊！第一局打得那么难受，第三局还敢选这个阵容。"

"我感觉他们跟这个菜刀阵容杠上了。"

"他们确实打得挺好，但像第二局那样拼刀还好赢一点，打正经的后期阵容真的难呀，稍有不慎就凉了，好歹也弄个前排吧。"

"Zhao玩过前排，Lamp好像没玩过，不知道是战术要求还是他自己不擅长玩。"

"哎，这个不好说，我们还是先看比赛……"

直播画面一转，对局又开始了。

这时时钟已经转到了十一点四十，直逼午夜十二点。网络直播间的观看人数居高不下，观众们既希望比赛快点打完，又希望决胜局能精彩刺激，看得够爽。不负众望，SP 和 Lion 果然打得很刺激。

虽然 Lion 的阵容偏向于后期，核心位置需要一定的发育时间，但他们令人很意外地在开局就拿到了优势。

这局依旧是黑夜开局，狭窄的视野为 SP 的进攻提供了便利，却也给他们造成了一定的误导。纪决反野时误入 Lion 的埋伏之中，险些丧命。他虽然没死，但也没拿到野怪，反而为对方打白工，拖慢了 SP 的节奏。

这让纪决的精神十分紧绷，之后一直找机会"将功补过"。中路有一波 gank 是他的机会。他埋伏在左正谊旁边的草丛里，伺机而动，和左正谊联手取了 Record 的性命。

敌方的打野就在附近，第一时间就赶来支援，但他没救得了 Record，反而被纪决用一套近乎完美的连招和走位斩落于马下，给 Record 陪葬。

紧接着，左正谊和纪决一起游进 Lion 的上野区，搜刮了几只小怪，顺便去上路 gank，绕到塔后配合丁海潮强杀了对面的上单。

一路 gank 一路杀穿，纪决打出了这三局以来最好的状态。

SP 逐渐将优势扩大。

Lion 比起拼刀显然更擅长打龟缩发育战术，他们三路都被杀了几次之后，运营便极其谨慎，不肯再让出任何一个人头，也不再做任何一点冒险的事，全力拖延时间，缓慢发育。

事实证明，Lion 的应对之策是有效的。

SP 打到第十五分钟，也才推到中路二塔。Lion 上下两路的外塔虽然都被拔掉了，但 Lion 把兵线处理得比较好，这为他们争取到了一分又一分的喘息时间。

Record 发育得很慢，但到二十分钟左右，也有基本的参团能力了。

SP 本来占据极大优势，可在不知不觉中似乎又重走了一遍第一局的路——打得很好，哪里都没出错，却仍然久攻不下。

连大龙的争夺都和第一局的情况十分相似。SP陷入两难境地，左正谊下令冒险开龙。但有过一次经验，Lion不会再给他们双龙齐开的机会。当SP去打大龙的时候，Lion直接全队压上强势抢龙。

"Righting撤退！"左正谊在语音里道，"散开，散开！先避一下！"

交过两次手后，Lion似乎摸到了SP的长处和短板，比第一局打得猛。大法师一旦发育起来，只要身前的肉不倒，几乎能无限输出。Record就躲在后排，在队友的保护下边走位边释放技能。

大龙庞大的身躯抖动着发出怒吼。

左正谊趁乱绕到龙坑上方，神出鬼没地切到后排，封灿跟着他的方向集火，数道技能从不同的方向砸到Record的身上。

Record吃了大部分技能，黑魔的大招硬保下了他的命。

SP一击失败，又起一击。

刺客和后排核心之间的切与被切就好比以矛攻盾，真正的强矛无坚不摧，真正的强盾也坚不可摧，生死不过在一刹那之间，既分高下，也决胜负。

左正谊玩过很多次法刺类英雄，却从未像这一刻，真正地把自己当成了刺客。

战场中的一切在眼前慢放，他躲过了数不清的攻击和控制，仿佛从千里之外奔杀而来，直取上将首级！一招刺中了Record的身躯！

封灿那边也在被切，但灿神不辱使命，仍在竭力输出，还反杀了一个；丁海潮用飞景的大刀把战场一分为二，在几乎没有助攻的情况下单杀了敌方AD；赵靖护在封灿身边，替他分担火力；纪决冲上前来，帮左正谊补足了最后一丝伤害！

"Record倒了！"解说高声道，"SP打出了神奇的零换三！"

"Lion在撤退！"

"别让他们走。"左正谊冷静地道，"就这一波，推上去。"

SP放弃大龙，直接推兵线上高地。

Lion仅剩的两个人是辅助和上单，根本扛不住同时逼近的三路兵线。

SP赶在Record复活之前，一举攻破了Lion的水晶。

"恭喜SP！让一追二逆风翻盘！反超狮队登上EPL积分榜第二名！"

第十九章 碾压

不管左正谊玩的是哪个英雄,是伽蓝、劳拉、路加索,还是雾法,他都是世界第一中单。他就是一尊神像,所有玩法师的人,都只配抬头仰望。

午夜时分,比赛场馆内人声鼎沸。

直播还未结束,现场的巨幅屏幕上,胜利的旗帜插在了 SP 阵营。身穿红白金三色队服的五位 SP 选手依次站起身,收拾各自的东西,准备下场。

"好累。"特写镜头扫过的时候,左正谊不顾众目睽睽打了个呵欠,"我知道 Lion 不好打,但没想到这么难打。他们现在的指挥是谁啊?"

封灿道:"据说是打野。"

"韩国人怎么指挥?"

"会一些常用词就行,沟通不难。"

"也是。"左正谊鬓角有汗,连续三场高强度对局,对体力和精神的消耗都极大,他拧开桌上的矿泉水瓶猛灌了几口。喝水的时候眼神飘到纪决身上,发现他低着头,微微蹙眉,不经意地甩了甩手。

左正谊是受过手伤的人,对这个动作特别敏感,敏感到几乎有些 PTSD,立刻问纪决:"怎么了,手疼?"

"没。"纪决看了他一眼,面色如常道,"打太久了,有点累。"

累是真的累，今晚打得格外久。

他们回到基地的时候，都已经快凌晨一点了。这么晚了，大家的精神状态都不好，不适合再做复盘。

领队给他们安排了一顿消夜，一人一碗馄饨，量不多，怕吃多影响睡眠，叫他们吃完了就回房间休息。消夜是在五楼的训练室里吃的。

气氛有些沉闷，可能是因为大家太过疲惫，表情都很平静，没人为今晚的这场胜利感到喜悦。

话说回来，打 Lion 打得这么艰难，差点就翻车了，的确不值得高兴，而是该反思。

左正谊一边吃馄饨，一边开着电脑，用网页刷微博。

SP 的官博照旧发布了比赛战报，EPL 联盟官方也一如既往地买了热搜。这热搜八成是买的包年套餐，每场比赛都会上热搜榜，有焦点战的时候还会同时上好几个词条。

今晚无疑就是一场焦点战。SP 的明星选手太多，只要有良好表现，粉丝就能夸出花来。但热搜广场上的风向和左正谊预想中的不太一样，粉丝不仅没夸他们，还比他们更擅长反思，甚至对他们现在的打法深感焦虑。

SP 官博下的热评里全是提建议的，左正谊咬着馄饨笼统一看，大部分在问："能不能别固执了？打什么不好偏要打菜刀流。"

有一条热评还吵起来了。层主言辞直白，矛头直指程肃年，说："如果不是哥几个发挥超神，靠个人操作救场，SP 今晚连怎么死的都不知道，教练组的心里没点数？下一场打蝎子，好自为之吧。"

下面有反驳的，有附和的，正是因为有争议才吵得激烈。有人说程肃年缺乏当教练的才能，不该勉强为之。看看 SP 上赛季的成绩，他根本够不上顶级教练，水平充其量只能算中等偏上，采用现在的战术纯属祸害战队。

电竞圈就是这样的，没有人能逃过被网暴的命运。即使是建队功臣程肃年，也会有挨骂的时候。

左正谊一点都不觉得奇怪，只是觉得粉丝们实在紧张过头了，怕蝎子吗？

最近蝎子的势头的确很猛，已经十二连胜了。

第十九章

左正谊关掉网页，把馄饨吃完，心情一时有些难以言喻。虽然他不像粉丝们那么焦虑，但心里也并非没有隐忧。训练室里安静得只能听见碗筷的碰撞声和不知是谁点击鼠标的声音。

左正谊抬头看了一眼坐在不远处的程肃年。

程教练自今晚打完比赛后脸上一直没有笑意，不知是受舆论影响，还是在忧虑着什么。这人一贯不显山不露水，叫人看不出来他在想什么。

左正谊的视线一一扫过队友。封灿坐在程肃年身边，和他看同一块屏幕。赵靖见缝插针地开了直播，客串美食主播，用吃馄饨混时长。丁海潮在跟女朋友聊天，据说他谈的是姐弟恋，女朋友是上海某知名公司的高管，鬼知道是真的假的。

左正谊的目光落在纪决身上。今晚他隐隐感觉到，纪决的情绪不太对，不过不明显，因为纪决在他面前总是耐心十足，不会轻易发脾气。

他们的电脑桌离得很近，两人之间的距离只有一臂远。左正谊将盛有馄饨的碗推开，单手支住下巴，歪头盯着纪决看。

纪决还没吃完，吞咽时喉结滚动，侧脸是沉默之色。

左正谊的目光从他的脸转移到手上，看了两秒，突然伸手去摸他的手腕。纪决条件反射般地往回一缩，这才迟钝地发现左正谊在盯着自己，微微错愕，一脸若无其事地笑道："干吗？你吓我一跳。"

"你才吓我。"左正谊敏锐地道，"你的手不舒服。"这回是肯定句。

"……"

他们聊天的声音很小，没人看向这边。

默然对视片刻后，左正谊站起身，拉起纪决往外走。

训练室的玻璃大门外就是电梯，回到六楼，把房门一关，左正谊打开灯，坐到床边，拍了拍自己身边的位置。

见他一本正经，要训话似的，纪决忍不住笑了，走到他面前坦白："我只是有点手酸，你别太紧张。"纪决站得高，俯身捧住左正谊的脑袋，欠嗖嗖地摇晃了几下，把左正谊摇成了拨浪鼓，晕得一双大眼睛半天对不上焦，气得踢了他一脚。

左正谊差点就被他糊弄过去，两只手小心地握住他的手腕："真的没事？那你为什么不开心？"

纪决道："嗯……因为我的想象力比较丰富。"

"？"

"我怕我在这个关键时期因手伤而状态下滑，影响 End 哥哥的三冠伟业。"纪决半玩笑地说，"如果是那样，你会很失望吧？八成会换打野。我一想到那幅画面就心烦，连你的台词都想好了。"

"……"左正谊怔了下，"你没病吧？"

"我病得不轻。"

"我看也是。"

话虽这么说，左正谊还是有些不放心："明天叫队医给你拿点药，用了总比不用好。你不许瞒着我哦，手疼就要说。"

"嗯。"纪决应了声。

左正谊越发困倦了，喃喃道："其实我也有点担心手伤复发，最近……"

他想说最近几天训练任务太重，但职业战队都是如此，哪有不拼命训练的？干一行受一行的罪，无可奈何。

"哎。"左正谊凭借最后一丝力气从床上撑起身，"我去洗澡。"

他洗完之后纪决去洗，等纪决带着一身水汽回到床上的时候，他已经睡得很沉了。

"晚安。"

纪决关掉灯，刚闭上眼，出于职业选手的本能，把下一场比赛的对手在他的脑海里过了一遍。一想到蝎子，他忽然想起一个人来。Akey 老是来烦左正谊，惹得左正谊不开心，这让他也很不爽。

纪决越过左正谊，手臂摸向床头的手机，默不作声地解了锁，打开微信，找到备注为"Akey"的人，删除并拉黑。删完他又检视了一遍左正谊的最近联系人，才把手机放回原位，心满意足地睡觉了。

这是 2 月的最后一天，SP 的复盘会议开了一整天。之所以开这么久，是因为一开始是复盘 Lion 的比赛，后来主题就转变成能否用同样的打法来应对下一场的蝎子了。

程肃年似乎一夜没睡，左正谊在他的脸上看见了黑眼圈。他握着一支圆珠笔,在会议桌上无意识地轻轻敲打,微微皱着眉,一脸的压力已经掩饰不住。

左正谊明白他在忧虑什么。

虽然 SP 打赢了 Lion,但 Lion 只是一个开始,后面的比赛多着呢。

就目前的情况来看,程肃年的无核进攻流最适合虐弱队,对上强队风险太大。

不只是微博上的 SP 粉丝反对他,教练组除他之外的人——副教练、分析师等,也都不赞同他继续走这么极端的路线。

所谓的"进攻艺术",在不能保证胜率的情况下,还值得坚持吗?

程肃年当初提出这个想法的时候有多么激情澎湃,现在他的眉头就皱得有多深。

傍晚,复盘会议还没开完。

副教练丁太平打开投影仪,把手机上的数据投到大屏幕上,说:"我们简略地分析了蝎子最近的十二场比赛,我不知道蝎子是怎么想的,他们的朴教练似乎把 Akey 当成了 End 来用,法师选择偏好和中单在运营上的细节处理,都跟当初 End 在蝎子的时候如出一辙。有几场比赛 Akey 还模仿了 End 在 WSND 时期的打法,中单当大核,AD 做副核,上野都是节奏型英雄,为中单的发育服务。"

左正谊的表情一言难尽。

丁太平说:"邪门儿的是,他们打得很好,否则不会十二连胜。但除了模仿 End 之外,Akey 基本没有个人风格,这样的选手……"

丁太平是个老好人,很少言辞过激。

他委婉地道:"我个人很不欣赏,但不得不承认,Akey 的技术很强。想模仿 End 的人太多了,真正能成功的没几个。朴业成是个唯胜利主义者,和肃年是两个极端,他不在乎打得好不好看,也不介意这种'代餐战术'被业内耻笑,能赢就行。"

丁太平看了程肃年一眼:"我觉得这就是电竞的本质,在竞技比赛里胜利才是第一位,不能夺冠一切都是空谈。我们的无核进攻流观赏性高,一局比赛下来,几乎每一分钟都是高光时刻,但如果打不过蝎子,教练组和选手都得被唾沫星子淹死。尤其是 End,正主打不过代餐……"

这句话让程肃年彻底停止了挣扎，也重重地敲打了一下左正谊。

左正谊是不能输的。舆论风波倒是次要的，他的好胜心不允许他输给一个模仿自己的赝品。

而且他现在在不断地摸索新打法，最近练的英雄都是从前不那么擅长的。他有意全面发展，继续提高技术水平，把自己的短板补齐，以免被人研究透了，来针对限制他。

Akey 却在走他的老路。

今日之他对阵"昨日之他"，如果他输了，岂不可笑？

SP 开完会，确定了接下来几天的备战方针。程教练的理智占了上风，他决定以大局为重，不再坚持打极端进攻了，开始带队主练比较适合 SP 的"41 分推"战术。这种战术的核心思路是打边路牵制——单人带线偷塔，一人牵制多名敌人，为队友争取以多打少开团推进的机会。

这是主流战术之一，很常见。但 SP 可以在"41 分推"的基础上做 B/P 陷阱，或者灵活地改打"311"战术，即双边牵制。

一般来说，"41 分推"中的"1"由上单担任，丁海潮就很合适。他不擅长玩前排坦克，让他老老实实保护 C 位很有难度，在边路以一打多牵制敌人却是一把好手。

但放眼 SP 全队，拥有牵制能力的人不止丁海潮一个，左正谊、纪决、封灿都行。

这意味着，教练在 B/P 上的选择更多，有足够的空间做陷阱来迷惑敌人，抢占阵容优势。比如给左正谊选择一个多功能法师，对面理所当然地会认为他走中路，但他除了去中路外，还可以走边路，去当那个"41 分推"中的"1"。

SP 训练了几天，阵容换了好几套，全部都围绕这个思路来练。

他们和蝎子的比赛在 3 月 4 日，星期六。

这几天，左正谊除了被训练搞得焦头烂额外，最担心的是纪决的手。发现纪决的确没什么事后，他才稍稍放下心，但仍然管队医要了些舒筋活血的膏药贴，给纪决外敷用。左正谊久病成医，现在简直成了养生专家，讲起骨科保养知识来滔滔不绝，完全够资格开讲座。

纪决乐得给他捧场，与其说是从他这里学习知识，不如说是在享受他的关心。

3月3日的傍晚，SP刚打完一场训练赛，到了自由活动时间。训练室里的队友们东倒西歪的，左正谊仰躺在电竞椅上，长长地伸了个懒腰，像个祖宗似的使唤人："Righting，我的杯子里没水了。"

纪决早就习惯伺候End哥哥这个公主了，熟练地拿起他的保温杯去倒水。

左正谊垂眼吹了吹水面，喝了一小口："烫了。"

"烫吗？我试试。"

纪决俯身靠近杯口，尝了一口。

"不烫啊。"纪决一本正经道，"温的。"

"你俩也关心一下别的队友吧。"赵靖说，"没看见我们的上单在暗自神伤吗？"

"Lamp怎么了？"左正谊问。

"似乎是要被女朋友甩了。"

"似乎？"

"他女朋友说，如果明天我们打不赢蝎子，她就和他分手。"

左正谊一呆："她是SP的粉丝还是蝎子的黑粉？这么过激？"

赵靖道："都不是，借口而已。就跟你得罪了领导之后，领导明天就以你左脚先进门为理由开除你一样。"

左正谊："……"

纪决回到自己的座位上，闻言插话道："End哥哥干过这种事。"

左正谊瞟他一眼："我哪有？"

"你忘了？"纪决道，"冬歇期的时候我们打双排，有一回我不小心吃了你的蓝，你记恨了我三天，我从左边上床睡觉，你说我压你袖子了，我从右边上床，你说压你腿了，非得踹我几脚。"

左正谊不承认，转头看向赵靖，不解地问："如果我们赢了蝎子，Lamp和他的女朋友不就分不了了吗？"

赵靖耸了耸肩："她的意思是，SP什么时候输，她就什么时候和Lamp分手。"

"……那还不如直接分，早晚都是一死。"

"什么死不死的，她是在激励我。"丁海潮突然摘掉耳机，回头郁闷地道，"你们都不懂！"

旁听了半天的封灿终于忍不住了："你女朋友到底是谁啊？长什么样？有照片吗？"

"有啊。"丁海潮面红耳赤，梗着脖子说，"但干吗要给你们看？"

"好吧。"封灿甘拜下风，不再问了。

其实左正谊也有点好奇，Lamp之前说她是名企高管，他们还是姐弟恋，听起来离谱，细想更离谱。不过这说到底是别人的私事，打探太多不好。

左正谊只善心地提醒了一句："Lamp，你小心别被骗哦。"

自由活动时间结束，紧接着进行刚才那场训练赛的复盘。

复盘之后吃晚饭。领队钟姐已经充分了解了每个选手的口味，送来的饭里剔去了他们忌口的食物，每人一份，菜色不同。

左正谊吃着自己的，还要把筷子伸进纪决的碗里挑菜吃，像是被惯出毛病来了，坏习惯越来越多。但纪决甘之如饴，不仅随便他挑，还去夹他碗里剩下不吃的菜吃。

这是比赛前夕难得清闲的时刻。SP全队养精蓄锐，只等明天全力一战了。

3月4日，晚上7点，SP和蝎子的比赛终于在万众瞩目下开始了。用"万众瞩目"来形容EPL的其他比赛可能有几分夸张，但形容这一场，不仅不夸张，还嫌不够。

EPL赛区曾经四分天下，SP、蝎子、WSND和Lion并称电竞四大豪门。但电竞行业更新换代频繁、游戏改版、新人辈出、豪门落魄、弱队崛起，也不过是一两年的事。

WSND自从更名为XH，就已不复当年荣光，在S13赛季中几乎沦为三流战队，排名降到了中下游；Lion的实力不弱，但年年都离夺冠差口气，已经连续两年四大皆空，今年是他们奋斗的第三年了；蝎子是曾经的

Lion，有幸在 S12 赛季时登顶，拿到世界冠军，把徐襄退役后逐渐流失的人气涨起来了。虽然吸到的新粉大多是左正谊粉，但瘦死的骆驼比马大，当年的老队粉大批回归，成了蝎粉中的主流。也正是这些人和左正谊粉的冲突最大。

SP 和这三家战队相比，辉煌期短暂却没有断过档。但成绩起起伏伏也属常事，符合客观发展规律。

SP 一直是流量大户，在纪决和左正谊加入之后，流量更是直接翻倍，现在被圈内戏称为"全明星战队"，是现存"老四门"中人气最高的一个。

人气第一是 SP，第二是蝎子。两队素来恩怨不断，水火不容。今晚是人气一二之争，亦是 EPL 排名一二之争。

时间一到，比赛场馆里人山人海，台下的两队粉丝躁动难耐，高喊着 SP 和蝎子的应援口号。

选手已经就位。

解说席上有三名解说，一名嘉宾，其中最受欢迎的女解说负责念口播广告，念到观众们的耐心即将告罄之时，第一局开始了。

现场的巨幅 LED 屏幕上，SP 和蝎子一左一右，分列蓝红两方。

直播摄像机从选手所在的玻璃房前扫过，SP 全队面无表情，蝎子那边也差不多。他们的严肃使现场的气氛愈加白热化，禁用英雄的特殊音效近似枪声，又如关门落锁，"砰砰砰"地响彻全场。

第一局 Ban & Pick，SP 起手三禁：企鹅、女侍、大象。蝎子禁二选一，禁用位：玛格丽特、赤焰王。选用位：伽蓝。

伽蓝被亮出来的瞬间，现场一片惊呼。大屏幕上映出长发女法师的婀娜身姿和美丽面容，她从远处走来，口中念着出场时的随机台词："我只是路过，你要一决高下吗？"

对局还未开始，气氛就已达高潮。解说"哎哟"一声，语气中带着几分吃瓜般的兴奋："蝎队玩伽蓝？第一手就选，胆子真大啊。"

"以朴教练的作风，不会贸然做出选择，应该是有想法的。"

"据说 Akey 最近深夜打排位赛，历史战绩里全是伽蓝，猛练半个月了。"

"看来练得很自信。"

"但在第一手就出，自信也扛不住被针对。"

"第一手不出就拿不到了呀，要么 Ban，要么选，反正不能放给 End。"

Akey 对左正谊的模仿在圈内尽人皆知，解说不便公开引战，但每个人的表情都很精彩。

竞技圈和其他领域不一样，模仿固然有碰瓷之嫌，但一切都以技术论高低。如果赝品能吊打正主，围观群众照样会为他叫好，到时候碰瓷就不是碰瓷了，叫"逆袭"。而且他们还会加倍嘲笑左正谊："你连赝品都打不过，真菜。"

之前 Akey 帮蝎子拿到十二连胜，把左正谊的代表英雄玩了个遍，现在终于把手伸向伽蓝了。看起来，他也想把伽蓝打进 Ban 位。

导播频频拍向左正谊的脸，想从他的脸色里挖掘出一些不寻常的信息。但左正谊仍然面无表情，不露一丝破绽。他在和程肃年讨论这局选什么法师比较好。

伽蓝一出，蝎子相当于先露出弱点。伽蓝最怕的是 poke 流和硬控，前者手长无法近身，后者能限制她的发挥。

SP 立即选出刺客红蜘蛛，第二手选的是法师路加索。两个都是控制型英雄。

蝎子全队围绕伽蓝来打，第二、三手的选择在意料之中：兔人、狮子。

SP 又出一手格格龙，这是一个皮薄、位移多、伤害高的战士。

B/P 进行到这一步，除了伽蓝之外，两队的选择都不让人意外。

蝎子照旧打中路法核，SP 的三个禁用和三个选用看起来也仍然是在为菜刀流做打算。

台下的 SP 粉丝已经开始提心吊胆，生怕第一局重演和 Lion 对战的剧情。

但 SP 在接下来的第二轮禁用和下路英雄的选择中，并没有按照大家预设的剧本走，他们不再继续禁硬辅和保护性强的其他英雄，反而选中了黑魔。

黑魔搭配黑枪，俨然走的是后期打法。

不仅观众惊讶，连蝎子都有点惊讶了。这套下路组合是 SP 曾经的拿

第十九章

手好戏，但他们已经很久没玩了。

朴业成毕竟经验丰富，阵容一出就看出了 SP 的目的。

理论上来说，要玩大后期 AD 黑枪，SP 出的这套阵容保护力度不足。蝎子也是后期阵容，伽蓝的发育不见得比黑枪快多少，蝎子为保伽蓝禁掉了几个硬控英雄，这又何尝不是在为黑枪铺路？黑枪也怕硬控。也就是说，蝎子并不能在前中期给 SP 造成足够的威胁。

但 SP 的格格龙跑得快，支援也快，如果打单带牵制加速推进，蝎子必然不会好受。

朴业成很少在 B/P 环节落下风，下台时脸色略微发青。

但 B/P 对这局比赛的影响并不算太大，主要看伽蓝能否秀得起来。伽蓝的特殊技能机制决定了她拥有近乎无穷的上限，只要把她激活了，就能毁天灭地。

但这只是理论，理论和现实之间的差距也近乎无穷。

最近两个版本中的伽蓝又被削弱了，除了左正谊，目前没有第二个选手能秀得动她。

Akey 走着讨人厌的模仿之路，却也吸引了一批期待他"逆袭"的粉丝。

因为左正谊实在太强了，强到高居神坛久久不下，强到极致就麻木了，有一部分人已经不能从崇拜中得到快感，代入无名小辈的视角打败他，反而更令人激动。

这种激动扭曲得渗出恶意。

左正谊坐在赛台上，感受着它们从四面八方而来——他爬得越高，越有人期待他摔得更狠。仿佛那才叫精彩电竞，值得人们津津乐道。

左正谊绝不肯满足他们。他没做错任何事，没对不起任何人。他才不嫌自己爬得高，他还要爬得更高，让 Akey 之流明白，第一中单只能想想不可接近。

左正谊心里憋着劲，一开局就打得凶狠。

SP 今天虽然不打无核进攻流，但之前积累的前期经验为他们提供了很大助力。反野也好，抢河道野怪也好，SP 都压着蝎子打，进攻气势一丝不减。

左正谊在比赛中不常玩路加索，但这种主流法师他在私下练过无数场，

063

操作很熟练。

蝎子看出 SP 要打 "41 分推"，所以从一开始就想反制 SP 的单带路，试图拖时间攻下外塔，打乱上单丁海潮的节奏，从而破坏 SP 的计划。但蝎子的伽蓝是大核，SP 的黑枪却是假核。前者延缓了全队发育，后者被丢在下路自生自灭，SP 的主要进攻力量倾向上路，蝎子来反制反而正中圈套，更加拿不到进攻的主动权了。

左正谊和纪决拥有长年累月培养出的默契，中野联动如呼吸般流畅。他们配合丁海潮，把蝎子的上单宋先锋抓死四回，逼得这位老队友退回二塔下，不敢出来。

上路失势，蝎子的上半野区也陷入危机。这直接影响了伽蓝的发育速度。

Akey 似乎有点着急，他把辅助叫到了自己身边，让辅助陪着他探视野，刷完中路的兵线刷野区，更加紧迫地掠夺队友的资源。打野兔人直接开始"吃草"，连 ADC 的红 Buff 和一半兵线都让给了 Akey。

伽蓝在拼命发育，游戏时间进入中期。

SP 上路的优势巨大，开始执行分推战术，让丁海潮单带兵线，尝试偷塔。中、下两路抱团推进，左正谊和纪决频频来下路 gank，意欲带起下路节奏，帮封灿发育。当队内的经济不够分的时候，人头就是最好的经济。

一波激烈团战爆发在小龙坑附近的河道里。

起初是兔人被抓，伽蓝带辅助赶来救场。这时 Akey 已经发育得不错了，如果这个伽蓝是左正谊，他会毫不犹豫地参团开秀，用人头来升级装备。Akey 也是这么想的。

他见在场的只有左正谊和纪决两个人，己方三打二，地理位置也适合伽蓝发挥，当机立断开启大招，能杀一个都赚了。

他的目标是左正谊。

左正谊毫不退让，和他正面周旋了起来。

当装备不好、伤害不够高的时候，伽蓝想杀人就必须用金索刷新流打法，为自己争取无限输出。这种打法考验走位和技能的精准度，Akey 的大招开在左正谊身上，但当他想刷新金索无限连招的时候，左正谊仿佛开启了上帝之眼，巧妙的走位不仅躲掉了技能攻击，同时也预判了他下一步走位的方向。

电光石火间,路加索猛地扑到伽蓝面前!

Akey的心狠狠一跳,他的伽蓝避无可避,被控得四肢僵硬,吃下左正谊的全套连招后,血尽而亡。

单杀!

再转头看队友,蝎子的野辅二人被纪决兜在蛛网下,成为他暴毙时的无奈观众。

现场爆发出一阵惊呼和掌声。

左正谊轻嗤一声,配合纪决和赶来的封灿收掉了蝎子野辅的人头。

"推上路。"

SP一路顺风,十八分钟拿下了第一局的胜利。

第一局结束得猝不及防,蝎子中、下两路的兵线情况还算不错,但上路完全被打穿了,拖了全队的后腿。场上的比分刚变成1:0,直播间里的蝎粉就暴动了,把锅甩给上单宋先锋,骂他坑队友。至于中路那个被路加索单杀的伽蓝,他们闭口不提。蝎粉不提,其他观众却不瞎。

单杀是最直白的吊打,不懂操作的游戏小白也能看出谁更厉害。Akey被嘲成了"筛子",连指挥能力问题也被拖出来一并清算:上路崩成那样,指挥没责任吗?Akey的眼里只有左正谊,急于秀操作而不顾全大局,仿佛失了智。

Akey被骂得有多狠,左正谊就被吹得有多凶。直播间的弹幕、电竞论坛、微博热搜里飘满了"End",虽然比赛还没结束,但"正品"和"赝品"之间已经高下立见。

左正谊的粉丝们开心了,SP队内的气氛也不错。

但第二局打得并不像第一局那么顺利。

朴业成是个从不上头的教练,胜率在他心中始终排第一。第一局他给了Akey信任,Akey却没能打出应有的表现,让他很不满意。第二局,他不再给Akey冒险的机会,选了一套更加稳妥的阵容。

选的依旧是法核阵容,蝎子最近把Akey当大C,主练法核,一时之间换成别的也不太可能。况且他们靠法核打出了十二连胜的战绩,不能因为一局失败就否定全部。

中路蝎子选了风皇，一个拥有稳定输出能力的大法师；上路是狮子，狮吼群控，先手开团点。

打野选了兔人，沿用上一局的蓝领打法，为中单服务；下路组合是小精灵加黑魔，蝎子先手抢了黑魔，为保 C 做出了极大努力。

至于伽蓝，他们毫不犹豫地 Ban 了。

SP 这边，针对蝎子的肉度，出了一套 poke 流阵容，也就是"风筝流"，主打远程消耗。中路左正谊拿到的英雄是雾法，一个手长不怕控的法师，缺点是没位移；上野继续拿格格龙和红蜘蛛，能单带，也有开团点，为中后期的分推和小团战做准备；下路是企鹅加鹿女，企鹅是大肉，鹿女是偏技能型的远距离攻击射手，和雾法一起组成了 poke 阵容的输出核心。

第二局的开局相对上一局来说比较平稳。SP 虽然领先，但不轻敌，蝎子也沉得住气，两队度过了一个风平浪静的对线期，直到小龙刷新，都没有爆发对战。但风平浪静只是表象，实际上，中路暗潮汹涌，Akey 铆着一股劲儿，有意跟左正谊比拼对线能力。

雾法对风皇，两个手长且输出高的大法师，无须近身 solo，他们分别站在各自的防御塔前，清理兵线的同时利用走位和预判施法来消耗对方的血量。

一旦某一方的血量跌下安全线，就有可能被对方 gank 抓死。

他们又都是指挥，对线的同时必须观察全局，不能错过关键信息，手和脑子同时在动。

从操作上来说，高下之分不只在于消耗血量，也在于补兵。敌我双方兵线对峙，互相攻击。如果敌方的小兵在死亡前的最后一刀不是我方英雄打的，英雄就会损失一部分金钱。所以最后一刀补得越多，经济就越好，装备也越好。

游戏的局内面板会记录补刀数据，孰多孰少一目了然。所以同位置选手对线，有"压刀"的说法。

左正谊自十八岁出道以来，除非是经济被碾压的大逆风局，正常情况下，从来没被压过刀，只有他压别人的份。

虽然他看不见 Akey 本人的表情，但他能感觉到，Akey 想压他的欲望已经溢出屏幕了。

上一局没发挥好，Akey 似乎还是不服，他可能和那些蝎粉一样，也认为是宋先锋拖了后腿，耽误了他的发育。但既然敢玩伽蓝，就要做好发育缓慢的准备。

如果队友一点错都不犯，将上、下两路全部打穿，还需要伽蓝来 carry 吗？

究竟什么才是"carry"？ Akey 似乎还不明白。

左正谊心里不屑，但手上并未放松。战斗时全神贯注不仅是对敌人的尊重，也是对自己的尊重。他看了一眼风皇的位置和动作前摇，按下技能。

导播适时地把镜头切到中路。只见雾法将四周的雾气凝结于掌中，刹那间雾气化成一柄利刃，"嗖"的一声贯穿重重兵线，也贯穿了正在移动的风皇！

精准预判！

风皇立刻躲避，换了走位方式，试图反击。

但雾法的第二发技能紧随其后，破空而来，再次命中了他！

风皇被迫后撤，左正谊失去了视野，但雾法的第三发攻击没有迟到，他上前一步，技能脱手而出……

"中了！盲狙！！！"

解说感到震撼："三连剑！没想到左神好久不玩雾法，功力竟不减当年！"

"胡说，明明是比当年还准。"

"可惜装备还不够好，不然这一套连招能直接把风皇秒了。"

"Akey 退回塔下，有点不敢出来了。"

"SP 还是猛啊，一换回常规阵容，就感觉没有短板了。"

解说的话音刚落就成"毒奶"，上路出了一血——丁海潮被宋先锋单杀。

左正谊把视野切到上路，见格格龙的尸体横在蝎子的防御塔下，有点诧异："你在干吗？"

丁海潮遗憾道："我越塔杀他，就差一点。"

然后被反杀了。

"别上头，我们还没赢呢。"左正谊提醒了一句，微微皱起眉。

如果丁海潮不死，凭借他刚才在中路打出的优势，逼Akey回城补状态，SP就可以尝试开小龙了。但丁海潮一死，SP直接缺了一人，开龙的风险太大，还得重新寻找机会。

前期的每一个机会都不易得，错过一个不知道什么时候才能等到第二个。这句话在SP身上应验了。

Akey被左正谊三剑逼退，暂时打消了挑衅左正谊的心思，之后打得越发谨慎，蝎子的运营也滴水不漏，终于展现出了十二连胜榜首战队该有的实力。

SP的失误也成了蝎子的助力。宋先锋的狮子血厚、保命技能多，并不好杀。他吃了丁海潮的人头，经济领先，出肉装之后更加难对付。他凭操作打不过丁海潮，但守塔很稳，丁海潮也奈何不了他。

如此一来，SP的上路打不出优势，直接影响了中期推进节奏。

局面僵持不下，下路率先找到了机会。纪决埋伏在河道附近的草丛里。前方的封灿主动和敌方AD换血，他风格激进，2vs2打了半天，现在血量已经低到很危险的地步了，纪决还不出手。直到对面的黑魔交出大招，蝎子再没有保命技能，封灿佯装撤退，把人往外引出了一些，纪决才亮出杀招，直接收下两个人头。

这一波简直血赚，SP趁势拿龙、推塔。

第二波战斗从下路打进野区，两个中单入场，但周旋片刻，没见伤亡。

SP占据着小幅度的经济领先，到了该快速推进的时候。左正谊在这时做出了一个关键决策：上下两路换线。封灿和赵靖去了上路，丁海潮去了下路——优势路单带兵线，照旧打分推。

SP终于又活了过来，把进攻的节奏捏在了己方手里。

蝎子被一步步蚕食，上下两路的塔轮番被推，中路有左正谊挡着，又打不出去，Akey在被频频耗血之后，不得不放弃中路的外塔。

自此，蝎子三路兵线全处于劣势，野区几近沦陷。

就在SP胜利在望之际，一波突如其来的战斗差点把局面逆转。

战斗爆发在蝎子的下路高地防御塔附近，丁海潮单带兵线到这里，正面遭遇Akey。

Akey没有个人风格，模仿倒是很快。他学着左正谊打他的三剑，用相似的手法，试图远距离耗死丁海潮。

丁海潮的格格龙擅长的是近战，近战英雄遇到远程炮台如果近不了身，根本没有发挥的机会。

Akey的第一招命中了，第二招也命中了。

只剩一丝血皮的丁海潮掉头就跑，并呼叫队友。

在这种情况下开团，SP并不占优势。

但此时蝎子全队飞速集合，已经展开追击，如果不救丁海潮，SP的进攻阵型照样会被打开一个突破口，给蝎子以喘息之机。左正谊选择接团。

战场拉扯到下路河道附近，恰逢昼夜更替，白昼变黑夜，视野猛地缩小，这对打poke流的阵容来说相当不利。

赵靖顶在前方，丁海潮回SP的野区打怪吸血，当他补足状态转身回来时，前方已经打成一片。Akey被两个大肉护在身后，时不时地放一发冷箭。

纪决正在伺机绕后，准备切他。

丁海潮来帮纪决，从另一个方向包抄过去，但Akey的走位很谨慎，技能也放得很准，先是用风皇的控制之风吹起纪决，回手就把攻击丢到丁海潮身上，打掉了他半管血。

封灿配合左正谊在另一旁刚收掉小精灵的人头，打到残血正准备后撤，原本不在风皇的攻击范围内，但Akey不要命地闪现追上，一招直接将其击杀！

场上的技能多得让人眼花缭乱，人员不断在减少。

蝎子把Akey护得严严实实，纪决和丁海潮拼尽全力也只带走了他们的上单和打野。黑魔的大招仍然捏着，自己血残也不撒手，只为保住Akey的命。

可以说，蝎子的团战打出如此优势，辅助严青云立了大功，他似乎比之前更强了一些。

左正谊射向Akey的技能被他拦了好几次，总是摸不到人。

场上又有人阵亡。SP仅剩中单一人，血量不过半。蝎子只剩残血的辅助和半血的中单。就在这时，Akey出手了。

他终于在最后一局稳住心态，拿出了自己真正的技术——他认为足以挑战End，让他在左正谊面前直起腰、换来青眼，再也不被轻视的技术。

左正谊就站在他面前。

那不多的血量，只需一招，世界第一中单的神像便会倒塌，他再也不必抬头仰望。

风皇掀起的风刃朝雾法席卷而去。

左正谊却只挪动了一步。

两道技能光效在空中擦过，倒下的是黑魔。

左正谊依然活着，依然血量不多，但他似乎一点也不在乎自己的血量，认定了Akey根本打不中他。

他甚至往前走了几步，两个远程法师骤然拉近距离。距离越近越难瞄准，Akey下意识地后退，就在这一瞬间，左正谊的第二道技能朝他直击而来。

如果排除队友拖累和焦急的心态影响，他还是打不过左正谊，那么，说明什么？

Akey在倒地的一瞬间，脑中冒出这个念头。

说明他们之间有不可逾越的差距。

不管左正谊玩的是哪个英雄，是伽蓝、劳拉、路加索，还是雾法，他都是世界第一中单。他就是一尊神像，所有玩法师的人，都只配抬头仰望。

峡谷内一时风声四起，现场呼声雷动。

左正谊踩着蝎子全队的尸体，一人带领兵线攻上了下路高地。

2∶0。

SP气贯长虹，终结了蝎子的十二连胜。这是一个让人既意外又不意外的结果。意外的是，大家都没想到，蝎子输得这么难看。毕竟在今晚七点之前，蝎子还是粉丝口中的"十二连胜冠军之师"。不意外的是，SP的纸面实力明显比蝎子强，打赢也在情理之中。

"冠军之师"被人剃了个光头，两局都没还手之力，核心中单还反复被单杀，简直连底裤都输掉了。

第二十章　隐忧

他想，他的个人风格不应该是只能一条路走到死，而是通往四面八方的每一条路都铺在他的脚下，他有无数种选择，但他只愿意选这一条。

比赛刚刚结束，电竞论坛上就帮蝎子开起了分锅大会。

一个名为《蝎队连胜被终结，谁的锅？》的热帖飘在首页，把管理层、教练组和选手全都拉出来骂了一遍。其中被骂得最多的自然是 Akey，有人给他取了一个黑称，叫"蹭男"，说他能在一众新选手里脱颖而出、被人记住，全靠蹭左正谊的热度。

还有人剪了一个小视频，集合了今晚左正谊和 Akey 的三次正面交手。

第一局路加索和伽蓝在河道 solo，伽蓝被单杀。

第二局雾法和风皇在中路对线，雾法使出惊艳的三连剑。

第二局最后一次团战，雾法和风皇再决胜负，雾法一剑定乾坤。

这是左正谊的三次高光镜头，剪辑者取名为"End 三打白骨精，Akey 赛场现原形"，配上诙谐的台词和背景音乐，喜剧效果爆棚。视频一上传到微博和各大短视频平台，就播放量大涨，红红火火地冲上了热门榜单。

SP 全队在回基地的路上，一起观看了一遍。是丁海潮把视频链接分享到战队群里的。

战队大巴匀速行驶，丁海潮坐在左正谊和纪决的后排，扒着左正谊的靠椅，悄声道："孙悟空三打白骨精，End 是悟空的话，那灿神是二师兄，Righting 是沙师弟，教练是师父，小赵是白龙马，哈哈哈哈……"

左正谊不太能理解这弱智儿童的笑点从何而来，给了他一个无语的眼神。

丁海潮原本等着他问一句"你呢"，然后顺势抖包袱，接一句"我不是出家人，我有女朋友"，秀一把恩爱。可左正谊不问，他这包袱就憋在了肚子里，憋得脸红脖子粗，下意识地把寻找捧哏的目光抛向了纪决。

纪决一肚子坏水，冲前排道："灿神，Lamp 说你是猪八戒。"

"什么？什么？说谁是猪八戒呢？"封灿立刻回头，"Lamp 别找揍啊，我身材这么好。看，腹肌，程肃年看了都说好！"

程肃年按住封灿撩起队服的手，微微一皱眉，故意说："不对啊，你的腹肌怎么比之前少了一块？是不是最近疏于锻炼，长肉了？"

封灿信以为真，大惊失色："真的吗？"

他低头数了一遍："不少啊。"

左正谊："……"

什么大明星，外貌焦虑这么重。

左正谊刚在心里吐槽完封灿，就听丁海潮在他耳边说："End 哥哥，你可真是个大明星，都有站姐了。"

"什么？"

"站姐，你不知道吗？就是那种跟行程拍照的，你看。"

丁海潮把手机递到左正谊面前，给他看一个微博主页。

这个主页把左正谊的生日日期和职业 ID 组合到一起取了个名字，似乎才建立不久，里面的照片不多，但今天这场比赛的现场图都发了。

别说，拍得还挺好看。

纪决瞄了一眼，第一反应就是打开微博搜索，然后把图片保存了。

左正谊无语："同道中人是吧？"

纪决点了点头："不过她 P 图了，说明对你的爱不够纯粹。哪像我，每一张照片都极尽真实之能事，根本不舍得 P。"

左正谊哼了一声，不搭理他，把手机还给丁海潮，低头翻看起自己的微信来。

这时车子已经开到了基地门口，队友和工作人员陆续下车。

左正谊和纪决走在队伍末尾。左正谊边走边看手机，疑惑道："纪决，你是不是动我微信了？"

纪决脚一顿，含糊道："唔，你指什么？"

左正谊机敏的目光扫到他脸上："你把 Akey 删了？"

纪决："……"

所以说，不可能不被发现的吧。

纪决不承认，也没否认，反而恶人先告状道："你找他干什么？他很重要吗？"

左正谊果然被转移话题了，忘了重点，答道："没啊，我就是有点好奇，他平时那么爱炫耀，打输之后会对我说什么。"

纪决拖着他进了大门："他能有什么话说？打输了八成装死。"

左正谊想想也是，就不再琢磨这件事了。

他和纪决一起回到楼上，吃消夜、洗澡、换衣服，又开了一会儿直播，一忙起来就更加想不起 Akey 是谁了。

但他没想到，Akey 竟然自己找上门来了。

时间是晚上十一点左右，左正谊刚和纪决打完一局双排，起身去上卫生间。卫生间离训练室稍有一段距离，他洗完手回来，在路上碰到了领队钟蓉，后者叫他下楼一趟，说楼下有人找。

"谁啊，蓉姐？"

"蝎子中单。"钟蓉说，"好像等你半天了，你要不想去，我就告诉他你睡了。"

才十一点，哪个电竞选手会睡这么早。

左正谊笑了声："没事，我下去看看。"

这一片电竞园区很大，好几个俱乐部坐落在此，互相串门是常有的事。有些俱乐部之间关系好，选手还会去对方战队的食堂蹭饭。但 SP 和蝎子从不串门。

从蝎子的基地门口走到 SP 的楼下，路程不过五分钟。左正谊下来的时候，就见 Akey 站在门外的一棵树下，把自己藏在暗处，好像不好意思见人似的。

"你找我干什么？"左正谊走近他，有意摆出趾高气扬的样子，"不会输了也要上门挑衅吧？"

Akey 被他怼得气息一堵，倒是坦诚，开门见山道："不是，我只是有些心里话想对你说。我想在微信上讲的，可你把我拉黑了。"

左正谊没解释这件事："你说。"

Akey 道："今天晚上我很难受。"

左正谊表示理解："正常。"

Akey 却道："不是因为输了比赛，也不是因为被你打败了，而是……"

他有些吞吞吐吐，停顿了几秒说："好吧，算是因为你。我承认，End，你比我强，技术比我好，指挥得比我好，什么都比我好，今天晚上我输得彻底，想给自己找借口都找不到了。"

左正谊没吭声。他承认，他愿意来见 Akey，就是为了听这番话。但听到之后，他也没有多开心，反而觉得索然无味。Akey 不过是他千千万万个手下败将之一，仅此而已，没有任何特别之处，不值得他介意分毫。

但 Akey 被他彻底打败，输掉的不只是面子，还有心气儿。

这个一贯特别嚣张的新人中单垂下头，攥起拳头，手指紧紧抠着掌心，仿佛用尽全身力气，才说出藏在心里更深处的话："左正谊，这几年我一直在跟着你跑，你根本不知道你对我有多重要。"

左正谊噎了一下："注意你的措辞。"

Akey 不理他，自顾自地道："打电竞好难，我爸妈都不支持我。我曾经想过放弃，听他们的话，好好读书，将来找一份稳定长久的工作，结婚、生子、养家。但一想到你，我就不甘心。

"你的人生是我最想要的人生。你在赛场上拼杀，每一次胜利和失败，我都没错过。我见过你笑，也见过你哭，你总是那么厉害，从来没让我失望过，哪怕在首尔那么艰难的情况下，你也赢了。"

Akey 语无伦次，含混地道："我一直以为，我想取代你。可今天晚上我突然意识到，我永远也取代不了你，而且我竟然也……没那么想取代你，我可能只是、只是想和你有更多的联系，哪怕是单方面的联系。"

左正谊："……"

Akey突然上前一步，猛地逼近左正谊，用一种祈求的口吻说："End，可以把微信加回来吗？"

左正谊一愣，还没来得及说话，突然被人搂住肩膀向后拽去。

"不可以。"

纪决不知什么时候跟下来了，一脸冷漠地对Akey道："滚。"

纪决上一次这么生气是在什么时候，左正谊都已经不记得了。如果不是他拦着，Akey恐怕会当场挨打，到时候就不好收场了，联盟禁赛的公告要怎么写？

左正谊头皮发麻，不管身后的Akey，用拉架的姿势把纪决拽回基地。

"是他狗皮膏药似的粘着我，我又没搭理他，你气什么？"

从一楼大堂回五楼，电梯门一关，左正谊瞄了纪决一眼。纪决也盯着他，一言不发。

"叮"的一声，电梯到了。纪决拉着他，大步走向房门前，几乎是把门踹开然后重重一关。

"为什么要拦着我，不让我揍他？"

"……"左正谊，"别胡闹，关我什么事呢？"

"关你什么事？"纪决听了这句话更加不高兴，"我早就说过他不对劲不要理他，可你不听，竟然还瞒着我偷偷和他见面。"

左正谊："……"

原本正常的事，从他嘴里说出来怎么这么不正常呢？

"什么叫偷偷见面？"

"你说呢？"纪决略咬着牙，脸上是森冷之气，眉头紧锁，眼神气中带怨。他当然知道这事和左正谊没关系，左正谊有很多追随者，但如果有谁要和他并肩，那个人只能是他纪决。

左正谊也有点恼火，拎起枕头，砸过去。但枕头软绵绵的造不成什么伤害，纯是情绪发泄。他又踹了一脚，气道："这有什么好说的，烦死了！"

纪决哽了下，又小声怨道："你都不肯说两句好话哄我一下。"

"我又没做错事，你冲我发脾气，还要我哄你？"左正谊理直气壮道，

"粉丝太多难道是我的错吗？"

左正谊瞪了纪决一眼。

纪决慢慢靠近，换了种语气："但只是我的哥哥。"

左正谊瞥他："本来不就是吗？"

但纪决的情绪还是没有好转，左正谊无奈又不解："这有什么好比较的呢？你在我眼里就是最厉害的，全世界第一，谁都比不过。"

不等纪决高兴，他就耐心告罄地加了句："行了吧？我哄你三句了！"

纪决："……"

左正谊并不是不愿意哄他，只是有时耐心多一点，有时耐心少一点，脾气不稳定，像上海三月初的天，乍暖还寒，似冷又热。他也不是不在意他的心情，只是不轻易表现出来。

"刚才 Akey 说的那些话，你听见了几句？"

"差不多都听到了。"纪决没有隐瞒。

"好吧。"左正谊说，"我觉得他根本不是仰望我、追随我，他从来都没顾及过我的心情，只在乎他自己想要什么、想做什么。他可能只是喜欢我的技术，或者只是想得到一个得不到的东西，像追梦一样。总之，和我本人、和我是谁没有关系。"

纪决静静地听着。

左正谊常常很迟钝，有时又出奇的敏锐。他抓得到纪决的心慌，看得破他的不安全感，于是对症下药，把自己的心门打开给他看：

"我已经有最好的打野了，其他任何人，都入不了我的眼。"

左正谊的话仿佛给纪决打了一针强身健体的特效药，药效持续了半个多月，SP 接下来的三场比赛，都是他 carry 的。说是他一个人 carry 并不准确，但从选手们自身的纵向比较来看，每个人的状态都有起落，纪决是五人中状态最好的一个，好到简直有点离谱了。

SP 在 3 月 4 日打完蝎子，3 月的第二场比赛是冠军杯小组赛第四场，对阵 SFIVE；打完 SFIVE，下一场是 EPL 比赛，对阵 KI；再下一场，是冠军杯的第五场，对阵 Lion。

今年 SP 和 Lion 都被分在了 B 组，SP 五场全胜，以小组第一的身份晋级淘汰赛阶段。Lion 仅输一场，以第二名出线。

这连续的三场比赛，只有打 Lion 时稍微有些悬念。SFIVE 和 KI 都没能对 SP 造成任何威胁。尤其是和 SFIVE 打的那一局，简直被 SP 打成了碾压局。

第一局刚开局，纪决就在野区搞了一个大的——抢下对面的红 Buff，还拿了一血。之后节奏起飞，他在上、中、下三路来回 gank，把每个队友都养得很肥。SFIVE 全线溃败，毫无还手之力。

到了第二局，SFIVE 已经心态不稳，没有士气了，2:0 战败也是意料之中的结果。

打 KI 的那一场稍微有点波澜。在这场比赛的第一局，SP 试验了一下新战术，主要想练后期运营。但纪决打得格外莽，节奏流畅得让人怀疑他开了挂，根本没给游戏进入后期的机会，提前终结了比赛。

KI 毕竟是老牌战队，不像 SFIVE 那样一击即溃。他们在第二局时展现出了顽强的意志力，并且在正确的时机做出了最优决策，险些在 SP 的眼皮底下把大龙偷了。

就在最关键的时刻，纪决察觉到了。当时左正谊觉得这条龙可以放，没必要冒险去抢。纪决却没听他的话，一个人毅然决然地跳进龙坑，在 KI 五人的包围下孤身抢龙——竟然被他惩戒中了，而且他还全身而退了。

左正谊的脾气没发出来，全队都傻眼了。

封灿在语音里问："Righting，End 给你的力量真的有这么强大吗？怪不得在程肃年退役后，我就感觉在下路有点寂寞。"

丁海潮说："怪不得这两天我也提不起劲，原来是因为我女朋友不回我消息。"

纪决一脸正经，轻嗤了声，嘚瑟地说："你这哪儿跟哪儿啊。End 哥哥再多信任我一点，三冠王也唾手可得。"

左正谊："……"

差不多得了，说你胖你还喘上了。

KI 痛失大龙，对纪决恨得牙痒痒。但 SP 一路顺到底，把 KI 压得死死的，一点翻身机会也不给。这场比赛 SP 最终以 2∶0 拿下，EPL 积分榜上又添 3 分。

截至 SP 打完 KI，EPL 总榜排名第一的战队仍然是蝎子。SP 位列第二，只比蝎子少 1 分。一分而已，要反超并不难。

但蝎子为了保住这一分，铆足了劲儿，主攻 EPL。似乎是因为这个，他们在冠军杯上稍有大意，竟然从 C 组的小组第一名滑到了第二名。

小组排名结果是在 SP 打完 Lion 之后才出的。

SP 和 Lion 的这场比赛该怎么形容呢？波澜迭起，但结果在每个观众的意料之中。

距离 SP 和 Lion 的上一次交手还不到一个月，那时两队打得有来有回，整整三局，都是强强对决的高质量局，每一个细节都值得复盘很久。

但这回他们在冠军杯再次相遇，时间从二月下旬快进到三月下旬，SP 的状态好了一大截，几乎到了一种和 Lion 不再是一个层次的程度。

Lion 依旧打得很好，但他们每个位置上的选手都被 SP 的对位压制。运营也被压制，节奏根本起不来。偶尔有一点要翻盘的迹象，就被 SP 加大力度打回来，代入 Lion 视角的观众，怎么看都很绝望。

这场比赛结束之后，外界对 SP 的评价又上了一个台阶。有人说，SP 虽然和蝎子还差一分，但明显比蝎子更有冠军相，反超只是时间问题。重要的是，SP 的每个位置都没短板，教练组脑子清醒，肯及时改正，几乎看不出他们在什么情况下会输。这句话有粉丝吹捧之嫌，但在一定程度上也是事实。

所谓"冠军相"，很难解释它的准确含义，与其说它是"看起来像冠军"，不如将其理解为一种恐吓——施加给其他战队的恐吓。真正强悍的队伍，就是要令敌人害怕。

事到如今，全联盟所有的战队，没有不忌惮 SP 的。

SP 打得这么顺，队内却不是每个人都高兴。程肃年就有些莫名惆怅。

3 月 22 日的晚上，左正谊发现程肃年在教练办公室里看书，书都拿反了，他还在那儿机械地翻，整个人魂游天外，不知道在想什么。

左正谊敲了敲玻璃门，"笃笃"两声惊醒了程肃年。他放下书，招呼左正谊进去。

"你怎么了?"左正谊有些好奇。

程肃年道:"没事,有点困了。"

这个回答好敷衍。不等左正谊追问,程肃年自己也感觉到敷衍了,他指了指办公桌对面的椅子叫左正谊坐,在袒露心事之前先问:"你找我有事吗?"

左正谊道:"路过而已,看见你在这儿发呆。"

说来有些微妙,左正谊每次和程肃年单独相处时都会忍不住打量他。准确地说,打量的不是程肃年本人,而是"一个退役后的选手"。当然,如果程肃年只是一个普通的退役选手,也不值得他打量。还是和他本人有很大关系的。

左正谊总是能透过他,看到几年后的自己。他们最大的相似之处在于,都用空了心血,把全部热爱献给电子竞技,活成了离不开赛场的人。

程肃年今年二十八岁。那么七年后,二十八岁的左正谊呢?他在干什么?

这个念头每每在二十一岁的左正谊的脑海里浮现时,他就会想起很多让人遗憾的事和期待的事,心情酸甜交织,夹杂几分难以形容的滋味。

但也只是一掠而过,他并不深想。

"我们最近的比赛和训练都挺顺利吧?"左正谊说,"除了 Lamp 偶尔表现不稳定,好像没别的问题。"

言外之意,你在愁什么?

"该不会是——"

左正谊突然想起昨天打训练赛,程肃年重拾无核进攻的思路,让他们又打了一局。队内训练赛的强度不太高,那局一队打赢了,之后和平常一样复盘,程肃年也没多说什么。

看左正谊的表情就知道他猜中了,程肃年不再隐瞒,坦诚道:"我在想,什么样的教练才是最好的教练。"

"……"真是个好问题。

"你让我回答吗?"左正谊说,"标准答案肯定是'能带领战队打赢的教练最好'。"

"对，这是真理。但除此以外，我想保留一点个人风格。"

"进攻的艺术？"

程肃年笑了笑："你也觉得不着调吗？"

左正谊没说是，也没说不是。直到后来他也没给出答案。

他知道程肃年需要的不是一个、两个人的支持和肯定，而是十足的把握和稳定的胜率。

程肃年在心里谋划着这么"不着调"的战术，但行为上绝对理智，永远懂什么是大局，并为此不再任性，不做错事。所以 SP 走上了连胜的道路。

正因为左正谊知道程肃年是这样的人，当初才会听信他的"忽悠"，放心地来 SP。但当程肃年为他的进攻艺术不能实现而惆怅的时候，左正谊又微妙地共情了。

如果在很久以前听到这个问题，左正谊会毫不犹豫地回答："当然要坚持个人风格，无论多么艰难，我都坚持我喜欢的打法。"但现在的左正谊，心里有了不同的答案。

他想，他的个人风格不应该是只能一条路走到死，而是通往四面八方的每一条路都铺在他的脚下，他有无数种选择，但他只愿意选这一条。这是左正谊要全面发展的意义所在。他就是要把所有法师都玩一遍，然后再选择远走，或是回到当初走的那一条路上。

所谓强者，强就强在比别人有更多的选择权。

左正谊的心情很好，每日训练都顺利。偶尔有不顺心的事，他也都无视掉，不为小事而烦忧。

三 »»»

3月24日，SP 又打了一场比赛。这次的对手是 MX 腾云战队，几乎没什么悬念，SP 又赢了。就在这场比赛打完的当天晚上，不知是从哪里走漏的风声，有人发帖爆料，说左正谊加入 SP，就是因为程肃年许诺他 SP 能拿三冠王。

以三冠王为讨论核心，帖内的言论不断发酵，把 SP 又吹上了一个新高度。好像 SP 已经拿到了三冠王似的，俨然成了大家口中新一任的"冠军之师"。

为此程教练在队内开会时反复强调：网友吹捧是网友的事，我们不能膨胀，不要轻敌。

3月28日，他们将迎战下一个对手：CQ战队。SP打CQ，又是一场硬仗。

就在前几天，CQ刚刚反超Lion，跃升至EPL赛季积分榜的第三名，总分48分。前两名分别是51分的蝎子和50分的SP。SP和蝎子只差一分，和CQ只差两分。这意味着，这场比赛的胜负将直接影响前三名的排列顺序，尤其对卡在中间的SP来说极为关键。

在备战的几天里，SP研究了CQ自新版本上线以来的每一场比赛。和从前相比，CQ的风格变化不大，依旧是以教练汤米为真正核心，执行他的战术布置，主打运营。

值得一提的是，CQ是一线强队中最喜欢玩第七神装的。

所谓的第七神装，就是这次装备改版后新增的第七个大件装备。

在EOH的装备系统里，传统的六神装包括鞋类、衣服、饰品、武器等装备，能帮助英雄提升移动速度、法术强度、攻击速度、技能冷却速度……除此以外，某些装备附带主动或被动技能，可以为自己或团队带来减伤、无敌等增益。所以出装是很关键的一环。

在版本更新之前，六神装自由合成，优先合成哪一件都不受限制。版本更新后新出的第七个装备孔位，却只能在六神装全部合成之后，才能开启。也就是说，第七神装是一件大后期装备，对游戏的前期进程毫无影响。但在一般情况下，当两队打到大后期，进入团战定胜负的阶段，与其花大量金币来出第七件输出装（只能选择输出类武器），不如把金币花在复活甲的更换上。

虽然这件武器神装能把英雄的伤害属性数值提升到一个相对来说比较惊人的数字，但当六神装出完之后，伤害量就已经溢出了，它的性价比远远比不上复活甲带来的第二条命。所以EOH游戏圈主流对第七神装的评价比较一般，论坛上管它叫鸡肋装——可以出，但不必要。SP也这么认为。主要是SP很少把游戏打到大后期，基本摸不着它。

但不知为何CQ特别喜欢玩这件装备，只要游戏进入后期，有机会出就必出，毫不犹豫。

SP 不知道汤米在打什么算盘，复盘 CQ 的比赛，也没看出它对 CQ 的胜利产生了什么关键性的影响。最终只能理解为，也许汤米喜欢它的特效——第七神装拥有武器外显效果，相当于在英雄的皮肤上又套了一层武器皮肤，局内特效相当华丽。

3 月 28 日的下午，在比赛开始的几个小时之前，左正谊收到了傅勇发来的消息。

当初左正谊和傅勇一起离开 WSND，一个去了蝎子，一个去了 CQ。而后几经波折，左正谊最终和蝎子分手了，但傅勇一直留在 CQ，据说跟汤米相处得很不错。

他们上次通电话是在左正谊手伤时期，傅勇来安慰他。后来他们偶尔也有闲聊，但聊得不多。傅勇本性不改，一开口就让左正谊想揍他。

傅勇："End 弟弟。"

End："？"

傅勇："哥今天要来制裁你了，晚上见 [得意]。"

End："我把你的头打歪 [拳头]。"

傅勇发了个"拭目以待"的表情包，溜了。

SP 和 CQ 的比赛被安排在晚上 7 点。中午饭吃得太早，左正谊有点饿了，但赛前不宜吃正餐，他和队友们一样，只稍微吃了几口点心垫肚子，然后就准备上场了。

CQ 得益于这两年的成绩不错，人气直线上涨，比赛现场 CQ 粉丝应援的声音竟然没被 SP 粉丝压下去。CQ 和 SP 有一个相似点，教练的存在感都比较高，台下闪闪发光的应援牌上不只有选手的 ID，也有教练的大名。

左正谊上台的时候一眼就瞥见了 CQ 粉丝高高举起的手幅："保护我方汤米，CQ 勇争第一"。

举手幅的是个男粉丝，他站在台下，摇晃双臂扭着腰，扭得极具喜剧效果。这幅画面立刻被直播摄像机捕捉到，下一秒就出现在了大屏幕上。

现场一阵哄笑。左正谊也忍不住笑了一声。

全队在赛台上坐定，赛前气氛不错，封灿说："比赛还没开始，我们的风头就被抢走了。"

"要不你也站起来扭一个，"纪决说，"保证风头立刻回到我们这儿。"

封灿还没接话，丁海潮道："可惜我把头发染黑了，不然我来扭两下，今晚的MVP就是我。"

"……"左正谊想象了一下"红绿灯精"扭腰的画面，越发想笑。

这时程肃年在后面敲了敲他们的座椅，提醒他们不要再分心，准备Ban & Pick了。

截至第一局的Ban & Pick结束，SP的队内气氛仍然比较轻松。这并非有意轻敌，人在顺境中会逐渐失去忧患意识，理智提醒自己应该紧张，但情感上却还是紧张不起来。

SP太强了——无须任何人吹捧，选手们自己最有感触。单挑、团战、运营，任何方面都没有短板。CQ是很强没错，但远远没强到让他们畏惧的地步。

正如SP预期的那样，第一局比赛前期进行得比较顺利。

纪决开局反野，抢到了CQ的蓝Buff。

CQ选手的优点是不容易上头，最擅长"见好就收"和"见坏就撤"，绝不恋战。所以SP想把小优势扩大，快速滚雪球，有些不太容易。

但微小的优势也是优势。

CQ运营稳定，SP比他们更稳定，左正谊一进入指挥状态就像换了个人，冷静沉稳，脑子转得飞快，不断地分析着怎么做才能撕开CQ的防线，彻底打开局面。

但这个机会还没等到，上路的丁海潮突然在语音里叫了一声："我去！"

左正谊问："怎么了？"

丁海潮道："你看，对面是出错装备了吗？怎么出了两双鞋？"

和丁海潮对线的是傅勇，左正谊打开面板一看，傅勇竟然真的出了两双鞋，一双物理防御鞋，一双攻速鞋。

众所周知，鞋类装备附带的移速效果具有唯一性，穿两双也不会跑得更快。而且鞋子独占一个装备孔，会影响其他装备的合成。除了故意恶搞，基本不会有人这样出装。

左正谊盯着傅勇的两双鞋看了几秒，微微皱起眉。

解说也非常惊讶：

"这是出错装备了吗？"

"不能吧，犯这么低级的错误……"

"如果不是出错了，难道是战术？"

左正谊也在琢磨这个问题。他心里有一种不太好的预感，但指挥本身就耗精力，他分不出心思想太多，短时间内没琢磨出一个所以然来。

按照 SP 计划中的打法，上路或者下路，至少有一路该打出优势了。如果上、下两路都打不出优势，中路就必须打出优势，然后去另外两路帮忙。争取推下一两座防御塔，为执行中后期的兵线分推做准备。

左正谊的中路是有优势的，但对面的中单谨慎到令人发指，根本不跟左正谊交手，也不叫打野来帮忙。

CQ 的打野只往上、下两路跑，尤其喜欢盯上路，这让丁海潮无计可施，一旦纪决和左正谊来帮他 gank，CQ 的上野就缩回塔下，毫不犹豫地避战。

局面一时陷入僵持。

SP 看不穿 CQ 的葫芦里卖的是什么药，因为这样打下去对 CQ 也没有好处，一味地避战损耗着他们的防御塔血量，掉点是迟早的事。

左正谊正处于迷惑之中，丁海潮忽然又叫了一声："什么啊，他出了三双鞋。"

左正谊："……"

如果说两双鞋有出错的可能，那么出三双绝对是故意的。左正谊心里不祥的预感越发浓重，当傅勇出到第四双鞋的时候，纵使他反应再迟钝，也有点明白过来了。

"他该不会是——"

"神装。"纪决默契地接上他的话，"CQ 要用六双鞋开第七个装备孔。"

SP 全队沉默了下来。

鞋子在所有装备中合成最快，花费最低，出六双鞋的确是开装备孔最快的方式。但为了那一件神装，放弃其他装备，真的不是得不偿失吗？

CQ 很快就用亲身行动解答了这个问题。

在傅勇的第七神装合成之前，SP 推掉了对面中、下两路的第二座防御塔，让丁海潮和封灿、赵靖换线，开始去下路单带。

CQ 的应对方式是把全队的经济都堆到傅勇身上，让他吃线又吃野区的经济，以至于游戏还没进行到后期，傅勇就提前把第七神装合成好了。

　　自此，上单傅勇仿佛被解开了封印。他开始一人单挑一线，用与丁海潮相似的方式，去单带偷塔。他出的装备是一把斧头。

　　游戏大后期才会出现的金色巨斧提前降临到对局当中，对防御装还未成形的 SP 英雄进行降维打击。那令人震撼的伤害数值仿佛是系统 bug，左正谊被砍一斧头就掉了大半管血，根本扛不住。

　　傅勇带着一股势不可当的莽劲，硬生生截断了 SP 的进攻势头。场上的局势在顷刻间反转，SP 的防御塔一座座被偷掉，他们防不住，也拦不了。节奏在不知不觉中落入了 CQ 的手中。

　　CQ 打了一招"以彼之道还施彼身"，用"41 分推"扼住了 SP 的咽喉。

　　SP 被打得发蒙，想不出任何破解之法，主要是对傅勇的伤害量无可奈何，后知后觉地出防御装也来不及了。直到高地防御塔也被攻破，左正谊眼睁睁地看着水晶爆炸，终于笑不出来了。

　　0 : 1，SP 落后一局。

　　左正谊回到后台的时候，脑子还有些发蒙。队友的脸色也都不太好看，脸色最难看的是程肃年。这局比赛，程肃年在台下的教练席里看了全程。旁观者比身处局中的人更能看出问题所在，如果说前半局 SP 打得很好，那么后半局就打得有失水准了。

　　后台休息室里有一块小屏幕，和前台的直播是同步的，此时正在回放第一局的战斗镜头。

　　程肃年盯着屏幕，全队也一起看了过去。

　　现在正好播到一段上路交火画面：

　　左正谊和丁海潮二包一抓傅勇，两人的血量都不算特别多，从观众的视角看，其实有点危险，他们不该上的。对面的巨斧打人就像切瓜砍菜，要是 SP 不那么急，往后拖延一下会更好，后期出完防御装，有翻盘的机会。但左正谊和丁海潮上了，画面中的他们看起来就像是失了智，故意去送死一样。

　　结果不出意外，他们被傅勇收了双杀。

这一战加快了 SP 走向失败的速度。但 SP 的"失智操作"远远不止这一次，屏幕上画面一转，下一个镜头就是纪决和封灿的类似操作。

左正谊皱起眉，忍不住解释："通常来说，在这种情况下我是能打的。"

"我知道。"程肃年看了他一眼。

"送死"只是表象。

以左正谊来说，无论是作为指挥，还是作为选手个人，他对某场战斗能不能打赢，有一个基本的判断。他判断的依据是敌我双方的血量、装备、Buff 状态、技能 CD 情况，以及地形位置等。

左正谊 solo 基本不输，就是因为他的脑子特别好，把技能 CD 记得特别清楚，对伤害量的把控也特别精准。加上操作到位，他释放出的每一招都如教科书一般标准。

只要"理论上"能赢，他就能打赢，不会失败。但第七神装让他算不清伤害量了。

纪决、封灿、丁海潮都是如此。

这件装备从来没在游戏中出现得这么早过。

主流默认这是一件大后期装备，测试时也都是以后期装备成型后的防御数值为基础来计算伤害量的，没人想到，CQ 会用这么离奇又冒险的方式来提前开启第七神装。以至于它所造成的实际伤害让人觉得陌生、没有实感。

呈现在观众眼前的画面，就是 SP 选手在不该上的时候硬要上，输得令人窝火。

CQ 一招奇袭，打得 SP 猝不及防。如果 CQ 的对手是一个善于将战局拖到后期的战队，效果都不会这么好，甚至可能会翻车。但 SP 这段时间打惯了顺风局，选手也一个比一个自信。

当发现对面做了装备陷阱时，他们的第一反应不是到后期等傅勇的装备优势消失，而是凭借 SP 更高超的选手个人实力来对拼，抢回节奏。可惜不但节奏没抢回来，还栽了跟头。

休息室里众人沉默了两分钟。五个选手的脑袋都耷拉了下来，连平时最"趾高气扬"的左正谊都深感郁闷，蹙着眉头拧开瓶盖，喝了一大口水。

见状，程教练鼓励道："这局的主要责任在教练组，不是你们的问题。

不过现在还没到复盘分锅的时候,这点小挫折不算什么。第二局我们好好打,赢回来就是了。"

左正谊点了点头。

纪决道:"CQ这种玩法只能打突然袭击,不能长久,第二局他们应该不会故技重施了。"

封灿道:"如果他们还出六双鞋,要不……Lamp也出?"

"没必要吧,正常打也不是打不了。"

左正谊的嘴角微微一抽,转头看向丁海潮。丁海潮是他们当中最不开心的一个。

赛前闲聊的时候,他说今晚的比赛很重要,他女朋友会看直播。之前打蝎子,他也是这么说的,还说什么打不赢就分手。现在他一脸衰样,估计是因为上一局没打赢,还贡献出了"送死"镜头,感觉很没面子。

左正谊心想,他就只为这种小事而忧愁,感受不到赛场本身的压力吗?

不得不说这也是一种本事。

第二十一章　内患

"那意味着，随便一个打野都能取代我，我在你身边还有什么意义？"

全队在后台稍做休整，第二局比赛很快就开始了。这局的 B/P，SP 做得比较谨慎。

CQ 的汤米教练一贯花招多，还很擅长打心理战。他执教多年，程肃年没有他经验丰富，对付这种套路多的对手，最好的方式就是以不变应万变。

SP 选了一套非常稳妥的"国家队"阵容。

上路狮子，对线期强势，当前排也够肉。

打野选了较为灵活的兔人，虽然兔人一般被用作蓝领打野，但他在分推单带方面也有奇效。

中路选到了左正谊久违的劳拉，下路则是中前期强势的赤焰王和女侍组合。

这套阵容攻守均衡，有控有位移，输出点不单一，前后期都有一战的实力。可以应对多种特殊情况，容错率较高。

相比之下，CQ 的阵容很不常规。汤米显然很清楚，CQ 的纸面实力不如 SP，用常规阵容对打的胜算很小，只能走偏门。

"偏门"之所以是"偏门",就是因为它们一般只能用一次,主打出其不意攻其不备,第二次就不灵了。所以第一局那种用六双鞋开七神装的套路,一般会被用在决胜局,在关键时刻定胜负。

汤米却在一开头就掏出了压箱底的战术,可见他非常忌惮 SP,使出浑身解数,争取每一个能争取的"一分"。除此以外,此战术用在第一局还有另一个好处:鼓舞士气。

第二局一开始,左正谊就明显感觉到,CQ 自 1:0 领先后士气大涨,打得更自信了。

CQ 拿到的是一套加速阵容,但不是常见的"移动城堡战术"——全队快速移动转移阵地,进行单抓、偷龙、速推。

CQ 只选了一个加速辅助:半人马。半人马的特色在于他的大招,他开启大招后可以驮着一个队友跑,相较于防守,更适合主动出击,在追杀场合尤其有效。不过他除了跑得快之外,没有更多的团队增益功能,小技能也只能为队友加速,和几大主流辅助相比局限性较大,所以上场率不高。

CQ 选出半人马,显然是要在前期线上搞事情,拖到打团战的时候他的作用就不大了。

阵容一出,程肃年就对此有预料,叮嘱他们几个稳着点打,如果前期找不到太好的机会,就尽量往后拖延,后期有劳拉镇场,打团问题不大。

局势的发展也正如 SP 所料。CQ 野辅联动,很积极地来线上 gank。他们先抓了一波下路。封灿的赤焰王极其灵活,靠操作躲过了 CQ 打野的控制。CQ 的反应也很快,野辅二人直接开溜,等待技能 CD,又去抓中路……

就这样,他们在上、中、下三路试探了几次,似乎在寻找突破口。

SP 虽然求稳,但也不愿坐以待毙。纪决主动寻找机会,帮左正谊在中路拿到了对面中单的一血。

一血一出,刚好小龙刷新,SP 准备开龙。

CQ 中路少了人,很明智地放弃了这条龙。趁左正谊、纪决、封灿和赵靖一起打龙的时候,他们的打野骑着"马",来上路抓丁海潮。

左正谊给丁海潮的任务很简单,抗压即可,不需要做别的。但丁海潮是玩输出型战士出身,现在操控着笨重的狮子,也忍不住要使用自己的犀利操作,跟对面抓他的人周旋了起来。

丁海潮艺高人胆大，在防御塔附近转着圈走位，CQ三个人也抓不住他，要不是半人马给打野加速帮了队友一把，他还能在塔下反杀一个。

CQ的gank又失败了一次。失去了一个人头和一条龙，让他们的经济落后于SP了。

左正谊紧绷的神经稍稍放松了一些，第二局打得比他预想中顺利得多。

CQ迟迟找不到突破口，纵然打得再凶，也只是徒劳。

SP上、中、下三路的优势都很明显，劳拉的装备也稍有起色，左正谊准备活动起来，找机会参团。

变故就发生在这一刻……

上路重复了一遍CQ三人抓丁海潮的那一幕，丁海潮在他们面前秀过一次，变得大意了，还想再秀第二次，结果不仅被CQ的打野控死，还送了一座塔。

他们动手很快，离开也很快，把兵线带过去就直接加速走人了。

左正谊赶去上路清了一波兵，他清完的时候，CQ的野辅已经跑到中路去帮中单推线了。而当左正谊再从上路赶回来的时候，原本具有兵线优势的中路防御塔下，堆了一波小兵，他被困住了脚步。

双路线权丢失，SP的节奏突然变差了。这时CQ全部阵容向下移，准备开刚刷新的小龙。

这是CQ的机会。如果被他们拿下这条龙，SP的经济优势很难保住。

左正谊的第一反应就是抢。但丁海潮还没复活，CQ五人齐全，去抢有些冒险。他犹豫了一秒。他想起上一局失败的原因，也想起了程肃年说要稳着打的叮嘱，理智告诉他，SP的阵容不怕往后拖，冒险根本没必要。但自信已经成为本能，况且他这局玩的是劳拉——他是五杀劳拉，冠军皮肤的拥有者。

这个念头在左正谊的脑海里飞快闪过，反应过来时，他已经召集纪决、封灿和赵靖围上了龙坑。

小龙的血量降到了百分之五十以下。

他们并未上前。赵靖最先动手，女侍的花枝甩向CQ的打野，把人勾了出来。

CQ全队立刻放弃小龙，扑上来救队友。

"拉扯着打！"左正谊走位躲避袭向他的技能，把阵型拉开，效率极高地和封灿集火杀了对面的打野。

但CQ毕竟人多，丁海潮已经复活了，正在往战场冲，但还没赶到。SP没有前排。

好在CQ的阵容并不适合打团，半人马在团战中几乎发挥不出作用，他们勉强算是四打四——现在是四打三了。

场上交火飞快，血量也下得快。眨眼间纪决和赵靖接连倒下，对面也有人倒下，残血的左正谊和封灿被冲向了一上一下的两个方向，各自逃命。

CQ二选一，三个人全部追向劳拉。半人马给队友加速，劳拉逃无可逃。

左正谊的小技能全部进入了短暂的CD，但大招还捏着没放。他逃向中路，封灿掉头来帮忙。

明明是他们在逃命，但场上画风一转，突然变成了CQ三个人被他们两个围在中间。

左正谊以身做诱饵，用一种极其危险的走位路线把三个敌人聚拢到了他的大招法阵攻击范围内。

"劳拉开大招了！"

"赤焰王在帮他补伤害！"

导播将直播镜头拉近到中路。

劳拉在左，赤焰王在右。SP双C的技能在毫秒之间同时发出，不给CQ加速逃逸的机会，如火山爆发一般全部释放！

一串三，秒杀。

"这是什么配合啊！"解说拍案而起，"神C！！！"

当丁海潮赶到的时候，现场只剩下了一地的"火山灰"。

SP打了一波极限团战，为第二局的胜利奠定了基础。

1:1，比分暂时扳平。

SP和CQ各拿1分，比赛来到了决胜局。第一局SP输在没有准备，第二局则赢在选手的个人实力压制。"实力压制"，看似轻轻松松，但实际上第二局左正谊的汗都打出来了。

每一次极限操作对精力的消耗都很大，他的神经在技能释放的那一刻绷紧到极致，如同一张拉满的弓，箭脱手之后，弓弦仍在微微颤动，后劲久久不绝。

休息室里，左正谊习惯性地靠在纪决身上，懒懒地瞥了丁海潮一眼，半玩笑半不满地告状："教练，上把有人在演。"

他不提程肃年也发现了。

程肃年皱起眉道："Lamp，你怎么回事？"

丁海潮低下头，脑袋快缩进肩膀里了，心虚道："一点小失误，我不是故意的。"

"你是心态问题，别太浪了。"

左正谊自己也很自信很浪，但经验足，进退有度，飘出去也能收得回来，相比之下丁海潮的赛场经验太少了。他忍不住说："别想着你女朋友了，我估摸着，她那种事业型忙人根本看不懂比赛，你秀操作也纯属对牛弹琴。"

纪决笑了一声。

封灿和赵靖也笑了。他们笑得出来，本质上是因为没把丁海潮的小失误当回事，还有点想逗他。

丁海潮也很不禁逗，郁闷道："我女朋友能看懂啊，我俩一起开过黑呢……"

"真的假的？"

"真的啊。"

"她什么段位？"

"她——"

"好了。"

不等丁海潮回答，程肃年打断他，眉头皱得更紧，严肃道："我都跟你谈过几回了，把公私分开，别带着个人情绪打比赛，你怎么听不进去？还有你们，才刚刚扳平比分，就不把CQ放在眼里了？"

程教练训话，封灿首当其冲，程肃年用手指点着他："你笑什么笑？很好笑吗？"

封灿不服："我第二局打得很好。"

程肃年道："第二局已经是过去式了，第三局马上开始，我们的比分不占任何优势。"

"好吧。"

封灿在强权之下屈服了,还反过来安慰了程肃年一句:"我会好好打的,你可以永远相信你的 AD。"

"哎呀。"左正谊捂住耳朵,发出起哄的声音,"干吗呀?别搞这套。"

纪决配合道:"受不了了。"

赵靖道:"我都习惯了。"

"……"程肃年哽了下,真心有点忧愁。

他训了几句话,气氛不仅没紧张起来,反而更活跃了。不是一个人两个人活跃,而是全队都发自内心地不那么紧张,最紧张的反而是上局表现不好的丁海潮。

如果说第一局打完的时候,左正谊他们还有些难受,那么在第二局靠实力碾压 CQ,或者说摸清了 CQ 有几斤几两之后,要重新紧张起来的确有些难。

程肃年作为教练,也不好太过唱衰,压了战队的士气,只好顺着他们说:"那就都好好打吧,争取一鼓作气拿下 CQ,赢了今晚我请客。"

说完他又单独敲打了丁海潮几句,然后全队回到前台,开始准备下一局的 B/P。

第三局,比赛直播继续进行。

这局汤米似乎黔驴技穷,拿不出新套路了。从第一轮 Ban & Pick 开始,CQ 就明显放弃了偏门打法,开始和 SP 抢强势英雄,试图在阵容的硬性强度上增加胜算。

首先伽蓝、玛格丽特、神奥大君都被 Ban 掉,CQ 还以选代 Ban 抢了劳拉。他们的辅助位拿到黑魔,射手是鹿女,上野两个位置选的是狮子和兔人。

这套阵容主打双 C,整体思路和 SP 第二局的阵容有些相似,一支没短板的国家队。

SP 自然也是要稳着来,先给丁海潮选了他最擅长、发挥最稳定的飞景,打野给纪决拿到了他的冠军英雄红蜘蛛,然后中路选了丹顶鹤,下路则是企鹅和赤焰王。这是一套 combo 流阵容,控制拉满,输出点较为分散。

赤焰王不是大核型射手,丹顶鹤也不是输出型大法师,但前者是封灿的招牌英雄，胜率有保障，后者是团控意识型法师，给左正谊这种大局观好的指挥来玩，他能掌握好进场的时机，几乎不会出错。

红蜘蛛是最能控的打野，能野核也能吃草，十分多功能。

飞景同样也能打出控制效果——连击命中即可使敌人眩晕，gank 有奇效。相比之下，SP 的这套阵容略偏中前期，而 CQ 偏后期。

但 SP 打后期团战也是很厉害的，只要能把连招效果打出来，集火 CQ 的后排，一杀一个准。

对局一开始，SP 就打得很主动。CQ 那边则比较谨慎，不知中场休息时汤米教练做了什么战术安排，他们的气势相较上一局略有下降，但仍然很稳，防 SP 的 gank 很有一手。纪决前两次尝试抓人，都没抓到。

但拿不下人头也能耗血，SP 清楚 CQ 不想在前期有大动作，他们抓完一波线上，打出兵线优势，再开小龙逼团。

但 CQ 根本不来抢龙，连骚扰都没有，一发现 SP 的打野在打龙，他们就趁机加快速度推线或是试图去偷点野区资源，在其他地方暗暗地为自己拉回经济。

游戏的前十分钟，CQ 都打得既尽又贼。仅有的几次主动出击都发生在上路，他们似乎从第二局里发现了丁海潮是 SP 这座坚不可摧的堡垒上唯一的弱点，不断尝试搞垮丁海潮的心态。比如让上单故意上前引诱，丁海潮一动手，他转头就跑。比如打野来上路 gank，两个人去引诱，丁海潮缩回塔下，他们就故意露破绽，让丁海潮以为自己有机会反杀，动手时又打不到他们。

如此反复几遍，丁海潮焦躁了起来。他虽然知道对面是故意的，但还是忍不住生气，想给对方一点颜色看看，让他们不敢再戏弄自己。为什么要戏弄他而不是别人？明摆着是把他当成了突破口。

左正谊也察觉了 CQ 的套路，安抚他："别急，你越急他们越来劲。你还是抗压吧，别太冒进了，你不动他们能把你怎么样？"

CQ 根本不占优势，要抓死丁海潮很难，只能搞点小动作骚扰他一下。当他们分心去骚扰丁海潮的时候，中、下两路都有些顾不上了，被 SP 压着打，下路直接掉了两个塔，中路的外塔也岌岌可危。

这一局 CQ 的发育核心是劳拉，但作为核心，她在 CQ 的待遇实在算不上有多好。

击杀第二条小龙之后，左正谊的丹顶鹤开大招扑住了没有闪现的劳拉，和纪决配合杀了她一次。

第二次左正谊和纪决联手去下路 gank，劳拉从中路下来支援，没想到左正谊去下路 gank 是假，等她出塔是真，又配合纪决杀了她一次。

CQ 的打野没能给中单太多助力，似乎把大部分的心思都放在骚扰上路上了。

丁海潮听了左正谊的话，憋着一口气，在防御塔下当"王八"，不给他们计谋得逞的机会。

这一口气憋得很难受，丁海潮眼看着中、下两路节奏起飞，而自己只能在上路守点，像个孤儿。最郁闷的是，他似乎一点作用都不起，队友直接带躺——把他换成一条狗，SP 都能赢。

这让丁海潮有些尴尬。他自己也分不清是因为女朋友在看直播而尴尬，还是因为他逐渐把自己当成职业选手，对身份有了认同感，也就不知不觉地有了好强心。

丁海潮忍不住道："End 哥哥，抓次上路行吗？"

左正谊说"行"。他玩的是丹顶鹤，这鸟人在正常情况下是人类形态，开大招的时候会化身为鸟，主打控制，输出能力并没那么强。

电竞圈内的人都知道，左正谊曾经是个只玩输出的大 C 型选手，一度走进死胡同，其他类型的法师似乎一个都玩不了。

不知怎么回事，他阔别职业赛场半年多，再回归时突然变得全能了。大家都说，End 果然是天赋型选手，转型真容易，说转就转。但作为队友，丁海潮知道，每一句"容易"的夸奖背后，都藏着左正谊辛苦训练的汗水。

丁海潮盯着丹顶鹤，不知道自己的思绪为什么会飘那么远，莫名其妙。直到他被一声大吼惊醒。

"Lamp 你在干吗？！"

左正谊的声音从队内语音里传来，震得丁海潮一哆嗦，他回过神来发现，左正谊来帮他抓上路，但他的技能放歪了，没接上丹顶鹤的控制，让对面的上单逃之夭夭了。

"我……我……"丁海潮吭哧了两声，没说出话来。

左正谊被他惹出了脾气，气道："你还是老实守塔吧。"

　　SP 直接放养上路，继续推中、下两路。当游戏进行到二十分钟左右时，SP 的经济优势已经很大了，如果有机会团灭 CQ 一次，就能直接推上高地。

　　左正谊在寻找这个机会。大龙逼团是常规做法，以 SP 现在的优势，打龙顺理成章。但就在他准备喊纪决开龙的时候，上路突然爆发了小规模团战。

　　这时 CQ 上路的两座外塔也随着时间流逝而逐渐被推掉了，CQ 的上单在小地图上露头带线。丁海潮见对方的血量只有一半，直接扑上去试图单杀，但埋伏在草丛里的 CQ 打野这时突然跳了出来，和上单一起击杀了他。

　　这让左正谊的开龙计划被迫延迟。他大概理解了丁海潮为什么焦急，把自己当团队的定海神针，强忍着脾气，反过来安慰他："Lamp，胜利比什么都重要，这局结束，你以后还有的是机会。"

　　他骂没用，安慰也没用，丁海潮的心态还是稳定不下来。或者说，他在努力稳定心态了，但脑子忍得住，手却越来越失控，操作开始变形。

　　左正谊怕他再度落单被抓，喊他集合打团。

　　SP 开了两次团，一次打成二换三，一次打成三换三，没有打输，但打得很亏。

　　这时对面的劳拉已经发育得很不错了，CQ 也在找机会反扑。

　　最后一波关键团战爆发在大龙附近。这条龙 SP 早就想拿，因为各种原因拖了又拖。终于拖到拖不下去的时候，纪决假意开龙，把 CQ 的人引了过来。

　　最先进场的是对面的狮子，他冲过来开团，释放狮吼。

　　左正谊第一时间喊散开，别被晕。他下意识看了眼丁海潮的站位，见后者没犯低级错误，这才松了口气。

　　团战交手极快，两边互相寻找对方的后排，先击杀输出位团战就赢了大半。

　　左正谊虽然是法师，但他在这场团战中最重要的作用不是输出而是把控制丢给正确的人。他一直盯着劳拉的位置，场上的阵型不断变化，击杀播报响了几声，是纪决的红蜘蛛控杀了对面的 AD，还把打野打到半血，但他也赔上了一条命。

左正谊救不了纪决，他捏着大招，仍然在寻找劳拉的位置。

终于，劳拉躲无可躲，进入了他的大招扑杀范围。他一秒也不犹豫，当即化身为鹤，飞扑而去。就在他起身的瞬间，封灿也在被追杀。

左正谊高声道："看劳拉！给点输出！！！"

封灿并没有让他失望，在逃命的千钧一发之际仍然给出了关键输出，而正因为要打输出，封灿避无可避地被切死。

场上的击杀播报又响了几声，左正谊的全部技能都丢到了劳拉身上。

但对面的黑魔开大招帮劳拉扛了一波，还差一点伤害，还需要再补一点输出。

全队的目光都落到了丁海潮的身上。这位上单刚才不知道在打谁，并没有人注意到他，好在他在关键时刻终于明白了自己要打劳拉，冲上来帮左正谊补伤害。

但他不知是脑抽了还是手抽了，不直接平A补刀，还想用连击打控制，以至于一个技能直接把劳拉推了出去——推出了危险范围，堪称救死扶伤。

很久没说脏话的左正谊当场爆出一句脏话，双手离开键盘，不忍再看接下来自己被劳拉反杀的画面。

他已经没技能了。

SP没技能了。

"我……"丁海潮的嗓音和手一起抖。

躺在地上的纪决、封灿和赵靖也跟左正谊一样，都沉默了。

自下半赛季开赛以来，SP与国内强队频频交手，打Lion没输，打蝎子也没输，到了CQ，明明已经摸透CQ的底了，最终却输在了自己人的手上。

1:2，刺眼的比分出现在现场的大屏幕上。

SP全队默然下台。

丁海潮走在队伍的最后，嗓音沙哑，喃喃道："对不起。

第二十一章

"你们骂我吧。我……真的……"

前面的四个人没有一个人回头。

左正谊攥紧的拳头微微发颤,似乎攒着股劲儿,想打人;纪决挺直的后背上汗湿了一块,队服皱着贴住肩膀,浑身透着一种奇异的冷漠感;封灿走得最快,眨眼就不见影子了,仿佛多停留一秒就会忍不住骂他;只有赵靖等了他两步,无奈地拍了拍他的肩膀,长长地叹了一口气,然后也不理他了。

全队回到后台休息室。比赛已经结束,程肃年的"赢了今晚我请客"成了一句打脸的 flag,请客钱省了。

沉重的气氛笼罩在 SP 众人的头顶上,连一贯善于安定军心的程教练都被丁海潮打沉默了,半天才终于说出一句话:"等会儿 Lamp 来我办公室,我跟你单独谈谈。"

程肃年要跟丁海潮谈什么,左正谊不知道,暂时也不想知道。回基地的路上,他坐在战队大巴里,倚着纪决的肩膀,脑海中不断地回放着第三局最后一波团战的画面,越想越气,越想越憋屈。

已经三月末了,国内的所有赛事在五月份就将全部结束,EPL 的比赛不剩几场了,马上要进入赛季末冲刺阶段。别说今天丢了两分,哪怕是一分,也是极其重要的。

左正谊突然想起,他拿过神月冠军杯的冠军,拿过世界赛的冠军,但还没在 EPL 夺过冠。

EPL 是国内的长线联赛,积分制论排名,最考验战队的长期稳定性。

左正谊的职业生涯跌宕起伏,什么都有,唯独没有过"稳定"。

"唉,好烦。"左正谊闭着眼睛,一甩手差点把纪决的手机划拉到地上去。

纪决用另一只手把手机捞回来,凑近左正谊说:"别烦了,给你看点东西消消气。"

"什么东西?"

"热搜。"

纪决把手机递到左正谊面前,很不讲队友情地说:"你不好意思当面骂他,那就看看网友们是怎么骂他的,心情会好点不?"

左正谊：" ……"

Lamp 被骂上热搜是意料之中的事。像 SP 这种电竞圈的流量大户，一输比赛就是热门话题。即使选手没有明显的操作失误，粉丝也能找出失误来，给他们"分锅"，更何况今天 Lamp 的失误这么大。那甚至都已经不能叫失误了，应该叫犯病。

SP 官方微博的评论区里一片骂声，"梦游""膨胀""喝高了""演员""打假赛""博彩"等质疑之声应有尽有。网友仿佛是福尔摩斯，不知怎么扒出了丁海潮跟 SP 签约之前当代打用的游戏小号，然后顺着头像和昵称扒出了他接单专用的微信号。那个微信号的最后一条朋友圈写的是："以后不接单了，哥赚大钱去了。"

这么一句普普通通的话，放在以前看可能没什么，但现在情况特殊，粉丝也好路人也好，都在气头上，思维发散一下就理解成了他视财如命，很有可能收钱打假赛，或者亲自下注博彩。

至少动机有了。

左正谊看得直咋舌，几乎也要被网友们影响，怀疑丁海潮有问题了。可仔细一想，新人选手的状态不稳定其实很正常，大部分选手在新人期都不太稳定，心态是磨炼出来的。但丁海潮和那些人的区别是，大部分选手在新人期鲜少受到关注，而丁海潮一出道就在 SP 打首发，备受重用。

他的队友都是天才，他受到了粉丝们爱屋及乌的喜爱，自然也逃脱不了随之而来的高期望。

或许都不算是"高期望"，他可以不 carry，但至少不能拖队友的后腿，害 SP 丢分。

现在 SP 和 CQ 并列第二了，夺取三冠王的路途漫漫，难道今年又要蹉跎一年？

官博下有好几万条评论，几乎要把 Lamp 骂进泥里。他自己的微博也逃不了。

上回 Lamp 还跟队友炫耀，说自己涨了好几千个粉丝。今晚比赛结束，粉丝涨得更多，现在他的粉丝数已经破十万了，只不过大部分都是来骂他或者看热闹的。

左正谊看完这些不仅没感觉到出了气，反而更烦心了。他郁闷地挠了纪决一下，把手机丢还给对方，又倚回了纪决的肩上。

他心想，下一场比赛怎么办？丁海潮的状态能调整好吗？下一场可是冠军杯淘汰赛。

神月冠军杯的理念和 EPL 完全相反。EPL 的规则是为了考验各大战队的耐性、综合战力而设立，积分制排名也更具容错率，即使战队有短暂的状态低迷，之后也有机会将积分追回。而冠军杯比的就是"灵光一闪"，弱队只要抓住机会，很容易爆冷。

所以除了总决赛，哪怕是极其重要的淘汰赛阶段，冠军杯都只打 BO3，并且没有败者组，没有复活赛。它的容错率很低，不管多强的战队，都很容易一不留神就没了。

SP 在淘汰赛阶段的第一个对手是 TT 战队。虽然 TT 不是一线强队，但在这种容错率低的赛制下，SP 也不能掉以轻心。

左正谊又想到了丁海潮那令人窒息的操作。幸好今天不是冠军杯淘汰赛，否则，SP 的三冠征途直接 game over。

这种不可控感让他深深地皱眉，同时又有些担心丁海潮。

丁海潮虽然气人，但网友们言辞犀利，毫不留情，阴阳怪气和污言秽语齐上，甚至骂到了丁海潮家人的头上。

这让左正谊想起了自己第一次遭受舆论攻击时的心情，心里一时间五味杂陈，不知道该做什么表情了。

纪决一直盯着他，凑近了些道："你别不开心，脸都皱了。"

车内没开灯，昏暗的光线下，纪决脸上闪过车窗外的变幻霓虹，他压低了声音，用只有他们两个能听见的音量说："今天输了我也很生气，但你换个角度想，问题早发现早解决，如果 Lamp 到世界赛阶段再犯病，我们就没救了。现在还有时间给他调整。如果调整不好，就换替补上，办法总比困难多，对吧？"

他接着说："你不要不高兴。"

左正谊点了点头，暂时压下所有的担忧。

以往 SP 全队比赛归来，门口要喧哗一阵子，有人冲到后厨要吃的，有人急匆匆上楼，有的两三个聚在一块聊刚结束的比赛有什么搞笑梗，夹杂几句吹牛，很是热闹。

今天却是安静的。

左正谊在车上时就差点睡着，一到了基地，他直接上了六楼，洗澡睡觉。

纪决比他晚回房间一些，帮他整理了一下背包，把他的键盘、鼠标拿到训练室里插到电脑上，还不知从哪儿端了杯热牛奶回来，叫他当消夜喝掉。

迷迷糊糊中被灌了一肚子甜牛奶，意识不清地说："我刚刷完牙……"他喝完牛奶后眼睛更睁不开了，再醒来时已经是第二天早上了。

昨晚睡得早，他今天醒得也特别早。

这一觉睡得还算安稳，但可能是因为睡前有心事，他做了一些跟打比赛有关的梦。梦中场景变换，有的比赛赢了，有的比赛输了，他身上的队服款式从 WSND 的换成蝎子的，又从蝎子的换成 SP 的。

队友也在不断变换，这些人里有的嚣张，有的低调，有的技术好，有的技术差，有的聪明市侩，有的只是傻乎乎的宅男，除了打游戏什么都不会。左正谊和他们一起举起奖杯，或是输掉比赛。但输赢都不是完全真实的，这些不是准确的回忆，而是大脑在回忆的基础上，为他捏造出的梦。

每当重要比赛来临前，或是临近赛季末，左正谊都会做一些有预言性的梦。也许梦本身不是预言，是他用自己的理解来牵强附会，一厢情愿地把它们当成预言。总之，左正谊在这方面有点迷信。

那昨晚的这个梦有什么寓意？是在开导他，丁海潮只是他职业生涯中"路过"的队友之一，现在的困境和从前遇到的所有困难一样都可以解决，不用太焦虑吗？

左正谊倒也没有那么焦虑，一觉睡醒后他的心情已经好多了。他掀开被子，轻手轻脚地下床。

才六点半，纪决仍在熟睡，他双眼紧闭，眉头微微皱起，右手搭在胸前，手腕上有睡前贴上的膏药贴。

左正谊微微一愣。

这款膏药贴是左正谊上个月发现纪决的手不舒服的时候，管队医要的。他记得膏药贴前几天已经用完了，当时他还问纪决，要不要再问队医要几贴。

纪决说不用，不需要再贴了。

今天怎么又贴上了？纪决自己去找队医拿的吗？

左正谊想把纪决戳醒问清楚，手都伸出去了，他又忍住了。

现在还太早，让纪决再睡会儿吧。

三

左正谊洗漱好后换了身衣服出门。基地六楼一片安静，五楼更是一点动静都没有，搞电竞的很少有人起这么早，他打着呵欠走出电梯，冷不防瞥见了蹲在训练室门口发呆的丁海潮。

丁海潮似乎一夜没睡，衣服皱巴巴的，脸上有黑眼圈，无家可归似的蹲在玻璃大门右边的墙角下，一副要饭的可怜样儿。

"你在这儿干吗？"左正谊走到他面前，指了指训练室，"怎么不进去？"

丁海潮道："我刚出来。"

"哦。"左正谊心想，什么意思？痛改前非，彻夜加练？

但显然左正谊把人想得太好了，丁海潮根本没有这么强烈的上进心，他蹲在地上抬眼看着左正谊，半天憋出一句："End哥哥，我女朋友把我甩了。"

左正谊："……"他忍了整整一分钟，才没让自己的脚踹到丁海潮的脸上。敢情他这一副熊样不是被输了比赛打击的，而是被分手刺激的，这还有救吗？

左正谊脸上"阴云密布"，是发怒的前兆。

丁海潮遭受事业和爱情的双重重击，伤心了一夜，无处倾诉，根本看不懂左正谊的脸色，自顾自道："我以为她以前说输了比赛就分手是在开玩笑，没想到是认真的……她只是、只是想随便找一个理由，名正言顺地甩了我。"

"可以理解。"左正谊冷冷道，"如果我是她，我也要甩了你。"

丁海潮不理会他的挖苦，又说："她昨晚根本都没看我的比赛……我翻看了她的历史战绩发现，她在我打比赛的时候跟别的男的双排呢。"

"哦豁。"左正谊竖起了耳朵。

丁海潮哭丧道："那男的游戏 ID 和微博同名，我顺着他的微博找到了我女朋友的微博小号，她居然换了个人设，说自己十九岁，在北京上大学……她是个骗子，End 哥哥，她骗我！"

左正谊："……"

骗你，好像没什么难度。

丁海潮说着说着竟然哭了起来，一把鼻涕一把泪的样子让人不忍直视。

左正谊心想，如果是网络骗子，那八成不只有年龄和职业造假，估计照片和性别都是假的。但他没有更进一步地打击丁海潮，只问他："你被她骗了多少钱？还能讨回来吗？"

丁海潮抹了抹鼻子，哽咽道："我让她还我手机，但她说，如果我再纠缠她，她就去 SP 的超话里贴我们的聊天记录，说我输掉比赛是因为谈恋爱。"

"……"左正谊服了。

想来想去，他还是想踹丁海潮："你别哭了，哭什么哭！烦死人了！"

左正谊把他从地上拽起来："过几天就打冠军杯淘汰赛了，你能分清孰轻孰重吗？等会儿还有训练赛，你这状态怎么打？我看你干脆别打算了，让替补上吧！"

"程……程教练也是这么说的。"丁海潮抽泣了一下，两眼通红，"昨天晚上他说，让我看饮水机（当替补）。"

"活该。"左正谊恨铁不成钢地道。说完，他推开训练室的大门，走到自己的座位上，打开电脑。

丁海潮跟在他屁股后面走了进来。

左正谊瞥了一眼："你还有什么事？"

他以为丁海潮还要再哭诉几句，却听后者冷不防地问："End 哥哥，你在比赛中犯过错吗？"

"当然犯过。"左正谊打开游戏，习惯性地建了一个自定义房间，练刀热身，"但没犯过你这么低级的错误。"

游戏画面中，伽蓝走出泉水出生点，来到中路清理兵线。一刀、两刀、三刀……她用技能穿插普通攻击，精准地补上每一个小兵，打出了一种节奏感。

丁海潮盯着左正谊屏幕里的伽蓝，发起了呆。

左正谊看都不看他，不高兴地说："你杵在这儿干什么？要么滚去训练，要么滚去睡觉。"

但丁海潮不走，忽然又说："End 哥哥，你觉得我的技术怎么样？

"程教练签我的时候，说我是他见过的最有灵气的上单。但昨天晚上他说，他后悔签我了。"

左正谊有点惊讶，程肃年说话竟然这么狠，故意的吗？他没有直接回答丁海潮的问题。

说实在的，当战队内同一位置有多名选手的时候，能一直打首发的，肯定是最强的那个。SP 的一队和二队经常一起打训练赛，替补上单如果比丁海潮的技术好，他就不会是替补了。

除了技术的好坏之外，他们的风格也不同。丁海潮擅长玩飞景、格格龙这类输出型战士，切 C、拉扯、打法灵活，纪决跟他配合，主动 gank 或防守都打得很好。

丁海潮有个优点——可能是因为当代打玩路人局的时候抢打野的钱习惯了，他除了上路抗压，把野区也盯得特别紧，所以 SP 的上野区总是很安全，几乎不会被反制。这让纪决打得比较舒服，而且上野区安全，中路的压力相对来说也会小一点。

替补上单和丁海潮的战术不一样，他更擅长玩肉，主动开团，当前排，保护 C 位，比较偏向于工具人。这就意味着，替补上单是打不了"41 分推"的。如果丁海潮去看饮水机，换他上场，SP 八成得换战术。

左正谊的猜测一点都没有错。上午 SP 全队集合之后，对昨天的比赛做了一遍复盘。下午一点钟打训练赛，替补上单 Ziming 被调入一队，取代了丁海潮。

今天训练赛约的是 UM 战队，打 BO3。打了三局，教练组给左正谊他们换了三套不同的阵容，但每一套都是后期阵容，并且受 CQ 的启发，掏出了第七神装。

SP 之前不重视第七神装，主要就是因为他们很少打到大后期。但现在换了上单，战队被迫更换打法，不如就趁机围绕第七神装做点事情。

这导致SP下午的三局训练赛都打得特别久——充满实验性质，要慢慢地摸索。晚上的训练赛也一样，打完的时候，左正谊都累得有点不想动了。他从自己的座位上滑到纪决旁边，握住了后者的手。

"累不累？"左正谊帮他揉了揉，"我早上看到你又贴膏药了，是不是手又疼了？"

除了故意卖惨，为自己谋取福利，纪决几乎从来不向左正谊诉苦，他似乎感受不到训练的劳累。

但他也是肉体凡胎，不可能不累。

左正谊捏住他的手腕，有点惆怅："你怎么不说话，是不是很疼啊？"

"没有，只是手有点酸。"

"你上回也这么说。"

纪决做出一个无奈的表情："真的不严重，如果严重我不会瞒着你。"

"严重的话你想瞒也瞒不住。"左正谊叹了口气，罕见地像个哥哥，居高临下地用力搓了一把纪决的脸，带着几分无处宣泄的郁闷，忽然说，"要不你休息一下吧。"

"怎么休息？"

"和替补轮流打。"

左正谊说完，和纪决一起沉默了。他比谁都明白手伤是怎么来的，除了休息没有更有效的处理方案。

但SP已经打到淘汰赛了，丁海潮突然掉链子，如果纪决也去轮换，换上远不如他的替补打野，那SP别说拿三冠王了，连冠军杯晋级都有风险。

对左正谊来说，打野比上单更加重要。他已经习惯了有纪决帮他抓节奏、控蓝Buff的生活，无法想象如果纪决不在，他要过怎样的"苦日子"。但他更不希望纪决步他的后尘，拖着不休息，导致手伤恶化。

虽然现在看起来好像没大问题，但这毛病要爆发也很迅速。

雪上加霜的是，SP突然换成后期打法，今天只是个开始，如果在未来的一周、一个月内都这么训练，左正谊可以确定，纪决的手绝对好不了。

"我不管，明天你就休息，我去通知教练。"左正谊按住纪决的肩膀，不容置疑地说，"我就不信，在我好好指挥的情况下，替补打野一点都不行。

实在不行我就双倍发挥,把你的那份也打出来。"

纪决被他的措辞逗笑了——"通知教练"。但笑不到两秒,纪决收起了笑,用玩笑般的口吻说:"如果替补上场打赢了,我会很难过的,哥哥。"

"？"

"那意味着,随便一个打野都能取代我,我在你身边还有什么意义？"

"……"

左正谊无语了,这是什么屁话？

纪决却安抚他道:"我自己的手我心里有数,你别乱想。我不仅会对自己负责,也会对你负责,绝对不会出现我手伤突然严重上不了场,把你一个人孤零零地丢在中路的情况。"

"喂,你俩肉麻死了。"

封灿端着水杯从一旁路过,瞥了左正谊和纪决一眼,冲训练室门外喊道:"我也手酸,程肃年——教练——队长——快来安慰我——"

左正谊:"……"

封灿这么一搅和,左正谊的担忧被冲淡了几分。

他心想,纪决是个有分寸的人,不会乱来,他没必要想得太严重,过分紧张。如果纪决的训练强度不适合他现在的状态,队医也不会放任不管。

左正谊不再多说了,但他还是有点不开心,因为纪决,因为丁海潮,也因为 SP 陡增的压力。

第二十二章 曲折

"我想尽全力，给你我能给的一切。"

一

SP 的训练日程一如既往，下午一场训练赛，晚上一场训练赛，其余时间是复盘和单项训练时间。

今天的训练赛打得比昨天顺利一些，左正谊第一次感受到了第七神装的好。

第七神装有好几种形态，大刀、剑、斧头、匕首、弓箭、枪、戟等热门武器一应俱全。它们的数值加成是通用的，没有法术伤害和物理伤害的区别，但有近战和远程之分。比如法师和射手都可以玩弓，但近战战士和刺客就只能玩近战武器，玩不了弓。

不过英雄那么多，总有例外。比如以伽蓝为代表的近战法师，就玩不了远程武器。而武器当中也有例外，比如大刀，它竟然是远程武器而非近战武器。

左正谊最喜欢的当然是近战的剑，可惜他大部分时间只能玩远程法师。伽蓝能用剑，但她永远待在 Ban 位里。左正谊都不知道后半辈子还能不能在正式比赛里再摸到她。

他们训练赛打得顺利，有人开心，也有人不开心。最不开心的就是丁海潮。

　　SP 的冠军杯淘汰赛被安排在 4 月 2 号。就在 1 号，比赛日的前一天晚上，左正谊看见丁海潮的房门没关，他一个人蹲在房间里，靠在墙边低头玩手机。

　　左正谊走到门口，有点好奇地问："你怎么老是蹲着，这个姿势能解压吗？"

　　丁海潮抬起头，脸上的黑眼圈比前几天更重了。他十八岁了，却活像个未成年人。可能是因为这几天大家都忙于训练，没人关注他，这句冷不丁的问候竟然有催泪效果，他眼圈一红，说："能啊，蹲着我有安全感。"

　　左正谊："……"

　　不等他问第二句，丁海潮说："End 哥哥，这几天我考虑了一下，你说我是不是不适合打职业？"

　　左正谊一愣，皱起眉。

　　丁海潮说："我看到网上的分析帖说，我有两个大毛病，一是心态不好，发挥不稳定。二是英雄池太小，只会玩输出型战士，没大前途。万一将来哪个版本把战士削弱了，我就废了。我觉得他们说得很有道理。"

　　左正谊的眉头皱得更深了，心里蹿出一股火来，不为别的，单纯是看不惯丁海潮这副自暴自弃的废物样子。

　　"你什么意思？"左正谊道，"想放弃了？"

　　丁海潮没回答，有些可怜巴巴地看着他，眼神似乎是在向他寻求安慰。

　　但左正谊没有那么好的脾气，安慰废物是绝对不可能的。他一想到 SP 是因为丁海潮才被迫转成后期打法，给纪决的手，也给他们每个人增加了这么多压力，就气不打一处来。

　　"你放弃吧，退役吧。"左正谊走近了些，冷着脸，"顺着他"说，"你一点电竞精神都没有，的确不适合打职业。"

　　丁海潮听了这话，表情更灰暗了："可我还是想上场，End 哥哥。明天打 TT 战队，我觉得他们的上单没我厉害，我能压崩他……"

　　"你还挺自信。"左正谊挣开丁海潮拽他裤腿的手，不高兴道，"现在想上场了？每个替补坐在台下的时候，都是这么想的，但不是每个人都有机会。"

"你的机会已经被你浪费了,Lamp。"左正谊说,"你也不想想,你一个不知道从哪个旮旯里冒出来的新人,一出道就能在 SP 打首发,跟三个世界冠军当队友,这是百分之九十九的选手求神拜佛都得不到的机会。你再敢哭一声,我就打歪你的头。"

丁海潮忍住眼泪。

"自己想吧。"说完这些,左正谊的气也消了一些,他不再故意激丁海潮,说了句实话,"明天打 TT,如果 SP 打赢了,你以后就真的很难有机会上场了。程肃年虽然满脑子的激情,但他本质上是个为团队考虑,永远求稳的人,懂吗?"

左正谊昂着下巴,言辞犀利:"而我愿意跟你说这些,也不是为了你,是为了纪决。除了你自己,没人在乎你,你清醒一点吧。"

左正谊临了终于还是没忍住,踹了丁海潮一脚。他没用力,只象征性地点了一下,丁海潮却一点也支撑不住似的,顺着他的力道一栽,碰瓷般直接趴下,然后又哭了。

这回他哭得比分手那天还凶,鼻涕、眼泪齐飞,"呜呜"地发出难听的声音,像抱住救命稻草一般抱住了左正谊的脚。

左正谊费力地把脚抽出来,实在不想再搭理他,转身走了。

世界不以某个人的意志为转移,丁海潮伤心也好,失意也罢,SP 的赛程依旧雷打不动地推进。

冠军杯 ABCD 四个小组的前两名均晋级八强淘汰赛,SP 以 B 组第一的身份晋级,按照八进四的抽签规则,他们的对手在小组第二的战队中抽取。由于今年蝎子马失前蹄,未能以第一名出线,滑到了第二,理论上来说,SP 有很大的概率抽到蝎子。

可惜电竞圈的网友们期待的剧本并没有上演,SP 要打 TT,而蝎子的对手是 CQ。这对 SP 来说,无疑是一场坐山观虎斗的好戏。

SP 和 TT 的比赛在 4 月 2 日,蝎子和 CQ 的比赛就在前一天,4 月 1 日的晚上。他们打比赛的同一时间,SP 在打训练赛。

训练赛结束后，就在左正谊上楼取东西，顺便和丁海潮聊了几句的工夫里，比赛也结束了。

左正谊一回到五楼，就见队友们在幸灾乐祸——蝎子被CQ干翻，1:2惨遭淘汰了。他没赶上直播，封灿他们也只看了最后一局的后半场。

据封灿描述，蝎子输在Akey发挥不好。

这倒不让人意外，蝎子最近几场比赛中Akey发挥得都不太好。他的这种状态似乎是从输给SP开始的，所以圈内有一种猜测，说他是被左正谊打蒙了，一蹶不振。

一想起这个，左正谊的心情就有点微妙。自从上次见了一面后，他们就再也没有联系过了。

Akey主动找过他——通过蝎子队友的微信，但左正谊没搭理。后来就不了了之了。

左正谊不知道Akey状态低迷的真正原因，是如网友们所说，因为正面输给他而备受打击？还是因为上次见面闹得不愉快，影响了比赛？

不论是哪一种，Akey都太脆弱了，他和丁海潮一样，不把心态摆正都难堪大用。

而蝎子被CQ淘汰，自然免不了要挨骂。SP前脚才输给CQ，他们后脚也输了，有人开玩笑说"老冤家同进退"，也有人一本正经地分析这究竟是偶然，还是基于CQ实力的必然？CQ今年有多大的希望夺冠？

每年到了这个时候，各种冠军预测帖就层出不穷。CQ的粉丝春风得意，嘴上喊着"不要毒奶"，心里却笑得比谁都欢。蝎子的粉丝闭麦装死了。SP的粉丝比较务实，每天不断地评论和私信SP的官博，要求教练组尽快解决Lamp的问题，不能让上单拖累了全队。

官博的后台消息每天都爆满，直到4月2日的上午，SP出了首发名单，公布Lamp替补，他们才终于消停了一些。

其实从综合实力来看，TT战队不算太强，SP打它没有太大风险，连赛前赔率都一边倒。但毕竟是淘汰赛，不怕一万就怕万一，SP又刚输过一场，在磨合新打法，因此态度极其认真，全队全力以赴，简直是把TT当成了世界一流强队来备战。

晚上时间一到，两队选手登台。

比赛现场一如既往的人满为患，应援声不绝，主舞台上灯光亮如白昼。隔音的玻璃房里，左正谊熟练地调好设备，在等待 B/P 开始的时间里，他抓住纪决的袖子，把纪决的手拉到自己面前，揉了揉纪决的手腕。

这都快成他的习惯性动作了。

他还是不放心，反复地问："今天感觉怎么样？"

纪决有点无奈，笑了声道："虽然我很喜欢天天被哥哥关心，但你真的不用把我当伤患，End 哥哥，我都不好意思了。"

"嗯嗯嗯。"左正谊松开手，回电脑前坐直，哼了声道，"谁稀罕关心你似的，不知好歹。"

封灿无语道："你俩差不多得了。"

左正谊立刻道："你终于理解我们平时看你的心情了。"

封灿差点跳起来，被程肃年按住肩膀，摁了回去。程肃年站在五个选手身后，拿着他的战术本，根本不想参与小学生式拌嘴，目光在五个选手身上转了一圈，最后看向纪决。

"Righting 的手怎么了？"程肃年问。

"没怎么。"纪决道，"End 哥哥有手伤 PTSD，太敏感了。"

仿佛是为了证明自己的话，纪决第一局状态奇佳，打得比任何一个队友都卖力。这局 SP 掏出了在最近训练赛里着重练习的阵容，大招 combo 流，抓人、打团都很有优势，能打出爆炸式伤害。

对面的 TT 战队也为今天的比赛做了不少努力，从 B/P 上就看得出他们下了很多功夫。

当两个战队有硬实力差距的时候，针对性打法最易见效。TT 似乎是想模仿 CQ，在 SP 最不稳定的上路做文章。但今天首发出场的替补上单 Ziming 是一个特别听话的选手，他的主要任务是在上路抗压，左正谊不下命令，他绝不贸然行动。

TT 盯了他半天，也没找到机会，这让 TT 很焦急。纪决又像开了挂似的，上、中、下三路到处飘，神出鬼没，gank 节奏快得飞起。

由于一直在打 gank，纪决没吃太多野区资源，将大部分的资源让给队友们。左正谊被养得很肥，吃纪决的资源，又吃他的线上助攻，发育了一会儿就开始跟他一起游走，去抓下路。

一旦进入了 SP 的节奏，TT 那边又没有能站出来改变局势的人，结果就变得不太有悬念了。

丢龙、丢防御塔、野区被控、草丛中埋伏、队友被单抓、团战打输，后撤，不断后撤，高地被推平……TT 的领土一缩再缩，全队回防，艰难地守着高地。

SP 迟迟没攻下高地，是因为 TT 的阵容清线比较快，总能在第一时间把兵线断掉。

双方僵持了几分钟，左正谊想去打龙，强化兵线之后一举推上高地。但他的命令还没说出口，就见纪决突然找到了一个巧妙的开团点，直接控住了对面的打野！

"打！"左正谊反应很快，技能立刻跟上。

上单 Ziming 趁机冲进人群，冲散了 TT 的防线。左正谊、封灿同时开火，眨眼间秒了 TT 的打野和中单，AD 后撤的时候又被纪决控住，血量瞬间见底。

SP 的攻势凶猛，人都没杀完，兵线就已经进塔，封灿三两下就点爆了水晶，送 TT 上了西天。

第一局赢得如此顺利，最大功臣无疑是纪决。

全队回后台的休息室休整的时候，纪决凑到左正谊面前讨夸奖，炫耀自己的手不仅没问题，还比之前状态要好，还说什么"最近感觉进入巅峰状态了"。

左正谊顺着他夸："不错，越来越有世界第一打野的风范了。"

这句话在纪决的状态之火上又浇了点油，第二局他打得比上一局还凶。也不只是纪决打得更凶了，也因为 TT 在输了一把后失掉了士气，打法变得有些缩手缩脚，就显得 SP 格外势不可当。

SP 的打法倒是没变，依旧按照上一局的思路走：上路抗压，中、下路发育，打野让资源、带节奏，线上 gank 养队友，帮助全队经济滚雪球，到了中后期就开团推点，找机会上高地。

前二十多分钟，SP 都如计划的那样顺利。变故发生在第二十四分钟。

这时左正谊的装备已经很好了，如果 SP 打赢一波团战，就能从中路或者下路推上高地。如果一波拿不下，再来一波也能赢了。

纪决全场乱窜，积极地寻找着机会。左正谊和封灿抱团带线，上单和辅助保护着他们。这么打也算是一种变相的"41分推"，纪决在后期充当了"1"的角色。

　　就在纪决在上路清完兵线，绕进野区的时候，遭遇了来野区打红Buff的对面ADC和他身后的一众队友。

　　一得到视野，左正谊就带队往野区赶。

　　团战一触即发，纪决却佯装没队友支援，用假撤退的走位把人往外面带。

　　对面迟迟抓不到反打的机会，见状怎么能放过？当即举全队之力来抓他，即使知道SP必定会来支援，也想抢一个时间差，打出先手优势来。

　　TT的这一轮打得很凶，纪决见支援已经赶到，果断地回身还击，身形在人群中穿梭，寻找对面ADC的位置。

　　"能控吗？"左正谊叫他，"控了就能杀！"

　　纪决二话不说，把控制技能丢向敌方的ADC。

　　左正谊对他有绝对的信任，在他的技能脱手但还未落地的一瞬间，同时施法。但就在这千钧一发之际，不知为什么，纪决的技能没有命中，甚至歪向了一个十分离奇的方向，然后在众目睽睽之下落空了。

　　现场一片哗然。

　　解说惊讶地卡了台词，有点纳闷："SP最近怎么回事？一个个都不对劲……"

　　但战斗还没结束。场上的选手没有时间闲聊，也不能停下来。纪决的控制打空导致他直接吃了对面AD好几枪，险些丧命，左正谊的技能也被他带得放空了。

　　左正谊紧紧皱起眉。

　　纪决低声道："我还能控……打野。"他说的是对面的打野。

　　左正谊依旧选择相信他，跟着他技能放出的方向提前预判，释放技能，命中了TT的打野。

　　封灿的输出紧随而至，SP一套又一套的combo技能落到TT英雄的身上。

　　先倒下的是打野，然后是中单、上单、辅助，最后一个死的是ADC。

虽然中途出现了操作失误，但纪决紧急救回了自己的场。他顶着残血三进三出，亲手撕开了 TT 的阵型，帮助 SP 赢下了团战。

全队带兵线上高地的时候，纪决也走在最前面。他单手按住键盘上的"W"键，走出了一条略带喜感的直线。

左正谊盯着这一幕，敏锐地转头，看向纪决的手。

纪决的姿势并无异样，左手放在键盘上，右手搭在鼠标上。但他的右手只是虚虚地搭着，手腕弓起了一个不太自然的弧度。

现场灯光闪烁，左正谊不太确定是自己眼花，还是纪决的右手像抽搐似的微微颤动了一下。只一下，左正谊的心就沉了下去，大脑有一瞬间的空白，火气却噌地升了起来。

"纪决。"左正谊压住怒火，沉声道，"你骗我。"

三 >>>

比赛现场不方便争吵，左正谊的一腔火气无法释放，从前台忍到后台，又从后台忍到了回基地的车上。上车时他罕见地没和纪决坐在一起，而是坐到了丁海潮的身边。

纪决就在前面两排，回头看了他几眼，欲言又止。

左正谊没抬头，他攥紧了手机，也不理会丁海潮没眼色的询问，像是呆住了，一直盯着自己的右手看。他似乎还能感受到手伤最严重时，从疼痛深处生出的惊慌。

那种疼根本不算什么，左正谊能忍受。他怕的是，它对他的职业生涯造成的影响。

电竞圈里有过伤病的选手不计其数，但像左正谊这样在短期内恶化又做过手术的不多。

正因为他深刻并"完整"地体会过一遍，才会对纪决的手格外关心，希望能靠他的经验来帮纪决避免走到动手术那步。

但他每天不厌其烦的关心，都换不来纪决的一句真话。纪决是怎么想的？把他的担心当成耳边风，以为这种事是小事吗？纪决私下找过队医，队医却没什么反应，也没跟教练组沟通过，是因为他连队医也隐瞒了吗？

这就更让人无法理解了。左正谊在路上越想越气,手机都快被他捏碎了。

丁海潮终于学会了看脸色,生怕他发火波及自己,默默地挪开屁股,离远了点。好在他很快就得到了解脱。不知是不是连司机都感受到了车内的低气压,今天的车速格外快,比平时早了十分钟到基地。

SP打了一场胜仗,大部分人都很开心,只有听见左正谊和纪决谈话的几个队友面带疑惑,时不时地打量他们一眼。

左正谊忽略掉这些目光,一下车就拉住纪决,把人拽到六楼。此时还不到晚上八点半,上楼,开灯,关门,左正谊把背包丢到床上,摔出了一声闷响。

他是极爱惜键盘的人,当键盘在背包里的时候,他从来不会做出这种动作。很显然今晚他已经被气昏了头,什么都顾不上了。

纪决靠在门边,见状走上前来,表情一如往常专注地盯着他,只是眉头微微蹙起,带着几分无奈。

"我不是故意隐瞒你的。"纪决说,"我已经在积极治疗了,外用、内服的药都没断过,只是不想让你担心,才没告诉你。而且我的手伤没那么严重,连封灿都有颈椎问题呢,他不也照常训练?没必要大惊小怪。"

左正谊还没开口,就被纪决先发制人,灌了一耳朵明显是事先准备好的辩解台词。他想大事化小,小事化了。

"哥哥,"纪决用讨好的口吻,有意转移话题,"你的头发好像长长了……"说着他伸出手去摸左正谊的头,左正谊毫无反应,他低头一看,才发现左正谊正冷冷地盯着他,眼神活像是要把他吃了。

纪决移开目光,低声道:"对不起。"

左正谊的声音很低,带着一股逼问的气势:"你说实话,为什么要骗我?你的手伤今天已经影响到操作了,还说不严重?"

纪决很会避重就轻:"但我没给你拖后腿,那点影响不算什么吧。"

左正谊快要气炸了:"我在乎的是这个吗?!"

"我知道,你是担心我。"纪决顺着他说,"但没必要,我真的没事,至少没有你当初的伤势严重,忍忍就过去了。我不告诉你是怕你小题大做,让我休息。"

左正谊气得直瞪眼："小题大做？你本来就应该休息！现在只是稍微有点影响操作，再拖下去就不是'有点'了！"

纪决叹了口气："我休息了你们怎么办？都已经打到赛季末了。"

刚打完一场紧张的比赛，纪决的右手还没得到充分休息，近距离触碰时，左正谊能感到它在微微颤抖。这让左正谊眼圈一红，不仅仅是因为生气。

纪决却早就酝酿好一腔苦衷，靠着他说："哥哥，三冠王很难，但我有预感，今年我们夺冠的希望很大。

"我们二十一岁，封灿二十二岁了，都算走到了巅峰的末期。也许我们明年还能保持好状态，但也只是也许。就算我们都不变，游戏也会改版，没人知道下个版本是什么样的，可能会削弱中单，也可能会削弱打野，到时候我就帮不上你什么忙了。"

纪决的语气平静，似乎早就把这些想得一清二楚了，所以说出来的时候不带一丝犹豫。

"今年的版本合适，SP队内的气氛也好，可以说是天时地利人和，我不想在这种时候成为你的负担。"纪决说，"如果你因为我而错失三冠王，未免太遗憾了。你嘴上不会责怪，但心里会不开心吧？毕竟你是那种……不仅严格要求别人，更加严于律己，哪怕痛得受不了都要带伤上场的人。我太了解你了，比赛就是你的全部。"

说最后一句话的时候，纪决的眼中闪过一抹伤感，潜台词似乎是"我没比赛重要"。虽然他无意指责左正谊，他是早就了解并且已经接受了事实，客观地陈述原因，而非意气用事故意引发争吵。

但这话在左正谊听来，却有些诛心，他更感恼火："你什么意思？"

"没别的意思。"纪决道，"我只是很理智地明白什么对你来说最重要。我想尽全力，给你我能给的一切。"

左正谊气道："我不需要！我的冠军是靠自己打出来的，不是你'给'的。"

他的原意是无须纪决做出这么大的牺牲，但话说出来就有点不对味儿了，好像纪决对他一点用都没有，可有可无似的。

纪决更伤感了。

左正谊本来就生气，越气越语无伦次，心塞得说不出话。他无法接受纪决这样的付出，这种"付出"对他来说才是真正的负担。最重要的是，比赛不是他的全部。

左正谊推开纪决，沉着脸向外走，说道："我去找程肃年讲一下情况，叫队医给你好好看看，明天你能不能继续参训得听队医的安排。"

纪决正要开口阻止，左正谊打断他："我不想再听你讲那些一厢情愿为我好的话，你闭嘴吧。"说完，他把门一摔，走了。

第二天，左正谊果然把纪决"押送"到了队医面前，让队医给他做了详细的检查。

检查结果自然好不了，但也不算太坏。纪决的满口谎话中可算有一句真话——他的伤没有左正谊当初的那么严重。但毕竟已经出现影响操作的情况了，队医的建议是要适当地休息，最好打轮换，否则伤势必然会加重。

所谓久病成医，这都在左正谊的预料之中，他气愤之余也松了口气，幸好他发现得早，纪决还没走到伤势加重的那一步。

他个人感情上的那口气松了下来，SP战队的压力却加了一码。上单危机还没彻底解决，主力打野又要轮换了，SP在赛季末怎么这么多灾多难？

程肃年早就已经戒烟，这会儿焦虑得差点复吸。

左正谊把教练组的压力看在眼里，陪纪决检查完就去安慰程肃年。他自认是纪决的监护人，纪决有突发状况影响了团队，他也心中有愧，对程肃年说："别担心，我会把Righting的那份一起打出来。只要替补好好听指挥，我就能把他带成一个合格的打野，不会出问题。如果你还不放心，大可以把战术压力都往中路倾斜，只要是理论上能实现的打法，我都能做好。"

"我说话算话。"见程肃年不吭声，左正谊补充道，"你看过首尔的世界赛，不应该不相信我的能力。"

程肃年坐在办公椅上，有些匪夷所思，皱眉盯着他："然后呢？你累到旧伤复发，再做一次手术？"

左正谊坐在他对面，双手交握搭在桌面上，无意识地攥紧了一下。

他的脸色很平静，似乎认为这是最好的解决办法。他永远相信自己，认为自己无所不能。既然"能",那么能者多劳就是理所应当的。

　　左正谊就是这种人,总是以自我为中心,成果由他来收获,付出也应该由他来。

　　程肃年的目光从他的脸扫到他的手上,眉头皱得更紧了。

　　其实左正谊最近也有贴膏药,用以缓解疲劳。常年贴这种东西,他的手腕上有一块皮肤被捂得发白,和其他部位的肤色不太一样,那是不可避免的痕迹。

　　程肃年指着他的手,突然说:"去年有一段时间,封灿也经常要用药。我每天晚上帮他贴到颈椎和腰上,第二天再揭下来。你知道 SP 为什么不再打 4 保 1 了吗?不是我的 AD 不行了,而是我觉得没必要。

　　"这说到底是个团队游戏,最轻松最合理的打法是大家各司其职,各尽其力,一加一大于二。不应该有人'躺赢',也不应该有人过度消耗自己。你现在每多消耗一天,你的职业生涯就会比原来缩短一天。这值得吗?"

　　程肃年说:"SP 和蝎子不一样,你的思维方式太有问题了。别遇到事情第一反应就是自己扛起来,不管哪个选手受伤,该烦恼的都是教练组。这本来就是教练的工作,如果把压力都推到你身上,像话吗?"

　　"我只是想赢。"左正谊眉心拧起,手指攥紧。

　　"没人不想赢。"程肃年说,"今天连丁海潮都知道要好好训练了,我决定再给他一次机会,下一场让他首发。他和 Righting 至少要有一个在场上,我们才能打出主动性。"

　　左正谊点了点头:"这样也好。"

　　程肃年看了他一眼,突然说:"虽然'快乐电竞'是一句玩笑话,但我们最初爱上游戏,都是因为玩游戏很快乐,对吧?玩游戏源于热爱,电子竞技也是。高兴点,End,虽然我也很焦虑,但 SP 没那么脆弱。你应该多相信教练和队友,天大的压力我们都能一起扛。你不是一个人。"

　　可能是最后这句话太经典,经常出现在各种场合,程肃年说完忍不住笑了,顺便还调侃了左正谊一句:"也别担心 Righting,他只是轮换,不是永远都不能打比赛了。我还听说你俩吵架了?"

　　左正谊微微一哽:"还好吧,不算吵。"

　　程肃年道:"今天吃午饭的时候,我看他一直拿眼瞄你,你一眼都不看他。怎么回事？冷战吗？你们年轻人闹别扭可真有趣。"

左正谊："……"

哪里有趣了？别一副七老八十的口吻好吧。左正谊在心里吐槽了一句，离开程肃年的办公室，回到了训练室里。

他的确是在和纪决闹别扭，但闹得比较轻微，暂时还达不到冷战的程度。就算是冷战，也是他单方面发起的。哪怕纪决这天被要求休息，也要坐在他身边，像个监工似的，看他打训练赛。还要对他指指点点，一会儿说"你漏了一个兵，哥哥"，一会儿说"我觉得抓下比较好，别去上路"，一会儿又说"这个龙不能打，风险太大了"。

左正谊被烦得要死，终于给了他一个眼神："滚蛋。"

纪决讨到了这日左正谊的第一句回应，心满意足地滚蛋了。但只滚了半个小时，训练赛一结束，他又回来了，端着一盘切好的水果，递到左正谊面前。

"……"

左正谊的怒火和哀愁被程肃年抚平了大部分，剩余的部分又这样被纪决给搅散，气不起来也愁不起来了。

纪决比他想象的乐观，这乐观八成是伪装出来专门用来哄他的。

不论真假，它的效果达到了，左正谊不再计较纪决欺骗他的事。他吃了好几块蜜瓜，算是默认和好了。

但他仍然对纪决说的那句"比赛就是你的全部"耿耿于怀，在训练之余琢磨了好几天，越想越觉得，去年他们有过一次吵架，这句话和纪决说的"我永远是你最后一个选项""你的一切都排在我前面"异曲同工。区别在于，去年的纪决心怀怨恨，今年的纪决已经没脾气了。

现在的他什么都乐意接受，把姿态摆得比从前更低。正因如此，他似乎不觉得他对左正谊能有多重要。始终没有比赛重要。

左正谊难得地猜透了纪决的内心，这对他来说，是在人际交往里的巨大进步。

但他只进步到这里，接下来该做什么，就不知道了。左正谊觉得类似"你比比赛更重要"这种话说了也毫无意义，就好比有的人非得问一句"我和你妈同时掉进水里，你先救谁"，何必呢？但他可以给纪决一个保证——

如果纪决和键盘同时掉进水里，他肯定先救纪决。

左正谊的脑回路很奇怪。

"我的键盘是防水的。"吃晚饭的时候，他冷不丁冒出这么一句。

纪决一头雾水："你说什么？"

"没什么。"左正谊帮他夹了菜，"多吃点，有助于恢复健康。"

"……"

四 >>>

4月7日，SP迎来了纪决轮换不上场的第一场比赛：EPL，打BG战队。赛前首发名单里缺了纪决，但丁海潮回归了。

上一场打TT战队时，纪决在团战时莫名其妙的失误操作就引发了外界不少猜测，他突然从首发位转到替补，更是令粉丝心里不安，大家都很疑惑SP最近出什么事了？怎么频频换人？

但SP并没有对外解释原因。

随着首发人员的变化，SP的打法也在不断变化。今天虽然让Lamp首发了，但他只上了一局，第二局程肃年就换下了他，让Ziming来打。

Lamp有点委屈。他为了证明自己不是扶不起的阿斗，第一局打得很卖力，有好几次超神发挥，给了团队很大帮助。但程教练仍然换下了他，甚至都没有解释原因。

SP以1∶0领先。中场休息的时候，丁海潮纠结了半天，用一种老实巴交的语气悄悄地问程肃年："教练，你是在故意PUA我吗？"

左正谊正在喝水，听了丁海潮的话，差点一口水喷出来，心想很有可能是真的。

但程肃年不承认，他严肃地一皱眉，仿佛听不懂丁海潮在说什么："我只是想试试不同的人员搭配能产生什么样的化学反应。"

"哦……"丁海潮缩回壳里了。

左正谊看向纪决，眼神一转过去，就发现纪决也在看他，似乎想从他的表情里，窥出一点他对替补打野的评价。

能有什么评价呢？左正谊打得有点心累。

纪决是节奏型打野，喜欢游走 gank，他打得主动，能把整局游戏盘活。左正谊和他配合得太默契，大部分时候根本不需要开口指挥，纪决就知道左正谊想在某个时间点做什么事，提前做好安排，合作更有效率。

替补打野一方面是和左正谊不够默契，另一方面是没有纪决的技术和自信。教练组出于保险考虑，让他玩工具人型英雄，能在左正谊的指挥下，给队友提供帮助就可以。他的确是这么做的，做得合格，但也只是"合格"而已，指望不上更多。

左正谊也没对他有更多的要求。倒是丁海潮回归后的表现，超出了他的预期，在一定程度上弥补了纪决不在时野区缺乏控制力的问题。

这让程肃年也增强了些许信心，所以在打完 BG 战队之后，对阵 XRG 时，他也没让纪决上场。

但打 XRG 就不像打 BG 战队时那么顺利了。

丁海潮依旧处于想证明自己的状态，打得很卖力。左正谊、封灿和赵靖都保持了正常水平，替补打野也没有犯明显的错误。但打野如同一个连接上、中、下三路的节拍器，打野和队友配合不默契，就很容易出现一些表现不明显但在暗中影响运营节奏的问题。

SP 和 XRG 打满三场，磕磕绊绊才打成了 2：1，最后一局差点被翻盘。虽然 SP 赢了，但 2：1 在赛季末冲刺阶段并不是一个好结果。它让 SP 丢了 1 分。而在这一轮的 EPL 比赛中，CQ 也打出了一局 2：1 的结果，积分继续和 SP 保持齐平。

值得一提的是，蝎子因为 Akey 状态持续低迷又输了一场，只拿到 1 分。

这意味着，目前 EPL 的积分榜上 SP、CQ、蝎子并列前三，都是 55 分。而接下来每队的 EPL 比赛就只剩下五场，拉开分差的机会不多了。

他们身后还有 Lion 在虎视眈眈，SP 必须要在这五场里一分都不丢，才真正有可能问鼎联赛冠军。

纪决的轮换，成了摆在 SP 面前的一道难题。

程肃年和左正谊，都不能再乐观对待了。

第二十三章 悬念

"今年就是最好的一年,我要陪你冲击三冠王。"
"这是我的荣耀,不是牺牲。"

从打完 XRG 开始算起,假如冠军杯四进二淘汰赛 SP 也能顺利晋级,那么 SP 本赛季的国内比赛就还剩七场:两场冠军杯、五场 EPL 比赛。这七场比赛不论对手是谁,对 SP 来说都很重要。

在这种情况下,纪决的问题不是"应该打几场",而是"最多能打几场"。

教练组和队医一起开了个会。左正谊不知道他们是怎么讨论的,也不知道是谁先提出的方案,只知道会议最终宣布了一个决定,说 SP 现在最明智的选择是,保单线。

意思是说,EPL 和冠军杯只保一个。

如果让纪决打满七场,意味着他从现在开始,就要恢复正常的训练强度,直到赛季结束。这对纪决来说风险太大了,极有可能加重伤势。SP 不是那种没有人情味的俱乐部,不愿意伤害选手。况且,退一步说,如果纪决的伤势在国内就变严重了,七月份的世界赛怎么办?

世界赛比国内赛事更加重要,SP 必须保大头,为世界赛留存力量。如果只保一个国内冠军,比如纪决只打冠军杯比赛,不打 EPL,那么他就只需要打两场，事情就好办得多。

至于 EPL 比赛，就留给队友努力了。往好处想，左正谊、封灿、丁海潮都那么强，即使替补打野不够强，也未必没有夺冠的希望。

虽说保单线也不一定能如愿，但这是教练组能做出的最合理的规划了。这也意味着，SP 主动放弃冲击三冠王，把赛季目标改成了夺得双冠：国内的一个冠军加世界冠军。能不能夺得另外一个冠军只能看命，不强求了。

程肃年来训练室里公布了这一消息，通知纪决接下来的训练安排。他说得委婉，从头到尾都没提"放弃"二字，只说国内赛事吃紧，教练组决定让纪决打冠军杯，替补打野打 EPL。

智商低如丁海潮，根本没听明白是怎么回事，在一旁傻不拉叽地故意卖萌，喊了声"好耶"，还拼命鼓掌，鼓完掌发现队友们面色严肃，谁都没有笑，他才回过味儿来。

这是 4 月 13 日的下午，SP 的下一场比赛在 4 月 16 日，EPL 比赛，打 UG 战队。纪决不上场，所以今天他依旧没有参训。

当全基地的选手包括所有替补选手都在忙于训练的时候，不参训的纪决成了唯一的闲人。他是闲不住的。

左正谊不在，他单独待着就没事可做，主要是没兴趣做，就连人人都离不开的手机，他也觉得没什么好玩的。

其实纪决很想参训。说服教练不难，说服左正谊却不容易。

左正谊总是以己度人，以为纪决也和他一样，认为将来状态下滑或是打不了职业是天崩地裂的大不幸，活都活不下去了。可实际上，纪决不是他。纪决不担心那么久远的未来，更希望能陪他好好度过充满希望的现在。

一个人的一腔热血总归有限，左正谊把他的热血给了电子竞技，纪决则把自己的热血给了他。所以，当面临所谓的事关前途的选择时，纪决没有一丝犹豫。他之前隐瞒手伤不是头脑发热，而是在权衡利弊之后，出于理智做出的决定。况且前途这种东西……

纪决微微皱着眉，拇指在手机屏幕上滑动。他喜欢翻左正谊的手机，但左正谊几乎从来不翻他的。他的微信聊天界面里，左正谊是置顶，备注是很久以前改的"海绵宝宝"。置顶下面有几条新消息，其中有一条来自他妈谢兰。

纪决单方面和家里断绝来往大半年，从来不回消息。但谢兰无所谓他回不回，保持着一个月发两三条的频率，孜孜不倦地发。

一开始是骂他，之后也偶尔关心两句。时间一久，见纪决软硬不吃，谢兰想不开也不得不想开了，换了副伤心母亲的口吻，做出让步。她对纪决说，以后不再干涉他的生活，他爱怎么样就怎么样，但希望他能稍微谅解一下父母，回来为家业分分忧。毕竟他们的家业，迟早还是要交到纪决手上的，否则给谁呢？血浓于水，怎么老死不相往来？

纪决仍然没回复。

他沉默了一会儿，点开左正谊的聊天窗口。

决："哥哥，你在打训练赛吗？几点结束？"

决："我有话想跟你说。"

没想到，左正谊立刻就回复了。

海绵宝宝："？"

决："没在打训练赛吗？"

海绵宝宝："刚结束。"

决："你能上来一趟吗？占用你几分钟。"

左正谊可能预感到了他想说什么，一点也不想听，慢吞吞地过了好几分钟才回复。

海绵宝宝："就在微信上说吧。"

决："那我去训练室找你。"

海绵宝宝："……"

海绵宝宝："算了，还是我上去吧，你等一下。"

纪决耐心地等，大概五分钟之后，左正谊终于来了。从五楼的训练室乘电梯到六楼，竟然花费五分钟之久，说明左正谊是真的不太想来。

纪决在程肃年公布训练安排的那一刻，就有一肚子反对意见，没第一时间说出来是怕左正谊当场发脾气，和他翻脸。

有些话还是私下谈比较好。

左正谊推开门，差点撞上守在门口的纪决。左正谊刚打完训练赛有点累，仰躺在床上，斜眼看他："你想说什么？说吧，虽然说了我也不一定会听。"

纪决没有拐弯抹角："我不同意放弃三冠王。"

他盯着左正谊道："今天程肃年说那些话的时候，我看出你的失望了。"

"我没有。"左正谊不承认，但这么果断地否认有点欲盖弥彰，他想了想说，"谈不上失望，有一点遗憾罢了。把赛季目标降低，任谁都会有点小遗憾吧？但这不等于我会后悔，也不等于我对你有什么意见，你最好别胡思乱想，说一些我不爱听的话。我告诉你，我会生气的。"

左正谊直接用威胁来堵纪决的嘴，他说"会生气"，其实已经生气了，冷脸对着纪决，用眼神施以双重警告。

"我已经决定了，左正谊。"纪决低声说，"教练组那边我等会儿就去解决，我先告诉你，也只是通知你一声，你不能反对。"

"你敢！"

"我敢。"

他直直地盯着左正谊，罕见地展露出了不容他反对的一面。

左正谊气不过，踢了纪决一脚。但随便他怎么拳打脚踢，纪决都不觉得疼。他以为以左正谊的脾气，要忍不住骂人了。

可没想到，左正谊没骂人。他的一腔火气眼看要爆发，可火却没烧起来，声音甚至低了下去，轻声伤感地说："我已经是世界冠军了，三冠王对我来说不过是锦上添花，实在得不到，也没关系。但你不一样……纪决，我希望你的伤快点好起来，我不要别的打野，我只要你。"

如果这番话放在平时，纪决已经感动得不知如何是好，从今以后的任何决定都听从左正谊的安排。左正谊让他往东，他绝对不会往西。

但在这个关口上，左正谊难得坦露的心声，竟然让他更加坚定了决心。

他看着左正谊的脸，用一种信徒般的口吻说："三冠王不是你的锦上添花，左正谊。

"你不是普通人，你是 End。你职业生涯的尽头不应该只是世界第一中单，而是历史第一。你必须要有更多的荣誉，来证明你对电子竞技来说，是独一无二的。"

纪决眼中充满甘愿奉献的热烈："今年就是最好的一年，我要陪你冲击三冠王。"

左正谊愣了一下。

纪决仍盯着他，语气坚定："这是我的荣耀，不是牺牲。"

▶▶

纪决心意已决，左正谊拦不住，教练组也无法再劝，他当天就恢复了训练，并在 4 月 16 日 SP 对阵 UG 的比赛中首发出战了。

时隔多日，SP 原主力五人终于再次聚齐，颇有重整旗鼓王者归来之势，一举大胜，2:0 拿下了比赛。

这场比赛的胜利是必然的。一是因为 UG 的综合实力和 SP 有很大的差距，二是 SP 全队五人，每个人都拿出了最好的状态。

丁海潮不必说，至今仍有 SP 的粉丝不放心他，天天给官博发私信，让教练组"小心 Lamp"，搞得他很郁闷，每一场都带着为自己正名的目的在打；纪决是豁出去了，不顾手伤风险也要冲冠，信念感比丁海潮要强得多，自然是倾尽全力，不容有失；左正谊为减轻纪决的负担，最近练的大多是前期较为强力的法师，为的就是尽量缩短比赛时长。教练组也觉得打前期比较好，现在已经进入赛季末冲刺抢分阶段，EPL 里的一线强队 SP 都打完了两轮，剩余的几个对手如 UG、UM、QL 之流，都是排行榜下游战队，SP 的难处不是打赢他们，而是一分都不能丢——丢分即丢冠。因此封灿也重新练起了前期射手，为丰富阵容做准备。

SP 如此一改打法，又改回了之前的套路——无核进攻流。

正所谓时移世易，形势不同则战略不同。打一线强队时无核进攻不靠谱，但打下游战队，无核进攻有着无可比拟的优势。换句话说：虐菜很稳定。

但即使是打下游战队，这么打也有点疯狂。

粉丝们成了纠结的矛盾体，一面相信 SP 的实力，一面又提心吊胆，生怕发生意外，以一分或者两分之差，遗憾地将联赛冠军拱手让人。

但意外这种东西，发生一次是意外，如果发生多次，就不能叫作意外了，而是实力不够的必然产物。

SP 队内的"意外"已经够多了，磕磕绊绊地走到这一步，到了该用硬实力说话的时候了。

4月16日，SP2∶0UG。

4月20日，SP2∶0FPG。

4月25日，SP2∶0TT。

4月29日，SP2∶0UM。

5月4日，SP2∶0QL。

连续五场，场场大胜。

打 FPG 的那一场是冠军杯的四进二淘汰赛，另外四场是 EPL 比赛。

说到冠军杯淘汰赛，今年的四强战队除 SP 外，另外三支战队是 Lion、CQ 和 FPG。

四进二抽签的时候，SP 运气非常好地抽中了三支队伍中相对最弱的 FPG，让 Lion 和 CQ 捉对厮杀。

这个结果一经官方发出，就引发了不小的争议。主要是 CQ 的粉丝不服。CQ 去年荣获 EPL 冠军，今年志在蝉联。但如果只蝉联 EPL 冠军，和去年一模一样，哪里能算有进步呢？

CQ 的粉丝很想把冠军杯也一同拿下，因此特别看重四进二的抽签结果。CQ 抽到 Lion 无疑是下下签，而幸运抽到 FPG 的 SP 也就成了他们口中的"保送队"，暗指 SP 受到了官方的特殊照顾。

要说 CQ 的粉丝真的怀疑抽签有黑幕，倒也不至于，只是口头上抱怨几句罢了。但 SP 的粉丝也不是省油的灯，哪能听得了这种话？

刚好 SP 上一次战败就是输在 CQ 的手上，他们心里本来就带着气，认为 CQ 硬实力不够，靠"盘外招"取胜，即使夺冠也不能服众。

CQ 的粉丝向来以汤米为尊，最讨厌别人指责汤米的心理战术是"盘外招"，反呛 SP 粉丝，说 CQ 是靠脑子赢比赛，不像某些战队四肢发达脑子不好，队内有三个世界冠军，综合实力天下无双，竟然还打不赢。这把 SP 粉丝气得不行，双方骂战升级，从文明抬杠变成了互飙脏话，一直从四进二抽签骂到 SP 和 CQ 双双晋级，会师冠军杯决赛。

每年到了赛季末都是这样，各大战队粉丝之间的争吵简直比比赛过程还激烈。但和往年不同的是，今年的激烈程度更上一层楼。除去冠军杯抽签的争议，EPL 排行榜的分差拉不开是另一个原因。

截至5月4日，SP 在 EPL 打出了四场2∶0，整整十二分，一分都没丢。

CQ 和 SP 齐头并进，也打出了四场 2∶0。

只有蝎子在这场竞争中让人毫不意外地掉队了，甚至被 Lion 超过，排名滑到了第四。第四是危险的排名，很有可能连世界赛的入场券都拿不到。

谁能想到，这赛季在榜首待了好几个月的蝎子，跌得这么惨。

Akey 的心态连之前的 Lamp 都不如，纸一般一碰就碎。

左正谊听严青云说，朴业成教练从一开始很焦虑到现在也没辙了，和管理层一样，几乎都已经认命，放弃这赛季了。不放弃也没办法，蝎子为了 Akey，打了这么长时间的法核，其他战术都已经生疏了。而 Akey 状态低迷，替补中单又撑不起法核，临时改了几次打法，都收效甚微。

蝎子不知道该怎么办了，只好把希望寄托到下赛季。

提到蝎子和 Akey，纪决就忍不住要说几句损话了，什么"Akey 活该""蝎子的管理层自作自受""碰瓷左正谊的都没有好下场"等等，十分幸灾乐祸。左正谊觉得，这话里面夹着一点酸味儿。不过看在纪决是伤患的分上，他一再纵容，"今日割五城，明日割十城"，都快没有"主权"了。

这具体表现在纪决总是要求左正谊为他端茶倒水，私下也就算了，在训练室里也要享受被 End 哥哥服务。

左正谊忍了一阵子。

有一回，左正谊应纪决的要求在训练室里给他端茶倒水顺便喂水的时候，被封灿撞见，并且很欠地用手机拍下了照片。

左正谊像个被狗仔队偷拍的大明星，很有偶像包袱地花了五百块从封灿手里买下照片，一键销毁，然后终于忍无可忍，和纪决翻脸了。

"我劝你见好就收，手是伤了不是废了。"

"好好好。"

纪决就是墙头草，左正谊的风怎么吹他就怎么倒，低声下气地说："我知道错了，End 哥哥。"

左正谊哼了声，打了纪决一下。他俩像弱智似的，在那里你打我我打你，嘻嘻哈哈的。封灿虽然赚了五百块，但还是被面前的弱智场面无语到了。无语归无语，封灿并没有资格嘲笑他们，毕竟他自己也没好到哪里去。

或许 SP 就是一个弱智基地，错的不是人，而是环境。

气氛的和谐难以掩盖 SP 的压力,纪决的手伤如预料那般比之前加重了一些,不算严重,但总归是不好的变化趋势。这就像是一把悬挂在 SP 头顶的达摩克利斯之剑,没人知道纪决的伤势会不会有突然加重的那一天。

EPL 的积分形势也令人头疼。截至 5 月 9 日,SP 的积分仍然和 CQ 持平:67 分,并列第一。

如果最后一场 EPL 比赛打完,两队的积分仍然持平,按照 EPL 的规则,他们将以本赛季的胜负关系来区分名次。

所谓胜负关系,看的是两队在正面交手中的胜负结果,胜者为冠军,败者为亚军。但尴尬的是,在本赛季 EPL 的两轮比赛中,SP 面对 CQ 取得了一胜一负,上半赛季以 2∶1 获胜,下半赛季以 1∶2 战败。

凭胜负关系,并不能确定最终的冠军归属。

EPL 办了十三年,从未出现过这种情况。如果官方想不出更能服众的判定方式,那么 SP 和 CQ 大概率要打一场加赛,毕竟没有什么比正面对决更公平的了。

在此之前,两队还各自剩余一场 EPL 比赛。

5 月 10 日,18 点,SP 对阵 XH。

5 月 10 日,20 点,CQ 对阵 XYZ。

这两场比赛一前一后,SP 先打,但打完不能离开,要等下一场 CQ 的比赛结果出来才行。

官方已经把冠军奖杯搬到了后台,期盼着 SP 和 CQ 能在积分上分出胜负,好把这个奖颁了。可惜,SP 2∶0 战胜了 XH,CQ 也 2∶0 战胜了 XYZ。冠军的归属仍有悬念,这个奖终究还是没颁成。官方似乎是回去开了个会,第二天就公布了要打加赛的决定。加赛打 BO1,时间被安排在 5 月 14 日的晚上。

5 月 14 日晚上是冠军杯决赛夜,而今年的决战双方就是 SP 和 CQ。

官方故意把 EPL 加赛和冠军杯决赛定在同一天,让两个年度冠军同时诞生,这大概率是出于商业考虑,想把噱头拉满,打造一个史无前例的"双冠之夜"。

欲当三冠王,必先在国内称霸。

压力和机遇并存，SP 做足了准备，就等着迎战 CQ 了。

三》》

5月14日，星期日，EPL 及神月冠军杯在 S13 赛季的最后一个比赛日。

官方早早就公布了今晚的赛程安排。

下午六点，冠军杯决赛 BO5 先行开战。冠军杯结束后，SP 和 CQ 各有一个小时的休息调整时间，然后再打 EPL 的 BO1 加赛。等两项冠军全部决出，直接进行现场颁奖。

这对两支参赛战队来说，压力不可谓不大，但对观众来说，却是一场极其难得的电竞盛宴。

赛事联盟官方为"双冠之夜"预热，花了大价钱做宣传，线上线下各式广告铺天盖地推，比赛还没开打，热搜就已经挂了两天。来现场表演的大牌明星也请了一堆，在公布赛程安排的同时，官方还发了一张"双冠之夜节目单"，被圈内粉丝半调侃半嘲讽地称为"电竞联欢会"。

"联欢会"的歌舞表演主要安排在两个时段内，一是冠军杯决赛开始之前，二是冠军杯决赛和 EPL 加赛之间——两支战队休整的那一个小时。这为今天的比赛吸引了许多来自圈外的目光，门票的价格又被炒到了一个历史新高度。

但这些和双冠的归属一比，都是不值一提的小事。伪粉丝才在意"联欢会"，真正的电竞爱好者都在讨论今晚 SP 和 CQ 会采用什么战术。论坛上还展开了"B/P 预测"活动，两队的粉丝也都在抽奖攒人品，为各自的主队加油打气。

今夜有如此盛事，官方解说和各大直播平台的民间解说阵容也十分豪华。无数双眼睛在关注比赛，无数颗热血的心在为 SP 和 CQ 而跳动，很多人在直播还没开始的时候，就早早地进直播间里候着了。

比赛现场热闹非凡，万人体育馆座无虚席，两队的选手还没露面，工作人员在台上检查设备，直到下午五点半，歌舞预热先开始了。

前台传来音乐声，后台的休息室里，SP 全队正在做赛前心理建设。今天 SP 的紧张和压力一点也不少，但信心很足。上次和 CQ 交手是在三月末，当时 SP 虽然输了，但输于意外，并非技不如人。

如今 SP 队内的状态趋于稳定，整体实力又得到了一个提升，再战 CQ，获胜的希望是非常大的。按程教练的话说，SP 的硬实力有目共睹，与其说他们今夜要努力战胜 CQ，不如说"战胜自己"，只要选择的阵容合理，每个选手都能稳住心态，发挥出自己最好的水平，SP 必然会赢。

"必然"，程肃年斩钉截铁地说出了这个词。

SP 输给过 CQ 一回，已经不需要再警告他们切忌轻敌了，现在最好是拿出气势，放开手脚去打。

事久易生变，比赛也一样。汤米那种诡计多端的主帅，给他的时间长了，他翻盘的机会也更多。

SP 今日应发挥特长，快刀斩乱麻。

左正谊深表赞同，主要是纪决的手也不宜打持久战，今晚 BO5+BO1，消耗实在太大了，连他自己都会觉得累。

抛开这些不谈，今天的左正谊其实有点兴奋。见惯大场面的选手总是如此，赛事越盛大，手越热。这种兴奋从他早上起床时就开始了，传染给纪决，他们两个一起兴奋，又传染给了队友，然后全队一起把这种状态维持到了登台比赛。

当两队选手走过主舞台的时候，导播给了一段很长时间的选手特写镜头，随后大屏幕上列出了今日首发名单，解说对着名单逐一介绍。

配合解说台词，直播画面切到各组对位选手的数据对比，屏幕最下方以百分比红蓝条的形式显示着 SP 和 CQ 实时变动的支持率，数据来源是游戏玩家投票。

"SP 的支持率高达百分之八十六点六！"一个解说感叹了一声。

另一个解说道："八十六点六，已经比我预想的少了，我以为能过九十。"

"九十有点夸张。"

"差不多，SP 的明星选手太多，人气差距是客观事实。"

"但人气不能决定胜负。"

"对，在电子竞技中最重要的是实力。"

解说可能是有互动任务在身上，突然问台下的观众："大家觉得最有实力的是哪队?"

现场万人齐刷刷地喊道:"S——P——"有不同的声音也都被淹没了。

这山呼海啸一般的支持声传到了在场每一个选手的耳朵里。

SP 的队内气氛为之一肃,CQ 这边的人都皱起了眉。

明明没有主客场之分,可今夜的体育馆却像是 SP 的主场,看好 CQ 的人少之又少。

官方似乎对此早有预料,很有调控手段。导播将直播画面一切,突然开始播放 CQ 和 SP 的赛前采访视频。

这是在后台提前录好的,选手和教练即兴发挥,对观众和对手讲几句感言。类似于放狠话环节,但不局限于放狠话。

视频的一开头就是汤米的采访。这位战术风格以心机著称的 CQ 教练,本人的发言也十分心机。他对着镜头,极具煽动性地说:"大家好,我是 CQ 的汤米。看到这条视频的人,有多少是支持 CQ 的?人多吗?不多也没关系。任何一个战队到了 SP 面前,都是不被看好的小战队,不值一提。但这不会让 CQ 害怕,我们只会更兴奋。我们不是电竞豪门,没有资本买一个又一个的明星选手,但英雄不问出处,平民战队也有未来,今天我们就要踩着 SP 的尸体登基。"

说完,汤米举起一个牌子,牌子上嚣张地写着一句口号:弑旧主,称新王!

他的发言很中二,也很热血,游戏爱好者基本都是中二分子,很吃这套。他又有意带节奏,内涵 SP 是资本家战队,CQ 才是从人民群众中走出来的平民战队,比 SP 更具电竞精神。

这段一播完,CQ 的支持率唰唰地上涨了。

由于 Ban & Pick 时间没到,游戏还没正式开始,两队选手没有被隔音,都能听见视频的声音。

封灿当即"我去"了一声,道:"汤米哥现在骂人都不带脏字了,污蔑谁是资本家呢?这么会煽动,怎么不去搞传销?"

左正谊轻嗤了声:"嘴巴厉害有什么用?打游戏又不能上嘴。"

话虽这么说,但台下喊"CQ"的声音明显比刚才多了起来,这对 CQ 选手来说,是一种精神鼓舞。

采访视频还在播放，CQ那边所有人的发言播完一遍，轮到了SP的。

和CQ的"舆论战术"一比，SP这边就显得太老实了，教练说"我们的团队很强，但对手也不弱，SP会倾尽全力"，选手说"我们会加油""SP必胜"，都是些简单的场面话。SP根本没把这个赛前采访当回事，随便录的。对比之下就显得气势太弱了，这让SP全队都有点不高兴。不至于特别恼火，但心情有些微妙，不爽快。本来嘲讽SP是"流量明星队"的人就多，黑粉天天都在说建议他们进军娱乐圈，现在又被扣了一顶资本玩家的帽子。

明明CQ的老板才是资本玩家，如果不是投入巨大，招兵买马，CQ怎么能在短短两三年内就从名不见经传的小战队晋升为一线强队？人气低也不是CQ倒打一耙的理由吧？

SP哪个选手的人气不是凭技术拼命打出来的？跟其他东西有什么关系？简直莫名其妙。

这导致比赛一开始，SP队内就像是被撒了一把无形的助燃剂，攻势凌厉，打得很不客气。

第一局比较关键，两队都有意试探对方的战术思路和选手状态，即使SP要打前期进攻，也没有出太极端的阵容。

虽然SP的阵容不极端，但快节奏攻势却比前几场有过之而无不及。

纪决热爱反野，不放过任何一个去对方野区搞事情的机会。

经常反野就很容易遇险，左正谊永远能在第一时间给他最到位的支援。

CQ并不只是嘴巴厉害，最近这些天，SP进步了，CQ也有进步。他们显然专门练习过如何应对SP的前期攻势，每个人都特别谨慎，不给SP抓人的机会。

SP最近打了这么多场前期进攻局，遇到的每一个战队都坚持严防死守，认为拖过前期就能赢，但最后还是死在了闷头防守的过程里。

CQ是第一个打出主动性的战队。他们在防守SP的同时，把视野看得很紧，比如，一旦小地图上有SP的关键人物露头——这个人有时是打野，有时是中单，凭形势判定，那么CQ就会在离他比较远的位置组织一次快速进攻。

CQ不愿意陷入被动之中，用尽全力和SP抢节奏、拼运营。而且他们将细节处理得很好，该放的点毫不犹豫，果断地放。省下拖拉的时间去另一个位置抢 SP 的点，多耗对方的一滴血就多一分优势。

这种运营水平相比之前简直是有了质的提升。

但 SP 的指挥是左正谊，他的指挥水平不会输给任何人。当他发现只凭 gank 抓人有些难，容易被 CQ 牵着鼻子走，就不再在乎能否击杀 CQ 的英雄了——死不了也没关系，逼退他们就行。然后他让队友不断地做假视野，一次骗不到人就来两次，两次骗不到就来三次，一旦 CQ 中计，就要掉至少一座防御塔。

SP 犹如一匹恶狼，死死咬住 CQ 的脖颈，收紧牙关往前推线，从外塔推到二塔，从二塔推到高地……

所谓兵不血刃，连下三城。

第一局就打成如此高质量的运营局，是很多观众意想不到的。连解说都看得很紧张——明明没爆发出特别激烈的战斗，可局势胶着，令人喘不过气。

最后上高地的时候，团战无法避免。

先手开团的人是纪决，他一个大招砸向塔下，CQ 无法再退，被迫迎战。

CQ 的第一反应是先清兵，而 SP 的第一反应是先点塔。

SP 的兵线被灭得很快，但 SP 的团战细节处理得相当到位，这是无数个日夜练出来的默契，每个人轮流顶塔，塔一破就集火杀人。

场上数人移动拉扯着战斗，前排和后排交替着打，技能穿插散落。

到了这个时候，左正谊仍然不在乎能否击杀对手。他的走位更多的是为了拉扯阵形，时而躲避攻击，时而主动出击，时而以身做饵，CQ 的人都被冲散了，每个人的位置都不太好，阵形十分混乱。

但 SP 并没有趁机击杀哪一位，而是护着第二波赶来的兵线，迅速接近了水晶。

纪决、赵靖、丁海潮护在外围，封灿的主要任务是点塔，左正谊以法师的技能做威慑，和 CQ 继续周旋。场上的选手无不绷紧神经，要在最关键的时刻做出最正确的反应：清兵，杀人，哪个技能往哪个角度释放……

这一切不过发生在几秒钟之间，观众眨几下眼就结束了。

水晶爆炸的那一瞬间，双方的英雄死了大片。

SP 胜利的旗帜插在了 CQ 的高地上——1：0。

现场爆发出一阵欢呼，虽然才赢一局，但由于打得太精彩，观众的情绪被点燃了。

有 SP 的粉丝带头高声呼喊："3：0！3：0！3：0！"

喊声汇成音浪，传遍体育馆的每一个角落，这是粉丝给主队的支持。

网络直播间里的粉丝则比较冷静，听见这声音纷纷开始刷"不要毒奶"。

现场人多气氛足，在这种无比热血的环境里，冷静是不存在的，大家都只想拼尽全力，把对手杀得片甲不留。这些呼喊声激起的情绪传进了选手的心里，左正谊突然开始出汗。不是因为紧张，只是因为热。

决赛的气氛不同于平时，摆在场地中央高台上的冠军奖杯吸引着他的视线——左正谊太想赢了。

电子竞技的魅力究竟是什么？无须用太多华丽的词句来形容，只一个字：赢。

SP 选手的手热得发烫。

CQ 那边落后一局，终于顶不住压力了。

第一局的 CQ 已经倾尽了全力，那就是他们不搞"盘外招"时最真实的实力，运营也好，团战也好，都已经打出了最好的状态。

汤米的原意是想试探一局，结果试探失败，第二局不得不重回老路，开始在阵容和战术上想办法。但一个版本打了几个月，差不多被大家摸透了，很难再有出人意料的战术。

如今的 SP 不愿意打后期，第七神装发挥不出作用。汤米拿昼夜系统做文章，在第二局掏出了一套"开视野"阵容，把主要进攻时间安排在黑夜里。也就是说，当 SP 被黑夜限制视野的时候，CQ 用英雄自带的开视野技能来打出优势。

一开始，CQ 的确打出了一定的优势。但左正谊的脑子转得很快，来了一招将计就计。CQ 的视野范围比 SP 大，能做的无非是抓人、反野，或者偷龙。他就故意露出破绽，在某一线路上留一手"伏笔"，天一黑，CQ 打进攻时要判断局势，自然而然会把 SP 的破绽当作突破口。这时左正谊带队埋伏，反抓一手，立刻抢回节奏，又把优势打了回来。

如果说第一局是运营水平的比拼，那么第二局就是偷袭与反偷袭的斗智斗勇。CQ 有 CQ 的套路，SP 也有 SP 的破敌之法。几经交锋，CQ 终于黔驴技穷，败下阵来。

2∶0 的结果一出，现场的气氛更热烈了。

第三局就到了 SP 的赛点局。

不知是谁出的主意，SP 的粉丝不再喊"3∶0"，转而开始喊"4∶0"，意思是冠军杯要以 3∶0 拿下，EPL 的那一局也要赢。一鼓作气，直接登顶。

但当 BO5 的比赛进行到 2∶0 的阶段，由于优势巨大，胜利近在眼前，领先一方特别容易松懈或膨胀，这也是 BO5 比赛中很容易出现"让二追三"情况的原因之一。

刚才两局都很冷静的程肃年这时有点坐不住了，他是教练，状态好一点坏一点无所谓，但他要把选手的状态调节好，这是教练的职责。如果调节不好，也要在阵容上留有后手，不能太冒险。

现场的气氛实在太热，理智上大家都知道该冷静，越是关键的时刻越要小心行事，但什么多巴胺、肾上腺素都在不受控制地分泌。台下没完没了的"4∶0"的呼喊声就如同火上浇油，令气氛更加沸腾。

此时此刻即使往 SP 的头上泼冷水，也会立刻被蒸发成热气，顷刻消散。没有人能把他们的状态压下来。

程肃年只好顺势而为，放弃所谓的安全阵容，在进攻的基础上，打更凶的进攻。这个决定是疯狂的。

可能人会在某些特定的时刻，感受到一种冥冥之中说不清道不明的意念指引。比如此时，有一个声音在程肃年的心里说，SP 就该打极端进攻流，他一开始的决定就是正确的，只是后来遇到了各种难题，被迫妥协，没能坚持下去。兜了一圈，现在又绕回了原点。

程肃年兀自感慨。

左正谊的心情更加奇妙，他出道第一年，第一次拿到的大赛奖杯，就是神月冠军杯冠军。捧杯的时候，他十九岁，是 WSND 的天才少年，而那天的对手恰好也是 CQ。意气风发的他根本不把 CQ 放在眼里，挥霍着罕见的天赋，打出了一个碾压性的 3∶0。而今往事早已模糊，左正谊也兜了一圈，又回到了冠军杯的决赛夜。

命运是一个圆吗？

或许吧。

比赛还没打完,不到谈论命运的时候。

左正谊压下所有不合时宜的感想,只留下对冠军的渴望,将全部信念汇聚于十指之间,杀向了第三局。

第二十四章 曙光

如果快乐有颜色，此时一定是金色。

▶▶▶

简直难以形容这一局里 SP 的状态。

CQ 不是那种毫无意志力的战队，汤米调教选手很有一手。他们虽然 0：2 落后，但竟然稳住了心态。SP 越是打得极端，他们越要沉稳。

为了应对 SP 核弹般的输出流阵容，CQ 选出了好几个肉，甚至连射手都没有选，直接打双边战术，即上、下两路都用战士，保证阵容厚度，在前期也具有足够的攻击性。

这种阵容是有效的——如果 SP 的状态不这么好的话。可惜今晚的 SP 状态好到不行，简直可以用"密不透风"来形容 SP 的攻势。

左正谊的大脑几乎变成了机器，以前他还需要队友报技能、报线上情况，今晚的他仿佛开了上帝之眼，频繁切屏，自己就能关注到大部分信息，并在队友还没做出反应的时候，就已经做出决策，直接提升了 SP 的运营效率。

以至于不管 CQ 的边路是射手还是战士，都不过是砍一刀和砍两刀的区别。

不只他一个人状态奇佳。今晚打 BO5+BO1，纪决知道自己是全队风险之所在，为避免这种风险，他必须发挥出百分之一百二十的实力，越快结束比赛越好。有中野做节拍器，游走于上、下两路之间，SP 根本没给 CQ 打出边路优势的机会。

这局和第一局的情况十分相似，CQ 拼命地抢节奏，想靠优秀的运营水平挽回一点局势，尽可能地把比赛往后拖延。

但这局 CQ 的打法不变，SP 的打法却变了。主要是更极端的阵容意味着更高的输出，CQ 连"被逼退"的机会都没有，只要线上选手的走位稍微靠前一点，就是死路一条。不出塔也不等于绝对安全，在塔下被强杀是常有的事。

SP 哪怕一换一，也要越塔强杀。这样的疯狂操作极大地震慑住了 CQ，让他们打得越来越束手束脚。气势一丢，气数就快尽了。

最后一次决定性团战发生在 CQ 的中路二塔下。SP 三人来推塔，CQ 的打野撤退不及时，被控在了高地防御塔外围。队友不得不救人，但救了打野，差点把中单搭上，其他人迫不得已前来支援，5vs5 团战当场爆发。

中路两侧都是围墙，狭窄的小路通往野区。

SP 的阵容输出高但脆，并不适合正面打大团，于是诱敌深入，把 CQ 的人往野区里面引，想靠野区崎岖的地形来灵活逃窜，也更方便切后排。

但 CQ 学聪明了，不深追，见势直接开撤，继续拖延时间。

就在 CQ 撤退不注意站位的时候，SP 杀了个回马枪，纪决的红蜘蛛的大招一下兜住了四个对手！

接下来简直是令人震撼的一幕，SP 全队几乎所有的技能同时落到蛛网上，辅助开启狂暴，网内的四个人瞬间蒸发了三个，还剩一个残血，被封灿一枪收掉。

左正谊操纵着他手里的法刺，纵身一跃追上了唯一逃脱的中单，亲手结束了对方的性命。

团灭。

SP 以 3∶0 的比分获胜。

这场胜利点燃了万人体育馆，屏幕下方 SP 的实时支持率终于突破百分之九十，一路高升到百分之九十六点八。台下 SP 支持者的呼喊声几乎要震碎耳机。

SP 的五个选手起身离席，却没做任何庆祝性的动作。

"还有一局。"左正谊刻意把嗓音压低，仿佛不这样就控制不住体内几乎沸到 100℃的情绪，他说，"我们今天的目标不是这个冠军，还不够，还没打完。"

纪决拍了拍他的手："对，还没打完。"

下一局 EPL 加赛，要等一个小时，中间还有歌舞表演。

在今晚的比赛开始之前，SP 全队都认为这种安排很合理，他们需要休整时间。现在却觉得，这一个小时无比漫长，有点煎熬。

队医为纪决的手腕做热敷，左正谊在一旁盯着。

封灿和程肃年在口头上复盘前几局的比赛，聊到下一局该怎么打的时候，封灿说："照常打就行吧，我觉得 CQ 现在已经没士气了。今天两项比赛一起打，对落后方来说是不利的。"

程肃年不置可否。封灿又说："不过 CQ 也有可能殊死一搏，给我们来点刺激的。"

"有什么刺激的啊？"左正谊盯着纪决的手腕，头也不抬道，"难道他们敢玩菜刀队？和我们正面对砍？"

这种可能性当然是非常低的。CQ 不会贸然选择自己不擅长的阵容，而且汤米也不喜欢这种完全依靠选手灵活发挥的战术。CQ 现在已经把能玩的套路全都玩了个遍，"盘外招"没用，运营也打不过，还能打什么？

这也是休息的一个小时里，网上激烈讨论的话题。

网友们纷纷为 CQ 出谋划策，说什么的都有，但谁都没想到，汤米竟然被左正谊给说中了，选了一套菜刀阵容出来。准确地说，是复制的 SP 的阵容。

在第四局 B/P 的过程里，除了伽蓝等必 Ban 的英雄之外，CQ 没在 Ban 位上做任何文章，只跟着 SP 的脚步，SP 选什么英雄，他们就选同类型的。但汤米并不是盲目地复制，而是在所有同类型英雄中，尽量选择有对线优势、至少不会被压制的英雄。

两套阵容亮相后，观众们都看呆了。

有人说 CQ 破罐子破摔，不想好好玩了。也有人说 CQ 出其不意，说

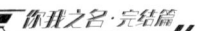

不定能打出奇效。

　　SP 这边也有点傻眼，但思路不能受影响，该怎么打还怎么打。

　　到了这一局，经过刚才一个小时的休息，左正谊的手热状态其实已经有点冷却了。直白点说，他觉得他的状态没有第三局时那么好了，脑子里少了点紧张感，多了一分不知道该如何应对同类阵容的茫然。

　　当他如往常那样和纪决一起去某一路 gank 的时候，CQ 就去抓他们的另一路。因为对面的英雄也是属于前期很强的，他们的 gank 不太好打出优势。虽然 CQ 同样也很难在他们身上取得优势，但这样的僵持局面给 SP 的反馈是：gank 失败了，gank 又失败了，又又又失败了……这让左正谊的心情有点烦躁，手有点痒，急需杀人来缓解。

　　他毕竟是有充足大赛经验的选手，知道这种心态会对自己的操作和指挥产生负面影响，冷静了片刻道："别急着抓人了，让他们打先手，我们找反打的机会。"

　　这个决定不可谓不关键，SP 的攻势一缓，从 CQ 的视角看，一向活跃的纪决从小地图上消失了，左正谊老老实实待在中路，以和 CQ 的法师对线为乐，好几分钟都没有游走动作。

　　CQ 不知道纪决埋伏在哪里，他们缺乏打这种阵容的经验，要主动出击是有些没底气的，一时间竟然也陷入茫然，找不到节奏了。

　　同样是前期阵容，CQ 不怕往后拖，SP 当然也不怕。如果只比对线，CQ 又很难取得上风。SP 的上、中、下路全是对线高手，几分钟之后，场上什么都没发生，陷入了诡异的平静里，可 CQ 的经济竟然落后了。谁落后，谁先着急。

　　如左正谊所料，CQ 终于忍不住先发起攻击了。他们可能是不把丁海潮放在眼里，仍然把上路当突破口，让傅勇和丁海潮先 solo 了一会儿，耗掉丁海潮的大招之后，提前埋伏好的打野趁势出击，想打丁海潮一个措手不及。

　　此时纪决已经在丁海潮身后的草丛里蹲很久了，当对面的上野二人冲过来抓人的时候，螳螂捕蝉黄雀在后，他配合丁海潮打了一个完美反手，零换二！

　　之后纪决直接转攻中路，帮助左正谊推中路塔。他已经没技能了，但对面少了人，二打一毕竟有优势，他们联手逼退对面的中单，顺利拿下了防御塔，然后算准了刚才 CQ 打野在上路蹲了很久没时间打蓝 Buff，又拐进 CQ 的野区，帮左正谊拿了一个蓝。

这个优势为 SP 打破僵局，几乎可以说是奠定了胜利的基础。

至此，CQ 并非没有翻盘的机会，但已如强弩之末，力气不多了。

最后一波团战爆发在 CQ 的下路高地上。

CQ 全队聚起仅剩的一点士气，回光返照一般，和 SP 极其激烈地缠斗了起来。对面先是抓住机会秒杀了丁海潮，然后将火力转到左正谊身上。

左正谊打到这时状态有些松懈，险些躲闪不及，但在关键时刻他出于肌肉记忆和身体本能，按出了闪现技能。

现场一片惊呼，左正谊命悬一线，骤然惊醒，技能顷刻间脱手而出！

"命中了！命中了！"

"End 永远不会 miss！！"

他像一个吸血鬼，技能指向谁，谁的血液就被吸食一空。

他打出的伤害不足时，有封灿和纪决来补，SP 全队的配合已经默契到在打团战时不用言语交流就知道该集火谁、怎么集火的程度。

一具尸体、两具、三具、四具……

体育馆内忽然响起恢宏的交响乐，比赛现场灯光大盛。

万人注视着 SP 走向 CQ 水晶的步伐。他们如愿以偿地迈上了中国电竞的顶峰——史无前例的双冠之夜，拥有绝对统治力的双冠之王！

SP，4:0！

4:0，一个辉煌的比分。

SP 面对 CQ 展现出了不容置疑的实力，台上、台下、现场、直播间，被赞美与恭喜之声淹没。

喧嚣的现场有人狂喜尖叫，舞台燃起焰火，中央大屏幕被巨大的 SP 队徽填满。舞台的正中间，两座冠军奖杯在万人瞩目之下闪烁着耀眼的金色光泽——EPL 冠军奖杯和神月杯冠军奖杯。

左正谊是经历过大场面的人，连世界冠军的奖杯都捧起过，还会被区区国内的冠军镇住吗？

会。

竟然还会。

而且很神奇，他每次捧杯的感受都不一样。

在 WSND 那年左正谊是最幸福的，无知者无忧愁，电子竞技是他的精神乐园。他目空一切，以不世出的天赋扫荡竞技场，以为自己能一直这样走下去。

在蝎子那年是最痛苦的，在首尔夺得世界冠军没给他带来任何快乐。他的手伤势严重，几乎废掉。当他象征性地和队友一起把奖杯举过头顶时，感觉它沉重得像一块石头，压在以他的血肉做成的棺材上，他人已经死了。

今天，在 SP，他又夺冠了。

左正谊以为自己会感慨、心酸，但没有，夺冠的亢奋冲走了所有的负面情绪，他只觉得高兴，还有一点恍惚。他拉起纪决的手，第一反应是问纪决"手疼不疼""有没有不良反应"。

纪决的脸上带着笑，搂住他的肩膀，推着他往舞台中央走，说："不疼，今天比赛结束得很快，我感觉还好。"

现场的叫喊声和音乐声混成一锅粥，台下的粉丝和台上的解说、主持人、颁奖嘉宾疯成一团。巨大的干扰之下，左正谊没听清，把手挡在耳后道："你说什么？"

纪决拉着他的手臂往内一收，靠近他的耳朵说："我说，我感觉很好。"

左正谊和纪决的脸突然出现在直播大屏幕上，下一秒，现场爆发出了更加激烈的尖叫和口哨声。

"啊啊啊啊啊！！！"

"哟嚯——"

程肃年笑了一下，冲他们招手："快点过来领奖！"

人声鼎沸里，SP 全队被簇拥着，走向舞台中央。当众人合力捧起两座冠军奖杯的那一刻，金色的彩带漫天飘下，为他们 S13 赛季的国内赛程画上了一个圆满的句点。

这一夜简直不知道是怎么过完的。

冠军之夜快乐归快乐，但也真的很累。

当漫长的颁奖活动和采访全部结束的时候，左正谊已经疲惫得不肯直起背来了。

　　他被纪决拖上了车，不知道几点，也不知道车往哪儿开，下车之后就习惯性地跟在队友们的身后往前走，走到门口一抬头，发现是一家KTV。

　　"……"左正谊当场麻了，"你们还有力气唱歌啊？"

　　"喝酒。"程肃年说，"这么好的日子不庆祝一下怎么行？"

　　"对啊，对啊，喝两杯！"

　　"我们是冠军！兄弟！"

　　队友们一副还没喝就已经醉了的兴奋状态，左正谊不甘示弱，强行打起精神，豪迈地说："好吧，来！我也要喝！谁怕你们啊！"

　　左正谊在这一瞬间忘了自己的酒量有几斤几两。

　　纪决不说，别人也不知道。

　　KTV里的酒水上得很快，这么说吧，他们是凌晨一点五十进的包厢，酒是两点送进来的，左正谊是两点十分趴下的。

　　除了纪决，在场的其他人都惊呆了。

　　从此以后，世界第一中单End哥哥"一杯倒"的传说传遍了SP基地，不过这是后话了。

　　今夜的左正谊醉酒倒下，在音乐声震耳欲聋的KTV里拿纪决的外套盖了脸，睡得昏天黑地。

　　如果快乐有颜色，此时一定是金色。

　　左正谊在梦里亲吻奖杯，亲了一座，又亲另一座。梦里的他也是醉酒状态，脑子不大清醒，怀里的奖杯数了半天，一、二，数不出三。

　　"第三座呢？"

　　左正谊睡得不踏实，挣扎了半天，猛地睁开眼睛。天已经亮了，他穿着睡衣躺在床上。

　　纪决早就醒了："早安。"

　　左正谊刚睁开的眼睛又闭上了，困倦地钻进了被窝里，问："几点了？"

　　"下午两点了。"

　　"我们几点回来的？"

　　"差不多早上五点。"

"后来你喝酒了吗？别忘了你的手不能喝酒。"

左正谊的口吻像查岗似的，纪决笑了声："我当然没喝，听你的话。"

左正谊迷糊地点了点头，看样子人还没醒。但这个时间再睡也不合适了，他伸手在枕头边上摸索了片刻，拿起手机。

还不等他查看，纪决就说："我帮你看过了，十几通未接电话，二十多条短信，五十多条微信，还有十万多条未读的微博私信，都是祝贺你成为双冠王的。微博的私信大多是粉丝发的，微信消息来自朋友、前队友……"

左正谊："……"

这家伙现在都光明正大地翻他手机了。不过他也不太在意，给了纪决一个白眼，然后打开了微信。

虽然收到了这么多的电话和消息，乍一看好像他朋友遍布全世界，但实际上左正谊和他们大多没有太深的交情。

他扫了一眼最近联系人列表里的 ID，意外地发现了金至秀。说"意外"可能有点生分了，但自从金至秀转会回韩国后，他们就很久没联系过了。ECS 联赛那边的情况怎么样，左正谊也没太关注。

金至秀一如既往的温和亲切，发中文句子爱乱加逗号的毛病也还是没改掉。他一口气给左正谊发了好几条消息。

金至秀："End，好久不见。"

金至秀："我看比赛了，恭喜你夺得，中国双冠。"

金至秀："马上要到，世界赛了。"

金至秀："我很期待，和你，一决高下。"

左正谊发了会儿呆，接着目光转回手机屏幕，打了个呵欠："今年的世界赛在哪儿办来着？"

纪决道："巴黎。"

左正谊点了点头，编辑好消息回复，发给金至秀。

End："我也很期待，巴黎见。"

今年的世界赛在七月初开幕。在世界赛开始之前，各大参赛战队会自行安排一段时间的特训,每年都是如此,特训除了解决自身的问题之外,主要针对外国强队设计战术。

SP的特训时间安排在五月底到六月底之间,一个月左右,在此之前给选手们放了十天假,让他们好好放松一下。

左正谊接到放假通知,问纪决:"我们假期干什么?"

手机嗡嗡地响个不停,是战队小群的消息。

丁海潮是现实中的"矮子",网络上的"巨人"。全队中属他上网水平最高,不知他怎么摸到左正谊和纪决的双人超话的,不停地把超话帖的截图发到战队群里来。

丁海潮在群里说:"我刷得太嗨,不小心用大号点赞了,会挨骂吗,End哥哥?"

左正谊很没同情心地说:"骂你的人那么多,再多几个也没什么吧。"

丁海潮:"呜呜呜呜呜!"

左正谊纳闷儿:"你是没事闲的吗?刷我和Righting的超话干什么?"

丁海潮:"你俩上热搜了嘛,我就顺手点开看看。"

丁海潮:"你们的女粉都好多啊,慕了。不过这么一说,我发现SP队粉里的女粉数量比其他战队的多,不愧是颜值大队。连小赵都有那么多女粉,只有我拉胯。"

丁海潮:"为什么呢?我长得丑吗?"

左正谊:"要么丑,要么菜,你选一个吧。"

丁海潮:"……"

纪决忍不住笑出了声,他特喜欢围观左正谊和别人聊天。左正谊用手指在屏幕上打字的时候,脸上的表情也会随之变化,很搞笑。

接着刚才关于假期的话题,纪决说:"你想干什么?要出去玩吗?我们找个地方旅游几天?"

"不了吧。"左正谊没抬头,还在回复丁海潮的消息,一心二用地说,"世界赛开始之前我没心思旅游,怕放松过头影响状态。"

"那我们就在本地玩几天。"

"嗯。"

左正谊都答应了,过了几秒忽然抬头道:"可上海有什么好玩的啊?

都腻了。"

纪决还没来得及回答，他的手机也响了。

左正谊瞄了一眼，发现是谢兰发来的消息。

谢兰："小决，祝贺你夺得冠军。上次妈妈跟你说的事，你有考虑一下吗？"左正谊看见了，但脸上的表情没什么变化，他的视线回到自己的手机屏幕上，继续和丁海潮聊天。

气氛突然微妙地安静了两秒。

纪决没回复，放下手机，把左正谊的手机也抽走了。

"干吗？"

"别生气。"

"谁生气了？"左正谊无奈道，"我没生气，你和你妈联系，我有什么好气的？"

"真的吗？"纪决坦白道，"其实她一直都在给我发消息。"

"猜到了。"左正谊又不傻。

纪决这才接着说："她说以后不插手我的生活了，不会再为难我。"

"真的假的？"

"真的。"

纪决把上回谢兰发给他的消息递给左正谊看："我爸妈的诉求就是跟我和好，让我回去继承家业。我坚持不同意，他们不让步还有什么办法？"

"……"

左正谊下意识地看了纪决一眼，想从他的神情里看出他对这段亲缘关系的真正想法。

但不需要他猜测，纪决毫不隐瞒："你是不是想问我为什么不回复也不拒绝？因为我觉得，如果你能接受，这件事就可以考虑。"

谈起这些东西，纪决总是思路清晰，分析利弊，成熟得近乎无情："我爸妈都是血缘观念很重的人，他们手里的资产不少，又只有我一个儿子。除了把家业传给我，还能传给谁？我要不要当然无所谓，我不缺钱花，但……"

纪决顿了顿，接着说："如果我继承了家业，我们以后就能建俱乐部了，哥哥。我想帮你实现愿望。"

左正谊："……"你可真是大孝子。

但这样一点都不好。

左正谊的心情十分复杂，他沉默了片刻，问纪决："你对你爸妈除了恨，就没有别的感情了吗？"

"恨也没有了。"纪决满不在乎地说，"我现在日子过得这么好，还在乎他们干什么？"

左正谊噎了一下。

"但偶尔也会觉得他们有一点……"

纪决似乎想不出合适的词来描述，想了半天说："可怜。"

"可能是血缘在作怪吧。我一直觉得血缘不重要，我身体里流着什么人的血，不应该用这个来绑架我，从我小时候他们放养我的那一天开始，我就不在乎他们了。但我爸妈坚持不懈地想跟我和解，让我觉得他们有点可怜。"

纪决经常跟左正谊交流心里话，但他说的"心里话"大多是左正谊爱听的。自从上回他妈来找过左正谊之后，他就再也没提过这些事了。

回避不提，也会成为一种隔阂。最近他们的感情好到了一个新高度，纪决觉得一点隔阂都不应该再有。主要是他有了围绕着"左正谊不爱听"的边缘试探的底气，于是讲出了更深处的心声。

"如果你不介意，我会选择和他们和解。对我来说，看在他们可怜的分上施舍点同情，一点也不费力气。"

纪决冷酷地道："这么说话是不是太难听了？那我们就把'可怜'换成'不忍心'，稍微美化一下。总之，他们在我心里就只有这么重，和你相比不值一提。但即使只有这么重，也算是……在我的心里了。"

纪决说得既直接又委婉，左正谊听完好几秒没答话。纪决不知道他在想什么，正要再说几句话打圆场时，却听他忽然道："我明白。"

"嗯？"纪决不明白。

"我明白你的心情。"左正谊说，"我对我爸也是这种感觉。其实从去年到现在，要说我有什么后悔的事，就是他的葬礼，我没去。"

纪决愣了一下，他不知道这件事，甚至不知道左正谊父亲的葬礼是什么时候办的。

左正谊又说："好像没到'后悔'那么严重，只是心里有一个疙瘩，有点微妙。所以你刚才说可怜，我就想起我爸临终之前给我打电话时的语气了……"

"算了。"左正谊闷闷地叫了声纪决的大名。

"纪决，我觉得我变了好多啊，不知道是从什么时候开始的。"他的声音很轻，有一种微微沙哑的磁性，叹了口气。

纪决问："哪里变了？我怎么没发现？"

左正谊摇了摇头："不知道，就是没以前那么有劲儿了。恨我爸也好，讨厌你妈也好，包括你……"

"以前满脑子都是是非对错，非黑即白，痛恨讲和，宁死不屈。现在却觉得算了，大家都不容易。"

左正谊垮着脸，口吻伤感又有点好笑地说："我变成了讨厌的大人，学会凑合过了。"

纪决："……"

左正谊竟然是认真的。

他说："如果你想跟你爸妈和解，就和解吧，我无所谓。但建俱乐部的事还没影儿呢，就算将来要建，我也不想用他们的钱。我们自己努力，好不好？"

"好，我都听你的。"纪决一脸认真地说。

他们都努力到这个地步了，双冠已经到手，三冠也只在不远的前方。

如果连三冠王都能得到，还有什么是他们做不到的？

三 »»

十天，算是很长的假期了。SP 的教练和选手们各有各的过法。程肃年和封灿一起回老家了，丁海潮也回老家了，他不是独生子，家里有一个弟弟和一个妹妹，弟弟念初中，妹妹上小学。从丁海潮发在朋友圈里的照片判断，他的家庭条件不太好，但家庭关系和睦，弟弟妹妹缠着他一起玩手游。他说整整十天，都在带小朋友上分。左正谊给他点了个赞。

赵靖没回老家，他有朋友来上海游玩，他做导游，每天都发游客照，吃吃喝喝，看样子也十分忙碌。

　　只有左正谊和纪决哪儿都没去，也没朋友找上门，只在基地里待着，日子过得无聊，吃了睡，睡了吃。不过，"无聊"是左正谊的主观感受，纪决并不这么认为。

　　基地里五、六楼的大部分人都放假了，意味着训练室和生活区很空旷，这些空旷的地点就成了纪决的"打卡点"。他举着相机，左正谊走到哪儿，他就跟拍到哪儿，拍出一堆场景、服饰和动作都雷同的照片。闲着没事时他就一个人坐在那里挑选，挑出拍得最好的，保存并编辑"照片简介"。简介里除了时间、地点，还要写上他拍摄时的想法，以及为什么认为这一张最好、这个角度有什么特别之处。他乐此不疲，左正谊在一旁盯着他，既佩服又无语。

　　去年世界赛开始之前，他们就干过类似的事。

　　当时他们一起出门玩耍，拍了好多吃喝玩乐的照片，后来闹掰了，把那些照片都删了。现在的纪决相比当年有过之而无不及，他竟然一点都不觉得给照片写简介是一件无比麻烦的事，最新拍的几百张，他一一详细记录，耐心惊人。

　　左正谊本来就觉得无聊，纪决写这些东西的时候，他没事儿干，更加无聊，只好也拿起相机，模仿纪决，对着他一通乱拍。左正谊的摄影技术和游戏技术成反比。如果说优秀的摄影师能给模特整容，那么左正谊镜头下的纪决，就是被毁容了。倒也不是完全拍不好，主要是他根本就没想好好拍。

　　纪决拍左正谊总是能把他拍得特别生动可爱，而他拍纪决带着几分恶搞心理，怎么离谱就怎么拍。纪决也不生气，一点偶像包袱都没有，还会把他拍的搞怪照也导入自己的手机里，同样保存好。纪决对左正谊的态度，简直像是二次元宅男或是三次元追星族，要把自己"偶像"的所有相关物料珍藏好。

　　左正谊亲手拍的他，也是"左正谊的物料"之一。

　　有一回，纪决的照片简介写到一半，突然抬头问他："哥哥，你不想看看我写了什么吗？"

　　左正谊不屑道："我才不想看那些无聊的东西。"

"怎么会无聊？都是真情流露。"纪决的自我感觉良好，但既然左正谊不想看，他也没有强迫。他不知道的是，其实左正谊早就偷偷看过了，但不想再看第二眼。

这不是左正谊的错，纪决的用词都是什么"海绵宝宝""笨蛋哥哥"，左正谊看一眼折寿三年。毕竟，在左正谊自己的眼里，他可是天下无双剑客、世界第一中单、EPL 雷电法王，聪明、冷静、果敢、英武过人、无可匹敌。

但左正谊没干预，纪决爱怎么写就怎么写吧，随他的便。

后来，纪决一如既往地写这些，左正谊则躺在一旁看比赛视频。他看得最多的是金至秀所在战队 F6 的比赛。

中国 EPL 和韩国 ECS 两大赛区的关系并不融洽。当初金至秀在 F6 一举成名，获得了那一年的 ECS 年度 FMVP 奖项，收获了大批粉丝。然而，就在韩国人都以为他是 ECS 的未来时，他转会来了中国。这是将近三年前的事了。

官宣那天，金至秀被韩国人骂得狗血淋头，从此背上了"叛徒"的罪名，很难再回国了。所以后来左正谊得知他又转会回了 F6 的时候很惊讶。但这对金至秀来说，是一个很好的选择。

ECS 赛区如今双王并立，两大强队一是 F6，二是 DN8。DN8 是去年的 ECS 冠军，世界亚军。

当时左正谊和纪决带领蝎子征战首尔，正是 DN8 的打野挑起舆论争端，才引发中韩两国网民大战，把左正谊推上了风口浪尖。虽然后来左正谊在决赛上亲手报了仇，但他每每想起 DN8，还是觉得有点恶心。所以这几天他看 ECS 的比赛，看得很爽。

这赛季的 DN8 依旧很强势，但每次遇到 F6 都赢不了。

金至秀表面和善爱笑，实际上却是个心理素质极佳的狠人。他顶着巨大的压力回到韩国，天天被网暴，竟然一点都没受影响，而且黑粉们骂得越狠，他发挥得越好，带着 F6 一路狂胜，打得黑粉全都闭嘴了，F6 的队粉也重新接受了他。

ECS 赛区的最后一场比赛，就是 F6 和 DN8 的决战。

左正谊把这场比赛看了三遍，第一遍看热闹，第二遍带着复盘的眼光观察金至秀的操作和 F6 全队的配合，第三遍是和纪决一起看，又重新复盘了一遍。很明显，金至秀现在的水平比在 EPL 的时候有所提升，他更强了。作为老队友，左正谊很为他高兴。但作为即将在巴黎赛场上同台竞技的敌人，左正谊就不太笑得出来了。

他和纪决一起复盘的时候，围绕着"如果 F6 对面的这支战队是 SP，SP 应该怎么应对"来讨论。

F6 是以下路为核心的战队，但并不只倚重下路。其实具有夺冠实力的强队各项能力都比较均衡，很少出现某一位置拖后腿的情况。F6 的第一核心虽然是金至秀，但他们很少打"4 保 1"，相比之下更喜欢玩战术配合，左正谊觉得他们很像是加强版的 CQ。CQ 什么都好，团队性很强，就是输在没有一个能临危救主、鼓舞军心的 leader。

而金至秀在 F6 里担任了这一角色。也就是说，F6 的战术更丰富，选手的个人能力也更强。这样的战队很难对付，没有弱点，让人无从针对。

左正谊看了几天视频，越发被激起斗志，满心满眼都是世界赛，急于去巴黎，更加觉得这个假期无聊了。

好在假期只有十天，说长也长，说短也短。SP 很快就收假了，全队在 5 月 25 日集合，开始进行封闭式训练。

封闭式训练持续了整整一个月。

第二十五章　出征

他们唯一能做的，就是拼尽全力。

6月26日，SP 和 CQ，以及连续低迷很多场比赛但最终振作起来打败 Lion、获得了世界赛门票的蝎子一同出征巴黎。

S13 赛季，EOH 全球总决赛终于开幕。

作为关注度最高的世界性赛事，EOH 全球总决赛的正赛阶段，有十六个参赛名额。来自全世界十几个国家和地区的战队，为这少得可怜的名额抢破了头。

中韩两国赛区位列前茅，每年各自有三个固定名额，加在一起占了总名额的一少半。即便如此，中国赛区的观众仍然深感遗憾——这三个参赛名额被 SP、CQ 和蝎子瓜分干净，Lion 和去年一样，又没能打进世界赛。

这种遗憾主要来自对蝎子的不看好，大家都觉得，与其让状态不稳定的蝎子出国征战，不如让 Lion 去。

这场景何其眼熟。去年 Lion 也是输给蝎子，国内的舆论也大体如此。旧事重演，但主角不再是 Lion 和蝎子中的任何一个，而是把他们踩在脚下的 SP。

SP 戴着"中国双冠之王"的桂冠出征巴黎，想低调也低调不了。

连续三年，EPL 赛区在世界赛上都很强势，今年达到了顶峰。

EOH 游戏官方展开了一项面向全世界玩家的调查，票选"你最看好的 S13 全球总决赛参赛战队"，SP 以占比超过百分之四十的高票数当选全球第一。第二是 F6，票数占比百分之十九。F6 固然很强，但和 SP 相比名气略逊一筹，这个结果不令人意外。从第三名往后的票数就比较分散了，没有特别被看好的战队。

毫无疑问，SP 是今年的头号热门战队。他们不仅得到了中国观众的全力支持，也被其他赛区的各大战队视为一号强敌，进行针对性备战——就像最近一个月里，SP 针对 F6 那样。

之前左正谊和纪决私下看了不少 F6 的比赛录像。封闭式特训开始后，教练组又带大家复盘了几遍，目的是把 F6 研究透彻，扫清 SP 夺冠路上的最大绊脚石。这一个月，累归累，但左正谊的精神始终亢奋。

算上这次，他参加过三次世界赛了，第一次和第二次的心情大为不同，今年"返璞归真"，有了与第一年相似的感受。难以形容，一定要描述的话，是心里有一种坚信自己能荡平世界的勇气和快乐。左正谊的自信不是凭空生出的，现在的他在技术和心态上都趋于成熟。

SP 的整体实力也已经趋于完美了，队内特训时除了针对外国强队做战术规划外，教练组最下功夫的是帮丁海潮和赵靖补短板，争取再提升一下他们的水平。

左正谊、纪决和封灿都是有过世界赛经验的成熟选手，已经触摸到各自职业的天花板，不需要再担心什么了。

如果说在这种情况下，完美的 SP 还有什么隐忧，那就是纪决的手伤。

但在十天假期和一个月的特训期间，纪决的手被治疗得很好，队医说临场发作的可能性微乎其微，应该能好好地度过七月赛期，不用太担心。这让全队都松了口气。

左正谊悬在心上的石头落下去，人就更兴奋了。

"出征巴黎"是国内媒体打出的大标题，这四个字精准地概括了左正谊的状态。他就像是一个已经穿上铠甲、磨好利剑的战士，意气风发地来到巴黎建功立业，渴战到连觉都睡不好了。不过，他睡不好还有一个原因是在倒时差。

第二十五章 出征

法国的赛事主办方给来自全世界的十六支战队统一安排了酒店，左正谊入住的第一天就失眠了。

他和纪决睡一个房间，两人一起躺在床上研究小组赛的分组情况。

今年 SP 被分进了 A 组，秉承着同国回避原则，CQ 和蝎子一个在 B 组，一个在 C 组。

A 组是公认的"死亡之组"，除 SP 外，还有韩国联赛第三 RE，北美冠军 KTE，以及澳洲冠军 UNT，没有一支弱队。

这四支队伍中只有两支能出线，必定会打得头破血流。

因为 SP 在赛期还没开始的时候就受到了全世界电竞爱好者的关注，有人宣扬"大热必死"，说 SP 很有可能在小组赛阶段爆冷，止步十六强。

这种声音主要来自韩国。中韩两国去年的恩怨闹得沸沸扬扬的，是老仇家了。

其次来自蝎子的粉丝。说什么中国"三兄弟"携手出征，都是场面话，做做样子罢了。

假如蝎子和 CQ 都淘汰了，中国赛区只剩下 SP 一棵独苗，蝎粉也不希望 SP 夺冠。

但他们的唱衰毫无作用。

小组赛从 7 月 1 日开始，SP 被排在 A 组第一个出场，对手是 KTE 战队。这是一场开幕重头戏，比赛过程却让所有观众大跌眼镜。

SP 的强势是公认的，KTE 是北美赛区的冠军，也不是什么阿猫阿狗。强强碰撞，本该是一场精彩刺激的对决，可 KTE 竟然被 SP 按在地上摩擦，从头到尾一点优势都没显露过。

开幕赛打成了虐菜局。观众们看得有点茫然，不知道是 SP 的实力已经强到超出所有人的想象，还是 KTE 这个北美冠军水分太大。

这个问题在 A 组的第二轮比赛中得到了解答。

第二轮，SP 对阵澳洲冠军 UNT。这支战队比 KTE 多坚持了五分钟，但打得比 KTE 还难看。KTE 只是没有还手之力，全程被 SP 压着揍。UNT 却是心态都被打崩了，后半局频频犯低级错误，看得观众直呼辣眼睛。

小组赛打的是 BO1 组内双循环，到了第三轮，全世界的观众都已经不再期待 A 组有哪支战队能和 SP 打得有来有回了，只希望 RE 不要像两个前辈那样输得太难看，降低比赛精彩性。

出乎意料，RE 竟然发挥得还不错。韩国赛区的整体实力还是要比北美和澳洲高一些，即使 RE 今年只能在 ECS 排第三。

这局比赛打了三十多分钟，在 SP 猛烈的攻势下，RE 还是输了，但他们的表现可圈可点。实力胜过一切，SP 现在的风格越来越化繁为简，不耍花活，不用复杂的套路，颇有几分一力降十会的感觉，令人望而生畏。

六场小组赛打完，SP 打出了六个 1∶0 的好成绩，一分不丢，以 A 组第一的身份强势晋级。

网上简直吹翻了天。在小组赛结束，淘汰赛还未开始的几天里，SP 的支持率逐日飙升。但左正谊心里其实没什么感觉，他的状态一如开赛之前，是亢奋的。

每赢一场，亢奋就增加一分。

如果说他有什么不满的，那就是对小组赛的对手不满。他们比他想象中的要弱一些，他还没有使出全力，打得不够酣畅淋漓。SP 的其他人基本也是这种感觉。可能正是因为团队太强，打出了一加一大于二的效果，反而不需要选手去拼命发挥了。

但中国三支战队里打得顺利的只有 SP。CQ 所在的 B 组被 F6 统治了，遇上他们的两场比赛，CQ 都打输了。好在另外两个对手不算特别强，CQ 才有机会挣扎出线。蝎子在 C 组和 DN8 斗法，两场交锋一输一赢。

蝎子的状态好坏基本全看 Akey 的发挥，他的状态不像之前那么低迷了，但仍然不够稳定，场上的操作看得人提心吊胆。蝎粉生怕他突然又"犯病"，把好不容易有起色的蝎子再踢回谷底。

最近两个月里，蝎粉没少骂 Akey。但即便如此，蝎粉也不愿意在提起左正谊的时候拉下脸皮说一句"后悔"。

左正谊的评价是：鸭子死了嘴硬。

但谁在乎呢？

左正谊已经在冲击三冠王的最后一冠了，蝎子还停留在连拿到出国比赛资格都要庆祝的阶段。他们什么也不是。他懒得再看蝎子第二眼，视线在新鲜出炉的八强战队名单里扫了一圈，最终落到了 F6 的名字上。

正如 SP 预料的那样，F6 是他们夺冠路上最大的障碍。同样是小组第一，同样有辉煌的六场全胜，F6打得轻轻松松，似乎也没使出全力。和SP打谁都碾压的局面不同，F6颇有些四两拨千斤的感觉，打得轻，胜得巧，赛后采访也十分低调，似乎全队都受金至秀感染，有了他一直以来的风格：谦虚谨慎，不急不躁。

这为F6在观众面前赢得了不少好感，他们的支持率也大幅提升。

场外的舆论只是场外事，选手们都安分地待在酒店里，训练、备战，等待着淘汰赛的到来。

就在八进四淘汰赛开始的前一天，7月9日，左正谊收到了一条新消息——金至秀约他见面，说有一些话想和他单独聊聊。

左正谊都记不清上一次和金至秀见面是多久以前的事了。他们之前约好"巴黎见"，指的是赛场见，他没想到金至秀在世界赛期间还有和他私下叙旧的心思。

既然老队友开口了，去见一面也没什么。左正谊跟纪决交代了一声就独自出了门。

约见的地点在酒店高层的景观餐厅，左正谊乘电梯上来的时候，金至秀已经在等他了。

巴黎时间晚上七点，金至秀独自坐在餐桌前，眺望玻璃窗外的城市夜景。听见脚步声，他才转过头来冲左正谊笑了笑。

金至秀很爱笑，左正谊觉得这是因为他中文不好，在某句话说不清楚的时候，为免表达出错，先笑一下准没错。

"好久不见。"金至秀提前酝酿好了，见面后流利地说了出来。

左正谊在他的对面坐下，也笑了一下："嗯，好久不见。今天怎么想到约我见面？"他低头翻菜单，金至秀看着他道："我有，很多话，想跟你说。"

左正谊抬起头。

金至秀道："一时不知道，怎么开口。"

"直说就好。"以金至秀的中文表达能力，如果说话还兜圈子，他们恐怕得聊到后半夜去。

左正谊也不是喜欢寒暄客套的人，他愿意来就说明他把金至秀当朋友。既然是朋友，就没什么不能直接说的。

尽管如此，金至秀还是太客气了，客套了两句："恭喜你，晋级。SP，很厉害。"

左正谊可一点都不客气："SP是很厉害，你们F6怕吗？"

"……"金至秀笑了，说，"有一点。"

他忽然打开手机，翻出相册来，找出一张很久以前他在WSND时和左正谊拍的合照，递给左正谊看。

"S11的冬季，我们，第一次见面。"

金至秀笑着说："决定，加入WSND时，我很犹豫，因为，有你。"

他的意思是，当时左正谊在WSND是绝对核心，而且WSND不是双核打法，一切战术都围绕着左正谊一个人展开，他加入最多也只能当绿叶。

"但当时，我，别无选择。"

讲起旧事，金至秀的脸上仍然笑意盈盈。

左正谊没想到他想说的竟然是这个。

S11的下半赛季，已经很久远了。当年金至秀从F6跨国转会到Lion，引起了不小的轰动。然而才过半个赛季，Lion的老板就破产了。

Lion前途未卜，新老板不知在何处，选手被出售，金至秀在那半个赛季里对EPL"水土不服"，没打出他的昂贵身价应有的水平，被EPL粉丝怒斥为"最大水货"，地位尴尬，难寻下家。

WSND在这时接收了他。当时的他对WSND来说，是一个锦上添花般的存在。左正谊已经carry到逆天了，是WSND管理层捧在手心里的太子。金至秀唯一需要做的，就是给太子当伴读。

左正谊想不起他们第一次见面时的情景，隐约记得，金至秀从一开始就是一个温和的人，从来不黑脸，技术也过硬，很少犯错。

左正谊没和他聊过电竞梦想、职业规划等话题，因为当时的左正谊"目中无人"，根本不关心队友的内心世界。就连他自己，脑子里都没有出现过"规划"这种东西。当然更没想过，他当"队霸"队友会不会不服——

谁有资格不服？金至秀突然提起这件事，难道他当年就很不服？

左正谊的脸上露出好奇。金至秀道："不是你，想的，那样。我只是有点……"

金至秀在他贫瘠的汉语词库里搜寻合适的词语："不甘。"

说出这两个字后，他的神情就像讲出了一个深埋心底许久的秘密，如释重负，坦然道："你太优秀，End，给你当，副手，我很乐意。但我不想，一直当，别人的副手。"

左正谊微微一怔。

金至秀道："最近我，总是回忆，如果当时 WSND，没出事，我们会，一直是队友吗？"

"我觉得，不会。"出乎左正谊的意料，他说，"去年我，转回 F6，很辛苦。我去求，F6 的老板。希望他再，给我一个机会。"

"……"

原来他是这样回韩国的，是他自己去争取的。

左正谊没有对此做任何评价，耐心地等着金至秀说完。

"我很矛盾，想和你，当队友，又想打败你。"

由于中文不流利，金至秀讲话的顺序也有点混乱，想到什么就说什么："在 WSND，很快乐。那段时间，我没信心。但你，站在我前面，你是一个，什么都不怕的人……影响我，很多。

"和你越熟，我越了解，你有多厉害。"

左正谊从没见金至秀激动过，但说到这句的时候，金至秀的情绪似乎变得不稳定起来，搁在餐桌上的双手攥成拳，微微颤动，口音也更不标准了，语速也更快了。

他说："我比周建康还，了解你的技术。你是我心目中的，世界第一。所以我、我更不甘心。如果和你当队友，我永远只能，活在你的光芒下。我想走出去，走到你的对面。我也很强，End，我要亲手打败你。"

"你找我就是为了说这些？"左正谊沉默了片刻道，"战前宣言？"

"或许吧。"

金至秀终于不笑了，他的表情是罕见的严肃："我中文不好，说不清楚。我……"

他停顿了很久，千方百计地组织语言，也没能找到精确的词句，但他的眼神说明了一切。

他不甘心。他不想一直待在左正谊身边，做一片不起眼的绿叶。在电竞历史的长河里，他只是 End 身边被一笔带过的队友。纵然他不求名，也不想把自己限制在战队副核的位置上，否则永远不知道他职业生涯的极限在哪里。他不比任何人差，只是需要机会。一个证明给世界、给左正谊看，也证明给自己看的机会。

电子竞技只有一个冠军。

冠军的价值何在？不同的人可能会有不同的看法，在金至秀看来，跟左正谊当队友，和他一起捧起的冠军奖杯，不如打败他拿到的那一座有价值。

但说尽千言万语，回过头来仍是不甘。

金至秀一面叹服于左正谊惊世绝伦的天赋，一面又想，谁又不是天才出世？可惜命途多舛，运有不同。

而今命运把他们推向巴黎，给了他一次和左正谊正面对决的机会。

"我一定会赢。"金至秀紧紧盯着左正谊。

左正谊接收到了他没能宣之于口的情绪，点了点头道："我明白了。"

左正谊没有安慰他，也没有和他呛声，只用一种近乎平静的语气说："你们都想靠打败我来证明自己，但我其实没把你们任何人放在眼里。我早就已经完成自我证明，现在来巴黎，只是为了拿到早该属于我的荣誉。"

左正谊转头朝玻璃窗外赛场的方向看了一眼："如果电竞选手心里都会有一个不服的人，那我愿意当你们共同的敌人。"

"这也是我的荣誉。"

他站起身，和金至秀道别，神色不如当年张狂，偏又有一种死性难改的傲慢，居高临下道："祝你淘汰赛顺利，一直赢到我面前。决赛见。"

在金至秀的注视下，左正谊转身离开。

回去后两人投入各自的淘汰赛备战中，再也没联系。

三

淘汰赛不同于小组赛，每一场比赛都备受关注。

八强名单中有三支中国战队，但 CQ 和蝎子由于是以小组第二名的身份出线，八进四时对手都是小组第一的强队，晋级前景不乐观。

CQ 打 DN8，蝎子打 F6，两场都是硬仗。SP 正相反，小组第一出线的优势让他们从规则上避开了其他几个小组第一，在八进四淘汰赛中遭遇的对手是相对较弱的二线战队。

这场比赛是淘汰赛的第一场，就在 7 月 10 日的晚上，SP 赢得比较轻松。

事到如今，观众们仍然看不出 SP 每场比赛都赢得这么轻松，是对手的问题，还是 SP 实在太强。大家倾向于后者。

互联网上渐渐出现了一种声音：SP 志在冲击三冠，从这个角度看，如果每一场比赛都打得万分艰难，实力不能和其他战队拉开差距，有资格当三冠王吗？换句话说：真正具有夺得三冠实力的战队，本来就该横扫一切，像 SP 现在这样。

网友们变着花样地吹捧 SP，到处都在刷"SP 的比赛不用看，一觉醒来又是一场胜利"。

八进四淘汰赛打完之后，大家已经吹不出新花样了，就反向操作起来。有人发帖，标题叫作《假如 SP 在半决赛中输了，会输在哪里？》这种提前唱衰的晦气帖子，在平时会遭到粉丝的谩骂，但现在大家都闲得没事，竟然一本正经地讨论起来，反向为 SP 出谋划策。

SP 这边风平浪静，形势一片大好，但并不是每个中国战队都像他们一样。

CQ 使出全身解数战胜了 DN8，晋级四强。这很值得高兴，四强已经很优秀了，刷新了 CQ 自建队以来的最好战绩。但高兴之余，他们全队都在为下一场的半决赛而忧虑。

蝎子连忧虑的机会都没有，直接被 F6 摁死，晋级失败。

这场比赛左正谊在酒店里看了直播。淘汰赛总共也没几场，况且是 F6 和蝎子的比赛，无论出于什么原因他都会看。

但有人生怕他不看，特地在比赛前夜找上门来提醒他。

正是 Akey。

当时夜已经很深了，左正谊刚躺到床上，就听见有人敲门。他以为是领队有事，穿好睡衣去开门，却见 Akey 站在门外，一脸苦大仇深的表情。

"……"左正谊有点无语，自从上次见过一面后，他们再也没有联系过，"你有事？"

Akey 显然在来之前就打好了腹稿，为防他没耐心听，一开口就说："我话很少，马上说完，你先别关门！"

左正谊很烦："如果还是那些话，就不用说了。"

"不是。"Akey 低声道，"最近我想了很多，有的想通了，有的没想通。"

左正谊皱起眉。

Akey 连忙道："我是说游戏的打法！"

"哦。"左正谊很冷淡。

Akey 道："我越来越明白你有多强了，End。"

"我知道，每天有无数人这么说。"左正谊道，"如果你来只是为了当面夸我，大可不必，我都听腻了。"

Akey 看了他一眼，视线很快移开，不敢直视他。

"不是。其实我……其实我是因为紧张，才来找你的。"Akey 低着头，腰几乎是佝偻的，他以前的那些嚣张、自信就像是气球里的气，被左正谊这根针一扎就轻而易举地泄光了。

他竟然有点哽咽，连续两个多月的失意和迷茫几乎打垮了他，来找左正谊寻求安慰是非常没有自知之明且不礼貌的行为，但除了左正谊，他不知道该去哪里汲取力量。

"求你！"Akey 语无伦次道，"能夸我两句吗？我……明天打 F6，我很慌，很紧张。我知道这样很丢人，但我没办法。"

"……"

"我不知道我是从什么时候开始紧张的，明明以前从来不这样。可能是从被你打醒的那一天开始的吧……End，我只是一个普通中单，技术平平，不配跟你比，也不比其他任何人特殊，对吗？"

左正谊沉默了一下，答道："要看你的标准是什么，如果非要跟我比，你的确只是个普通中单。"

"……"

左正谊果然不可能安慰人，只会给人雪上加霜。而且这种狂妄的话只有从他的嘴里说出来才不违和，换个人都会显得很奇怪。

Akey 的头垂得更低了，但凡是被左正谊吸引的人，骨子里都多少带点受虐倾向。

左正谊明明是在打击他，他竟然还能从那百分之九十九的打击之外，寻找到百分之一夸赞的可能，给自己打圆场："意思是说，如果不和你比，我就算优秀，对吧？"

出乎意料地，左正谊没有反驳："嗯。"

即使 Akey 曾经给他带来过那么多困扰，他也没因为记仇而故意诋毁对方，好坏都如实道："你是有天分的，没必要学我。模仿是条捷径，但会让你失去自我。自我是自信的前提，自信是当核心必须具备的素质，天崩地裂也不能动摇。一旦动摇，你就不配坐在那里了。"

Akey 没想到左正谊会对他说这么多正面内容，从未有过。

他仍然很紧张，接上之前的话题："明天蝎子打 F6，你觉得我们赢的可能性大吗？"

"不大。"左正谊想到什么就说什么，不加掩饰，"F6 比蝎子强得多，除非他们犯病。"

Akey 刚燃起的信心又被消减了几分，丧气得好半天没接上话。

他不说话，左正谊也没有再开口。

酒店走廊的灯彻夜不熄，Akey 站在灯光里，却莫名有种灰头土脸、几乎要被黑暗吞没的感觉。

他似乎没话说了，道了声谢就转身离开。

左正谊盯着他的背影，突然道："没有一场比赛是稳赢的。"

Akey 顿住脚。

"我打过很多场胜率不大的仗，即使是现在的 SP，在大家眼里我们已经是冠军了，但对上 F6，我也只能说胜负五五开，最多六四。"

Akey 微微一怔。

左正谊道："电子竞技里没有必胜，也没有必输。如果因为获胜的希望不大就丧失斗志，你不配打职业。你知道电竞精神是什么吧？"

Akey回头看左正谊。左正谊的神情有点不耐烦，愿意说这么多已经突破他耐心的极限了。但在他的极度冷淡之中暗藏着一种从灵魂深处散发出的无坚不摧的气场，任何人看了都不禁为之动容。

"是'不论成败，战斗到最后一刻'。"

掷地有声的一句话，左正谊说完不管Akey是什么反应，利落地关上门，回卧室去了。

这是7月12日晚上发生的事。

蝎子和F6的比赛在7月13日。Akey受到左正谊的鼓舞，发挥得比前几场都要好。在他的带动下，蝎子全员都超常发挥，虽然最终还是输给了F6，但比赛过程很精彩，蝎子难得地打出了血性。

赛后蝎粉哭倒一片，说是"惜败"。

SP全队一起看了直播，最深的感受是：F6比他们预想中的还要强。

真正的强队有一个明显特征：不管对手是强是弱，都能打得游刃有余。F6就给人这种感觉。

蝎子简直是使出了吃奶的劲儿，打得眼都红了，可仍然没能逼F6出底牌。有藏招的强敌是最危险的。

就在这蝎子队粉哭丧般的悲伤气氛里，蝎子战败回国了。

Akey发了一条长微博。他的文采不怎么样，但写得还算诚恳，把他这几年来在游戏里对左正谊的"羡慕嫉妒恨"讲了一遍，并且真诚悔过，称以后会沉下心来提升技术，争取成为一名更优秀的中单。

在这条微博的末尾，他正式向左正谊道了歉，为他曾经引起的风波和口无遮拦的挑衅道歉。

蝎粉沉默了，只有少部分人跟随Akey向左正谊道歉，大部分人一言不发。

左正谊的粉丝正相反，有个别人去评论区里阴阳怪气了一通，但大部分人"粉随正主"大度地表示，都已经过去了，没人会抓着这些小事不放，以后桥归桥路归路，各挣各的前途吧。

左正谊本人倒是没什么表示，很快就将事情翻篇了。

蝎子回国后，没多久，SP 就亲手终结了 CQ 的晋级之路——他们在半决赛时不幸撞到了一起。

F6 半决赛的对手是 KTE 战队。左正谊那张嘴仿佛有言灵的能力，他之前祝金至秀一路赢到他面前，现在竟然实现了。

SP 和 F6 按照全世界观众们提前写好的剧本，毫无悬念又极具戏剧性地成功会师决赛。

四

7 月 25 日，法国巴黎。

这是不普通的一天，巴黎最大的体育馆为 SP 和 F6 开放，EOH 全球总决赛冠军奖杯高高地摆在能容纳八万人的场馆的中央。赛台之上，奖杯两侧，悬挂着中韩两国国旗。

全世界的电竞爱好者将目光聚于此处，为之心神摇荡。有无数亚洲粉丝不远万里来法国观赛，只为亲眼看到世界冠军——极有可能是 EOH 历史上第一个三冠王的诞生。

假如 SP 赢了，那么今天不只是 SP 队史中最辉煌的一天，也是中国电竞史中最辉煌的一天。

整个中国赛区都在为这一"假如"热血沸腾，比赛还没开始，玩家们就已经抑制不住激动的心情了，等待的一分一秒都变得难熬。

左正谊尽量把今天看作一个平凡的日子。他和纪决一同起床、洗漱、吃饭，像往常一样互相鼓励对方。左正谊说："最后一场比赛，打完我们就回家了。"

纪决握住他的手："我们能赢。"这句话在下午开赛前开小会的时候，教练和其他队友也反复地说了好几遍。

要说紧张，SP 全队都不是特别紧张，但也不轻松。准确描述是一种心里有底又有点不踏实的感觉，像梦一样，突然就走到这里，要亲手去摘那曾经无比遥远的桂冠了。

一定会赢吗？

不一定。

他们唯一能做的，就是拼尽全力。冠军是实力的证明，但先有实力后有冠军，他们相信自己。

比赛在傍晚开始。由于有时差，法国的傍晚是中国的深夜，但这丝毫没有影响中国赛区粉丝的观赛热情，不能到现场的他们早早备好了消夜，蹲守在电脑、平板、手机屏幕前，在国内为SP加油。

今天SP全队换了一套新战袍。这套队服是为迎接决赛特别设计的，底色是黑色，将SP必不可少的白、红、金三色用刺绣的方式点缀其上，分别绣着队名、选手ID和冠军奖杯。

时间一到，两队选手登台。身着新战袍的SP五人出现在直播画面里，他们后背上如烙印般的职业ID红得像火焰：Lamp、Righting、End、Zhao、Can，镜头一一扫过，几乎爆满的八万人体育馆中爆发出一浪又一浪的呐喊声，各国语言混杂其中，将现场的气氛炒得火热。

有工作人员引领他们到赛台前坐好，并留在附近做监督。

左正谊一如往常，熟练地戴上耳机，插好键盘，调试设备，检查游戏的各项设置。

队内语音已经接通，现场的嘈杂声远去，战友们的谈话声通过耳机清晰地出现在耳畔。

"我能说实话吗？"是丁海潮的声音。

"你说。"封灿接了一句。

丁海潮道："其实我很紧张，刚才说不紧张是骗你们的。"

左正谊面不改色道："我们也是骗你的。你竟然真的相信我们四个不紧张？"

丁海潮："……"

"适度的紧张不是坏事，能增加肾上腺素的分泌。"纪决说，"但别手抖，Lamp，如果你在决赛上犯上次那种错误，这次就不用回国了。"

"啊？为什么？"

"会被打死。"

"……"丁海潮抖了三抖。

程肃年比他们严肃得多，出言打断道："别闲聊了，B/P要开始了。"

他话音刚落，现场灯光一暗，音乐声有短暂的停顿，直播画面接入

Ban & Pick 主界面，游戏背景音乐响起。

法国解说叽里咕噜地讲着外语，只能从不断起伏的语气里判断出他们的情绪是激昂的。他们念过不同的英雄名字和选手 ID，仅凭这一长串陌生发音里个别几个熟悉的单词，现场的非本地观众就兴奋起来，电子竞技在这一刻跨越了人种、国别、年龄与性别，将所有人分成了纯粹的红蓝两方。

决赛 BO5，第一局，SP 在蓝色方，F6 在红色方。

起手三 Ban 不用犹豫，SP 在备战时就已想好。F6 是一个不好破解的战队，风格不突出，似乎什么都能打，而且都能打好。但仔细研究就会发现，没有哪个战队没有自己的战术风格。

"战术风格"可以简单粗暴地理解为"获胜的关键"。一个经常赢的战队，为什么赢？不可能没有原因。倚仗什么？也不可能没有倚仗。F6 的倚仗是金至秀。这是自然的，没人不知道金至秀是核心。

但 F6 和大部分以下路 AD 为核心的战队打法不一样，金至秀不是纯粹的发育位，前期一般不会一直老老实实地待在下路，他大多数时候玩高机动性射手，经常游走，从发挥出的作用看，几乎算得上半个打野。

虽然在战前分析阶段就对 F6 有了基本的了解，但 SP 第一局的 B/P 思路主要不是限制对面，而是考虑选什么英雄最能发挥己方的优势。要用硬实力给 F6 一记重创，一出手就打出震慑效果，振奋士气。

但 F6 同样是世界级强队，显然不肯在开局就让 SP 占据上风，选出来的阵容也非常"强硬"。

这是双方在本赛季的第一次交手，都有心试探对方的深浅，把第一局当成了"摸底局"。

值得一提的是，F6 的指挥是金至秀。或许这是他想和左正谊一较高下的原因之一。

第二十六章　圆梦

那是他无止尽的梦想。他要亲手为自己造一场永不结束的梦。

两队阵容一出，观众也看出他们的目的了。

在此时此刻中国的深夜，国内的官方解说精神抖擞，语气透露出比选手还要浓烈的紧张来，说道："我有种预感，如果 SP 能拿下第一局，后面就会比较顺。"

另一个解说道："要看开局顺不顺利……"

他拿出一组数据来，念道："在最近的二十局比赛里，SP 开局入侵敌方野区的概率是百分之百，蓝野区百分之七十，红野区百分之三十。只要是反野成功的对局，SP 都打赢了。"

伴随着解说的数据讲解，对局已经开始。

果然，开局纪决就习惯性地入侵了 F6 的野区。

SP 掌握了前期打法的精髓，那就是搞事，一定要搞事，机会是自己创造出来的，不能等。SP 队员间的配合也已经练得臻至化境。

纪决孤身进了野区。左正谊一边和 F6 的中单对线，一边切视野留意着他的技能释放、血量和站位，确保在纪决开口求助之前就能判断出他是否需要支援。支援的速度很重要，很多时候几秒钟的时间差就能扭转战局。

不知是不是被解说"毒奶"了一口，SP这次的入侵并没有赚到优势。双方在河道打了个照面，打出一个互换蓝Buff的开局，勉强算得上平稳。这在左正谊的意料之中，既然是摸底局，SP的种种操作就都带着试探意味，他还没摸出F6的防线有多牢固，要给出多大的攻击强度才能打穿。

为着这个目的，左正谊在前几次配合纪决游走的时候都比较谨慎，每次进攻都留了一手，没有全力压上。

这把他玩的是法刺英雄，灵活的位移为他创造了更多的进攻机会。每gank一次，左正谊就打得比上回更凶一点。

他发现，F6除了核心下路难抓，中路也很难抓。对面的法师显然比任何人都懂怎么对付世界第一中单End——那就是忍，别妄想挑战End，别被End故意露出的破绽引诱，老实守线，不给End击杀自己的机会，就是最聪明的做法。

以至于左正谊尝试了几次，都抓不到对面尿到极致的中单。但要说他尿，他又不是完全的尿。每当左正谊在上路或是下路露头时，他就走出塔来，开始搞小动作。而当左正谊的头像再次从小地图上消失时，他就立刻又缩回去了。滑不唧溜，无懈可击。

对面偏偏又是一个清线非常快的法师，这导致左正谊在要压制对方的情况下，也不太好拿到线权。而且金至秀很活跃，F6在SP一波又一波的攻势下，打得并不被动。

他们在防守的同时，还能以攻代守，给SP找麻烦。

左正谊不喜欢这种控不住节奏的感觉，每当走到这一步，就说明他应该改变运营策略了。

SP必须要找到一个突破口，扩大优势，才能牵着F6的鼻子走，真正地接管比赛。

这个突破口并不好找。

对局的前十分钟里，双方频频交火，势均力敌，经济差距始终拉不开，SP想开小龙都没找到合适的时机。

SP尝试过一次开龙，但F6的反应很快，使了一招"围魏救赵"，伏击抓住了赶来支援的丁海潮，左正谊和纪决不得不放弃小龙，回头去救队友。这使双方陷入了僵持之中。

但战况胶着却不沉闷，随着兵线的逐渐加强，防御塔一座座地倒塌，SP 的倒了，F6 的也倒了，两队互相牵制，换线换点，不断地往敌方高地推进。

到了中后期，SP 仍然没能打开局面。对 F6 来说也是如此。

两队都在等待一个对自己最有利的开团机会，谁都不想贸然动手。

狭路相逢勇者胜，这个机会最终还是被左正谊先抓住了。

游戏进行到第二十五分钟左右。金至秀在下路清理兵线，SP 的几人在小地图上先后露头，都和他有一段距离，而且他的队友大多在附近——中单和打野在蓝区打蓝 Buff，辅助在他前面拦截下一波兵线，他被三个队友围在一个安全的范围内。

但就在这时，谁都意想不到的一幕发生了——左正谊来了。

如果说 F6 的辅助和中野二人的视野范围是两个不相交的圆，中间只有一小块狭窄的盲区，那么左正谊行进的路线就精准地穿过盲区，在 F6 四人的包围下，深入敌方腹地，走进下路通往蓝区入口的草丛里——金至秀的附近。

左正谊埋伏了下来。

导播将画面切到他身上。

解说瞪大眼睛："End 在干什么？！"

观众们都瞪大了眼睛，现场一片骚动。

这简直是羊入虎口，近乎是主动送人头的操作。一旦 F6 这四个人中有一个发现了他，他就要死无葬身之地了。

连队友都慌了，封灿惊呼了一声，问："要接应吗？"

左正谊却道："等我信号，先别打草惊蛇。"他冷静得不可思议，虽然在和队友说话，但眼睛死死地盯着金至秀的走位。

就在金至秀清理完兵线，要进入蓝区和中野会合的时候，左正谊的法刺从草丛中暴起，放出的大招瞬间命中了毫无防备的金至秀，眨眼之间，左正谊使出一套技能送走了他。

击杀播报猛地跳出屏幕，F6 全队都愣了一下。

左正谊在队内语音里喊："团！开团！先杀法师！"

纪决早就准备好接应他了，第一时间和他前后包抄，封灿、赵靖和丁海潮也立即到位，SP 五打四，根本不给 F6 反应的机会，一举全歼对面，直接推上了高地。

1:0。

第一局的胜利是梦幻的，左正谊干了一件百分之九十九的选手在那种情况下都不敢干的事，一套连招毫无瑕疵，完成了几乎不可能完成的完美击杀。

事情发生得太快，F6输得有点蒙，没有被打败的真实感，以至于到了第二局选手们明显还有点不服气，B/P时全队面色凝重，憋着一口气，想给SP一点颜色看看，只有金至秀还算冷静。

但SP第二局要针对的就是他。这局SP在红色方，起手两Ban都给了射手——金至秀在本届世界赛中使用率最高的高机动型射手，然后第一手选红蜘蛛，故意放出了黑魔。这是一个B/P陷阱，适合金至秀那种游走型打法的灵活射手本就不多，SP禁掉了两个，场上只剩下一个能选了。F6如果保射手，先手拿这个英雄，在辅助位和上单位，乃至中单的选择上，都会陷入被动状态，下路也很容易被针对。

F6犹豫了一下，最终没选射手，先抢了黑魔。

这固然也在SP的预案之中，但属于理智之举。

金至秀不是那么容易被限制死的人，他什么类型的AD都能打，拿黑魔保C，走发育路线当后期大核也未尝不可。

眼看着F6走进了己方预设的剧本中，选出一套近乎于"4保1"的后期阵容，SP不再掩饰，终于掏出了他们最擅长的极端进攻流打法。第一局他们有所收敛，这局却是一点都不保留，每个位置都把进攻性拉满，走向了和F6完全相反的另一条路。

好比矛与盾的碰撞，冰与火的交融，SP要在世界最高舞台上展示他们的"进攻艺术"。

何等自信，何等狂妄。

法国解说惊叹道："这种打法虽然很危险，但我喜欢。EPL能跃升至世界第一赛区不是没有原因的，中国选手什么都敢干。"

现场被带起一阵热潮，几万人一同摇旗呐喊，舞台四周迸射出无数柱状的雪亮灯光，摇晃着，闪烁着，宛如激情的具象化。第二局比赛就在这种气氛中激烈地开战了。

一开始，局势和 SP 预想的一样顺利，极端的前期阵容给他们创造出了巨大的前期优势。

　　F6 的阵容很肉，除金至秀之外，每个人的初始血皮都很厚，连法师都是法坦型英雄。

　　SP 一拿到这种疯狂的阵容，打法也会难以自控地疯狂起来，进攻强度比上一局大得多，他们前期就靠人头发育，杀了人再吃野怪和兵线。即使 F6 的选手缩回防御塔下，也难逃被越塔强杀的命运。

　　SP 打了个大顺风局，经济滚雪球，将优势保持了很久。

　　F6 节节败退，频繁丢点。金至秀在这山一般的压制下夹缝求生，缓慢发育。

　　从 F6 的视角看，事情的转机出现在第十八分钟。他们当然研究过 SP 的极端进攻战术，而且早就发现了，这个时间点是 SP 每一局比赛的关键转折点——大龙刷新，兵线加速，游戏进入中期和后期的过渡时间段。

　　SP 是一鼓作气推上高地，还是被对面抓住机会翻盘，就看他们在这时做出什么决策。或者说，对手能否逼他们做出某种决策，从而扭转乾坤。

　　F6 野心勃勃，誓要打中 SP 的七寸。但反打的机会如大海捞针一般难以寻觅，金至秀忍常人所不能忍，充满耐心地等待这个机会。终于，被他等到了这个机会。

　　最先出现在 F6 视野中的是封灿。封灿走过中路河道附近的一个草丛，走得很小心，但那个位置刚好在 F6 辅助的视野范围内。他一个人在小地图上露头，SP 的另外几人不知踪迹。

　　金至秀敏锐地把游戏镜头切到大龙坑里，这里 F6 没开视野看不见人，但他观察两秒后发现了大龙释放怒吼时的震动特效——SP 在打龙，封灿落单了。

　　金至秀不傻，不会天真地以为封灿会犯这么低级的错误。但就算是陷阱又如何？

　　机遇和危险并存，谁是猎人谁是猎物，在最后一刻才见分晓。最重要的是，除此以外，F6 没有更好的机会了。

　　金至秀赌自己的反应比封灿更快，能使出一套连招抓死对方，那么即使 SP 掉头来救封灿也来不及了。

金至秀第一个冲上前去，丢技能往封灿身上招呼。他的自信有很大一部分来自他曾经和封灿正面 solo 过，并且打赢了。既然能赢一次，他就能赢第二次。但这一次，他赌输了。他的子弹没能快过封灿。封灿用一种刁钻的走位把他带向了一个极其不利的地形里，不是龙坑，而是野区围墙之后。

一旦过墙，再想退出来就很难了。

SP 全队见鱼儿上钩，立刻收网，放弃大龙包抄过来，把金至秀堵在了自家野区里。

这简直是令人绝望的一幕，在观众眼里，金至秀无论如何都活不成了。

就在他绕着复杂的地形左闪右躲，血量岌岌可危时，F6 的辅助超常发挥，闪现开大，精准地卡着施法距离的极限，给金至秀套上了一层救命的护盾！这几乎是不可能完成的操作，黑魔犹如神兵天降，引来解说一声赞叹的大叫！

但 SP 的攻势丝毫不减，穷追猛打，追着金至秀不放。

金至秀却在队友的掩护下越退越远，还在丁海潮追上来时来了一波拉风的操作反杀了对方。紧接着趁 SP 少了一人的罕见时机，下令转守为攻，开始反打！

团战一波三折，F6 竟然开始反击了！

现场几乎沸腾，刚才那些为 SP 的精彩攻势而热血沸腾的观众瞬间倒戈，转而为 F6 呐喊助威。但这场面持续不超过五秒，纪决和左正谊两个刺客像鬼一样消失在草丛里，霎时间又从左右两路悄无声息地接近金至秀，一个负责拉扯 F6 的阵型，一个负责刺杀。

黑魔的大招已经放过了，金至秀再也没有保命的技能，只能靠走位挣扎闪避，但左正谊紧紧粘着他，近距离绕后卡攻击视角，然后一套连招把他的血条清了个空！

金至秀一倒，F6 就相当于宣告失败了。

SP 切瓜砍菜般把那几个只有肉度但输出不足的"保镖"放倒，带着兵线从中路推上高地，一举攻破 F6 的水晶！

2∶0。

打到这儿，已经到了 SP 的赛点局。他们真真正正地，离三冠王只剩一步之遥。

如果说刚才的"紧张"都是玩笑话，那么此时此刻，左正谊是真的忍不住开始紧张了，尤其是到了第三局，F6 在 B/P 中放出伽蓝的时候。

"伽蓝？！"

法国解说尖叫道。

中国解说慷慨激昂。

全世界无数个转播频道，数不清多少种语言，在这一刻不约而同地念出了黑发女法师的名字。

F6 首 Ban 没选伽蓝，

左正谊的手抖了一下。

纪决转头看了他一眼。程肃年在他身后屏住呼吸，轻轻吐出口气，说："End，他们是故意的，这是一个 B/P 陷阱。"

"我知道。"左正谊忍不住道，"但我不会输。"

程肃年犹豫了一下，理智告诉他这是一个糟糕的选择："首抢伽蓝我们会被针对得很惨，拿不到强势英雄，你会打得很难受。"

"我一直都是这么过来的。"左正谊出奇地固执。

他太久没用伽蓝打过比赛了，半年？一年？还是更久？

这是他的法师，他的剑。即使是砒霜，他也想亲口饮下去。

这个念头一冒出来，左正谊就察觉到自己的情绪失控了。他还有一步之遥就将登顶，在如此关键的时刻，F6 给了他一个通往"更圆满"的可能，他怎么能拒绝？

越是诱人，越是充满危险。

在程肃年看来，SP 有更稳妥的方式赢下比赛。F6 肯放出伽蓝，绝不可能是因为轻视左正谊，应该是围绕着"针对伽蓝"做过非常详细的战术安排，所以在 0∶2 落后的情况下使出了撒手锏。他的内心天人交战。

观众们也嗅到了陷阱的味道。

国内直播间里，满屏的弹幕都是争议，有人支持有人反对。持反对意见的粉丝都是理智派，一方面看出 F6 是故意的，一方面也觉得 SP 最近一直打前期，现在最擅长的也是前期战术，拿伽蓝这种吃经济的后期法师，

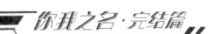

不见得能发挥出团队的最大优势，很容易翻车，千万不能上头。

但大家还没吵出个结果来，选择英雄的倒计时就快结束了。

程肃年的大脑纵然被百分之九十九的理智占据，但每到关键时刻，都是那百分之一的激情占上风。他不想让左正谊在职业生涯里留下遗憾，退一步说，就算这局输了也没什么，最坏的结果也不过是比分变成2：1，SP还有机会。

程教练刚说服自己，还没来得及开口，左正谊已经提前锁定英雄了。

耳机里传来伽蓝登场的特殊语音："我只是路过，你要一决高下吗？"

女法师的亮相刹那间点燃全场。左正谊不回头看他，假客气道："教练，你要相信我能 carry。"

程肃年嘴角一抽，没有多说什么，B/P 还没结束，现在不是说闲话的时候。

SP 最终还是围绕伽蓝选了一套阵容，而 F6 也不出观众所料，选了一套浑身都是强控的"伽蓝断腿套餐"。他们的每一个位置选的都是该位置中最强势的英雄，最硬的辅助黑魔，最灵活的射手赤焰王……

金至秀如鱼得水，将第三局的形势逆转，一开局就压着 SP 打。他们果真是研究过怎么针对伽蓝的，打法很讲究——先找机会把纪决单独抓死，相当于断左正谊一臂。只要能抓成功，立刻转中路强杀伽蓝。

金至秀为了更好地限制伽蓝，竟然和中单换线，利用伽蓝是近战法师的劣势，压着左正谊不让他出塔，还要远距离耗血，耗死左正谊。

左正谊靠走位躲了几回，但 AD 和法师不一样，不需要瞄准放技能，平 A 伤害是很难躲的。他死里逃生了两回，可 F6 盯他盯得无比紧，不压他的时候就压纪决，至少要废掉他们其中一个，拖慢 SP 的节奏。

正如粉丝担心的那样，现在的 SP 的确越来越擅长前期节奏型打法，一旦节奏被压住，局面就沉闷得如一潭死水，所有人都有点不会打了，运营不流畅。

好在下路是有优势的。

伽蓝前期伤害低，中路难救，纪决就去帮下路，同时帮左正谊开野区视野，让他吃野怪经济。这样伽蓝虽然发育得缓慢，但好歹也是有发育的。

不过即使是吃自家野区的经济，也很难吃得安稳。在左正谊刷野时察觉到附近有危险，第一时间回塔下的时候，发生了一波战斗。他的反应已经很快了，但F6的gank更快。三个人越塔强杀他，纪决和封灿根本来不及救，只能勉强走"围下救中"的路线，猛攻F6下路的防御塔，试图逼F6回防。

但F6宁可放弃下塔，也要杀伽蓝。

左正谊在人群中秀了一波操作，伽蓝的无限刷新已经连了起来，但她的伤害量实在有限，挣扎了半天最终还是被摁死在了塔下。他的心态还算稳定，忍了忍，道："没关系，一命换一塔不亏，等我复活，我们还有机会。"

的确不算亏，下路的优势帮SP稍稍打开了局面。

纪决无奈之下开始打边路分推。"41分推"是SP的拿手好戏之一，他们在逆风中找回了一些节奏和手感。F6被牵制得不得不处理下路兵线。他们一在下路露头，左正谊就去野区和上路疯狂打兵收钱。赵靖跟在他附近，封灿和丁海潮一起接应纪决，穿插着换线偷塔。

眼看SP就要重新把比赛的主动权控制在自己手中，逐渐有了翻盘的趋势。F6却不想给他们机会，调整得飞快，派一个人去应付单独带线的纪决，另外四个人忽然开始藏视野，不在小地图上露头了。

这让左正谊不得不谨慎起来，不敢再轻易进野区，以免被伏击。

屋漏偏逢连夜雨，游戏内昼夜流转，白日忽然变成黑夜，视野范围再度缩小，SP被迫收缩防线，连推兵线都要慎之又慎了。

但不往外推兵线是绝对不行的。

SP现在还无法正面接团，如果三路的兵线都兵临城下，就离高地失守不远了。

赵靖捏着辅助的保命技能出塔探视野。纪决和丁海潮再次尝试谨慎带线，双边一同推进，这样的好处是即使一边被抓，另一边还能通过偷塔来牵制敌人，救一救局势。

就在他们行动的同时，赵靖带着左正谊和封灿逐步在野区内行走，小心翼翼地吃着经济。

F6 的人仍然不在地图上露头,每次兵线接近防御塔时,还是只有一个人出面清兵,其他人的位置藏得很深。

这时,纪决把下路的兵线推过了 F6 的第二座防御塔。下路出来清兵的人是金至秀。

左正谊盯着金至秀的小头像,大脑飞快地运转。一般来说,AD 不会在地图上单独行走,他附近至少会有一个人当保镖,这人大概率是辅助,小概率是打野或者上单。这意味着,F6 的下半区至少有两个人,至多有五个人,而上半区最多只会有三个人。

SP 可以趁机突破上半区,把上路的兵线带出去,这是一个逆转兵线劣势的机会。

运营拼的就是这种细节。

但直觉告诉左正谊,太显眼的机会都是诱饵,如果他顺从第一反应这么做了,很可能会钻进 F6 的埋伏圈里。他只思考了一秒就决定相信自己的直觉,反其道而行之,他喊丁海潮立刻从上路回撤补状态,同时带着赵靖和封灿一起去抓下路的金至秀。

他做出这个决策的时候,丁海潮下意识地提出了质疑。但左正谊没有解释的时间,时机会在转瞬之间被错过,他在黑夜中飞快地扑向金至秀。

果然,他的直觉是正确的。下路只有金至秀一个人,F6 在上路埋伏了四个人,金至秀是诱敌深入的诱饵。

SP 四人包抄,金至秀根本没有逃生的机会,队友也来不及赶过来救他。但 F6 的反应很快,在发现 SP 去下路抓人的时候,就立刻在上半区开了大龙。如果成功拿下大龙,F6 不亏。

SP 可以选择在他们打龙的时候推进兵线,但左正谊不愿意放过难得的五打四的翻盘机会,兵线还没有完全处理好,就第一时间去龙坑开团。

他要杀人,也要抢龙,凶悍得好似要把敌人的骨头残渣也一口吞下,一分的优势必须扩大到十分,激进得要命。

金至秀很熟悉他的作风,似乎预料到他会来抢龙,F6 四人都留着后手,硬控技能一个都没放,就等着伽蓝扑上来,全部丢给她。

SP 的人一到,他们就立刻放弃了打龙。大龙被故意拉脱离,血量逐渐恢复。F6四人犹如疯狗敢死队，不管不顾地冲到伽蓝面前，直接强杀她！

左正谊被控在原地一动都不能动，心凉了半截。

但F6强行秒了他也不过是伤敌八百，自损一千，封灿和丁海潮合力击杀了对面的中单，纪决则打断了大龙的回血状态，趁机将它拿下。

SP"献祭"了左正谊，取得了团战优势。理论上SP是有优势的，如果金至秀没复活的话。

左正谊盯着金至秀的复活倒计时，第一时间提醒队友："小心赤焰王！"

他提醒得及时，但金至秀并没有从正面进入战场，他进入SP的视野盲区，绕后了。

一个不知道将要从哪里冒出来的敌人是很难防备的，丁海潮奋战到血量过半，一不留神就被赤焰王的一套技能爆发杀死了。

金至秀不顾危险，一人深入战场后方，SP要反过来包抄他也易如反掌。

封灿和纪决立刻回头，但一场团战打了这么久，纪决已经没有追击技能了，封灿使用的鹿女是一个技能型AD，如果技能命中不了，只靠平A也很难打过金至秀。

金至秀显然也明白这一点，他故意和纪决拉开距离，不让对方摸到踪迹，同时注意躲避封灿的技能。

但封灿也是经验丰富的老手，知道该怎么处理这种局面。他无所谓能否命中，而是用技能来逼金至秀走位。当金至秀为了躲避鹿女的技能走到相反的方向，纪决的控制就会在那里等着他。这是预判式配合。

SP这边的算盘打得响，却没想到，金至秀根本不躲，硬生生吃下鹿女的飞镖。这个飞镖有两段伤害，飞出去和收回来打出的伤害量单独计算。

封灿算得精准，金至秀如果全部吃下来两段伤害是绝对不能活命的。

顶尖高手交锋，细节决定成败。金至秀在吃完第一段伤害的同时隔墙点了野怪一枪，吸回了一点血，以至于在第二段伤害爆发之后，他还剩一点血量。这点血量救了他一命，让他等到了队友的救援。

这时的SP已经没有再战的余力了，血量、技能状态都不太好，心态也有些急躁了。

左正谊终于下令撤退，优先处理兵线。

"这波算我的。"他说，"是我太急了，开团的时机不对。"

左正谊缓缓吐出一口气，继而振作道："但没关系，拖时间对我们是有利的。"

纪决刚想安慰他，听到这句话把多余的安慰咽回去，继续全神贯注地打比赛。

对擂双方气氛凝滞，台下的观众们也有些沉默，紧张地盯着大屏幕，期待下一个能定胜负的关键时刻快快到来。

在对局陷入胶着之后，SP 和 F6 好半天都没有大动作。

比赛打到这里，时间已经超过 F6 的预期了。随着时间的推进，伽蓝的发育越发难以压制，双方比拼的无非是在团战时谁先切死谁的输出位。从阵容的强度来看，SP 是不占优势的，F6 的控制技能太多了，不仅伽蓝难以入场，鹿女也很容易被控死。

这意味着 SP 的双 C 都很难打输出，反倒是纪决和丁海潮稍微自由一点，因为 F6 不舍得把硬控用在他们身上。

时间一分一秒地流逝，比赛来到了大后期。两队都在等待机会，场上的防御塔所剩无几了。

左正谊还在打钱，他正在攒第七件装备。他在复活甲和第七神装之间略做犹豫，决定选择后者。

伽蓝的无限刷新能造成爆炸式伤害，但对面为了防他，堆了不少的法抗装备。他需要有第七神装的属性加持，才能达成理想的输出效果。

他出了一把金剑。金剑合成的一瞬间，聊天框里跳出第七神装自带的系统文字，提醒他武器装备成功。

下一句文字是：[空气变得潮湿了，三分钟后将有降雨。]

左正谊扫了一眼，目光回到小地图上。

纪决在下路带线，丁海潮在上路带线，封灿和赵靖在打红 Buff。

像是暴风雨来临前最后的平静，F6 的人又开始藏视野，不知埋伏到哪里去了。

在这种情况下，伽蓝是绝对不能落单的。

但左正谊不知道那几秒钟里在想什么，他盯着伽蓝手里的金剑，注意力发生了微妙的游移，就在这时，他在蓝野区里遭遇了 F6 的大部队。

对面是来抓他的，左正谊险些直接撞上去。出于本能的极限操作救了左正谊一命，他的脑子还没转过弯来，手指就已经开动，一个位移换了位置，让砸向自己的技能全部落空。

　　沉闷的比赛立刻重新活了过来，左正谊第一时间呼叫队友支援。但SP的站位太分散了，在支援到达之前，他必须要先活命才行。

　　伽蓝在这局一直被压着打，全靠四个队友拼命拉扯才好不容易发育起来，还没有打出关键性作用，左正谊哪里肯死？伽蓝在野区的墙壁间穿行，盯紧对面英雄的动作，下意识默背他们关键技能的CD，绞尽脑汁为自己谋求一线生机。

　　但多数时候，人的生死并不由自己选择。

　　左正谊别无他法，只能祈祷即将出现的大雨降临到F6全队头顶，延缓他们的脚步，让自己有机会逃生。

　　但降雨会优先出现在有战斗发生的地方。他拖着F6全队移动，他不打对方，对方也打不中他——已经脱离战斗了。此时左正谊的位移技能已经用完，F6追上他也只是眨眼间的事。

　　这一切不过发生在几秒钟之间，全世界观众的心都因他而悬了起来。解说屏住呼吸，导播将镜头紧紧锁定在他身上。在这将死之际，左正谊没有第二条活命的路，他猛地停住脚步，拔出了剑。

　　伽蓝的大招被第七神装的金剑特效覆盖，只见女法师双手举剑，一道剑光直直劈进人群！就在战斗爆发的这一刻，阴云、惊雷和闪电出现在他的头顶上。

　　左正谊赌上自己的命，卡着变天的时间，一秒不差地召来了降雨。一时间，风声、雨声、人声皆化作左正谊手中长剑的铮鸣之声。他一人站在风雨边缘——一个极其微妙的安全位置，而面前的敌人深陷泥泞之中，移速和攻速都降低下来。就趁现在，伽蓝刷新了她的第一条金索。

　　八万现场观众，无数块巨幕，全世界的直播间里，数不清的线上观众，都在注视着左正谊。解说失语了片刻，不知是该膜拜他似天神般的操作，还是该赞叹他如天命之子般的运气。

　　电子游戏由冰冷的数据组成，概率学约等于玄学。但他呼风唤雨，如有神助。

伽蓝被封禁太久，一出世便惊天动地。她的技能不断刷新，即使刚才那一刹那的降雨减速只为她争取来一两秒的先手机会，也足够她秒掉脆皮了。

最先倒下的是金至秀。

金索飞快地刷新，一条、两条、三条……

她脚下的尸体不断增加。

击杀播报每响起一次，现场的沸腾声便高过一浪。

队友们赶到时，左正谊已经杀红了眼。

双杀。

三杀。

四杀……

伽蓝一面爆发出惊人的伤害量，一面疯狂地靠法术伤害吸血，血条不降，但蓝条几乎空了。

剩最后一个敌人时，左正谊已经释放不出技能了，是纪决把人打得只剩一丝血皮，然后停手，让他 A 最后一下。

"Penta Kill！"

五杀！

现场八万人起立狂欢！

SP 第三局打得一波三折，四带一养一个伽蓝，最终由伽蓝反哺全队，极具传奇性地以 3：0 拿下了比赛。

今夜，电子竞技的史书翻开了崭新一页。

巴黎的烟火为世界冠军加冕。

SP 成为 EOH 游戏殿堂中史无前例的三冠王！

左正谊曾经以为，在三冠王加冕到来的那一刻，他会开心到跳起来。但当这一刻真的到来时，他竟然没有想象中那么激动。

F6 的基地水晶在眼前爆炸，炫目的白光还没从视野里消失，体育馆内烟花绽放，主舞台亮如白昼，他感觉自己仿佛身陷火海，什么都看不清了。

他被推搡着走向舞台中央，有人在喊他的名字。

"End！"

"End！"

"左正谊！！"

队友们都在笑，也有人在哭。

左正谊在他们中间恍惚了片刻，所有的幸福、满足、激动……汇聚在一起变成了一个彩色的肥皂泡泡，它变大，升空，飘浮，越过左正谊的头顶，朝着夜空远去。然后，啪叽——

圆梦就是这种感觉。

圆满和失去的感觉竟然是近似的。

这段追逐走到尽头了，他登上山顶，终于得见最高处的风光，那充满欢笑和苦痛的青春里最美丽的梦，结束了。

左正谊大哭了一场。他是在回酒店之后才哭的，颁奖典礼上他一直忍着，像极了世人心目中无所不能、光芒万丈的世界第一中单。

酒店是法国赛事主办方订的，SP全队回到酒店的时候，又被隆重迎接了一次。

程肃年、封灿、赵靖、丁海潮，每个人神情不一，但左正谊没有仔细看他们，他紧紧抓着纪决，一回房间，就靠在纪决的肩膀上畅快地哭了一场。纪决没问他为什么哭，他也没解释。

三冠之夜让无数人情绪失控，左正谊是这个梦幻之夜的主角，他有什么反应都值得被理解。

赛后官方又找他们做了一次正式的采访，拍了一些短片——据说是要做成纪录片的。等这些事都处理完，已经七月末了。

七月的最后一天，SP全队终于登上返航的飞机，回国了。

三

这几天，左正谊有些沉默，他似乎在思考些什么。纪决仍然不问原因，他也在思考。他们各怀心事，又对彼此的想法有一个隐约的猜测，虽然不知道猜得对不对。

除了左正谊和纪决，SP的其他人都非常兴奋，气氛简直可以用"闹腾"来形容。粉丝们更兴奋，SP的飞机还没落地，一大群人就早早地来机场迎接了。男女都有，举牌子的，拉横幅的，拍照录像的，带头喊口号的，各司其职，训练有素。选手们一出来就被大家的热情淹没，很开心地停下来和粉丝们拍合照、签名。简直是巨星的待遇。

左正谊正在给一个女粉丝签名，不经意一转头，忽然看见 SP 粉丝群的另一侧，还有一群人。为首的是一个眼熟的女生，左正谊认出了她——正谊不怕乌云。

她见左正谊发现了自己，冲他笑着举起相机，"咔嚓"拍了一张，远远地喊道："正谊，五杀三冠王哦！好牛！不愧是你！"

这一嗓子太突出，全场的人都看了过去，大家一起笑起来，七嘴八舌地附和：

"真的好牛！"

"伽蓝有冠军皮肤了，我开心死了！"

"End 哥哥，我永远喜欢你！"

"左正谊战无不胜！"

"左正谊世界第一！"

"冲啊！！！"

左正谊也忍不住笑了，回到 SP 基地时，他还在笑。

纪决忍不住戳了戳他："笑什么？世冠颁奖典礼上都没见你这么开心。"

"不告诉你。"左正谊故弄玄虚，拍开了纪决作乱的手。

刚回基地，领队就通知，第二天 SP 内部会有一场庆功会，让大家晚上好好休息。庆功会之后就是夏歇假期了，一个漫长的赛季终于结束，现在是最适合放松的时候。

但左正谊并没有彻底放松下来。他和纪决简单地洗了个澡，换上便装，一起出门。他没说要去哪里，拉着纪决一路往外走，从 SP 基地门口走到电竞园区的小广场，又穿过广场，走向蝎子和 XH 俱乐部基地的方向。

七月末，夏日傍晚，路灯还未亮起，夕阳的余晖拉长婆娑树影，也拉长了左正谊和纪决的影子。

"你有话想跟我说吗？"

纪决突然道："嗯，我先说吧。"

他们慢慢散步，不约而同地走向同一个地方。

那是很久以前，WSND 的 End 和蝎子的 Righting 瞒着所有人偷偷见面的那堵隐秘的墙。

墙如初，墙下树如初，人也还依旧。

余晖中，纪决的轮廓更显深邃，眼神专注一如当年。

"我想退役了。"纪决毫无铺垫地突然说，见左正谊愣了一下，他接着道，"虽然我的手伤没在世界赛上发作，但情况也不算太好。S13结束了，S14又是无止境的训练，我有些累了，哥哥。"

是让左正谊意外又不那么意外的话。

左正谊默默地盯着他。

纪决坦诚道："我想过很多次，电子竞技之于我究竟是什么？以前它只是一种追寻你的手段，如果没有你，我不会打职业。后来……"

纪决顿了顿，嗓音里透出几分伤感、几分释然："电子竞技是除你之外，世上唯一值得我驻足的风景。"

"既然如此，你……"左正谊怅然道，"你舍得吗？"

纪决笑了一下："我和你不一样，左正谊。你是为电竞而生，离开赛场后什么都不想要，我不是。我能和你一起走到这里已经很圆满了，两座世界冠军奖杯，三冠王，还要求什么呢？"

"我的手伤是导火索，但不是主要原因。"纪决说，"我最近总在思考自己的人生。你说，如果我没来打职业，现在应该在做什么呢？"

左正谊微微一怔："我不知道。"

"我也不知道。"

纪决轻声道："正因为不知道未来是什么样，才有探索的乐趣，你说对不对？"

左正谊点了点头，又摇头。

"我知道你舍不得我。"纪决替他说，"这也是我想退役的原因之一。"

"？"

"当你发现新打野没有我打得好，就会知道我的好了。"

纪决玩笑似的说出这句，气得左正谊直瞪眼："你有病吧？"

纪决伸手捂他的嘴："好了，好了，我开玩笑的，End 哥哥。"

夕阳沉入地平线，天暗了下来。

好半天，纪决看着左正谊，没有再说别的话。

左正谊气压低沉，似乎不太高兴，纪决以为他还想阻拦自己，但左正谊微微一叹气，竟然说："我不会拦着你。"

"这几年你辛苦了，我的打野。"

左正谊言简意深，体谅他道："世上还有更多美丽的风景，你不要把自己永远困在我的世界里。我也愿意去你的世界，陪你去看新的风景。"

纪决猛地抱住了左正谊，他听到左正谊说："你是自由的。"

似乎下雨了，左正谊的后颈被淋湿了一块。

纪决久久说不出话，只是抱得更紧。

左正谊被勒得不太舒服，轻轻推了他一把，道："你的话说完了？是不是轮到我了？"

"嗯。"纪决应了声。

左正谊抱怨道："被你一打岔，我都忘了自己要说什么了。"

纪决却道："你不说我也猜得到。"

"真的？你说说看。"

"你又想建俱乐部了。"

"……"左正谊点头，"是啊。"

他直直地盯着对方道："纪决，打完F6之后我的心里就空落落的，得到了三冠，但同时也失去了某种东西，就像是梦醒了。"

"可我不想醒来。"左正谊双目炯炯有神，在昏暗的天色下闪闪发光。

那是他无止尽的梦想。他要亲手为自己造一场永不结束的梦。

"就算已经走到山顶了，我也不想松开'W'键。我的故事没有结束，明天应该是新的开始。"

左正谊问："你会支持我的，对吧？"

纪决如骑士般抬起他的手："当然。即使我是自由的，也永远都会陪着你。"

陪你走去明天，直至尘世尽头。

（正文完）

番外一 "灰姑娘"猫猫

8月1日，也就是他们回国的第二天，SP 举办了一场盛大的三冠庆功宴。

这场宴会热闹非凡，内容丰富：有管理层发言环节，回顾过去，展望未来；有抽奖环节，奖品上至电脑、手机、耳机等电子产品，下至弹珠、泡泡机、溜溜球等儿童玩具；还有基地内部 solo 赛，以及选手表演节目环节。

左正谊被推到台上唱了首歌。上台之前，他刚喝了杯酒，白的，不知道多少度。当时他口渴了，以为杯子里是水，端起来一口喝完，把自己辣蒙了，呆了好几秒没说出话来。

他身边坐着正诧异地看着他的纪决，眼前是冒金星的世界，耳畔缭绕着封灿的"死亡歌声"。可能正是因为封灿唱歌太难听，程肃年才一把将他推上了舞台。

唱了些什么，左正谊已经不记得了。他心神恍惚，都不知道这首歌有没有唱完，也不知道自己身处何地。那酒劲儿飞快地上头，不知过了多久，他猛地一回神，发现自己变矮了。矮到只有花盆那么高，可视高度降了一大截，眼前的队友和工作人员全都变成了"巨人"，连桌子都变得遥不可及，他不得不抬头仰望。

左正谊心感茫然，下意识低头看了看自己的手——爪子，它们竟然变成了爪子！毛茸茸的，翻转过来一看，掌心是粉色肉垫，是猫的爪子。

猫？

左正谊呆住了。

"纪决！"他叫了一声，带着不自觉的求助语气。

但他没能发出人声，取而代之的是一声"喵喵"的叫声。宴会现场音乐声震耳欲聋，没人听见他叫。

但他听见他们说话了。

纪决问："左正谊呢？"

丁海潮说："刚才还在这儿，怎么一眨眼就不见了？"

赵靖道："上厕所去了吧。"

纪决起身离席："我去看看。"

"看什么看！我在这里！"左正谊不高兴地喊了一声，但发出的仍然是喵喵的猫叫声。这也就算了，更离奇的是，竟然没人能看见他。

大家都没发现庆功宴的现场突然多了一只猫。

是布偶猫，左正谊去追纪决的时候路过镜子，看见了镜中的自己。一只白色的长毛猫咪，头上有一部分蓝灰色毛，两只翘翘的小耳朵，湛蓝的圆眼睛，蓬松的大尾巴……啊，和小尖长得好像。

但又不一样。

哪里不一样，左正谊说不上来。在他这种不了解猫咪的人看来，同一品种的猫都长得差不多。

可就是不一样，不是同一只。

唔，当然不是同一只，他又不是小尖。

他在想什么？果然是喝多了吧。左正谊稀里糊涂地盯着镜子里的自己发愣。

他怎么会突然变成猫呢？

庆功宴上的人都看不见他，纪决也看不见吗？那怎么办？他还能变回人吗？

左正谊急了，四只爪子迈起小碎步，灵活地跑向洗手间。

纪决是去寻找他的，没找到人，疑惑地从洗手间里走出来，迎面就撞上了一只飞奔而来的白毛布偶猫。

"喵喵！"左正谊后爪支地，用两只前爪抓住纪决的裤腿，试图站起来,"喵喵喵!"

他又叫了几声,意思是"你快点救我,把我变回来"。但纪决没听懂。他惊讶地看着自己脚边不知从哪儿冒出来的漂亮猫咪,自言自语道:"基地养猫了吗?什么时候养的?"

左正谊气得直挠他:"是我,是我!连我都认不出来,笨死你算了!"

理论上来说,猫猫的表情和人类是不一样的,声音语气也不可能一样。但眼前的这只猫竟然酷似左正谊,生气地瞪他、挠他、拍他……

纪决满脸狐疑,不可置信道:"哥哥?"

"嗯哼。"布偶猫猫终于松开了他的裤腿,在他面前蹲坐下来,昂着下巴,两只前爪并在一块儿,摇晃着脑袋,大有指点江山的架势,可一开口,说的却是:"喵!喵喵喵喵喵喵!"

纪决:"……"

"怎么回事?真的是你吗?"纪决仍然有些难以置信,幸好走廊里只有一人一猫,否则其他人听见他管一只小猫咪叫哥哥,肯定以为他疯了。

纪决问完,左正谊点了点头,这动作进一步证实了他的身份。

"当然是我。"左正谊说,"快想办法把我变回来!是不是刚才我喝的那杯酒有毒?程肃年下的毒吧?我刚跟他谈解约去建俱乐部的事,还没谈妥呢,就中招了!一定是他!"

左正谊的肺活量超级好,发出一长串喵喵叫。纪决一句也没听懂,但从他焦急的语气和表情中看出了他的诉求,说:"我不知道怎么让你恢复,要不……我亲你一口?"

"哈?"布偶猫猫不解地歪头。

纪决道:"你没听过青蛙王子的故事吗?"

"好吧,试试。"左正谊噌地跳到纪决身上。

纪决把它抱在怀里,忍不住摸了摸它的头,好软,毛茸茸很好摸,耳朵也软软的。

但左正谊一爪子拍开他的手,不高兴道:"喵喵喵!"

这句纪决能听懂,八成是"你好烦"。他不再作乱,凑近猫猫的脸,亲了一下。但很遗憾,怀里的猫还是猫,没有变成人。他又亲了亲猫猫的头顶,依旧没有变。

"喵喵喵喵喵？！"左正谊很着急。

纪决耍贫嘴："我知道你很急，但你先别急。"

左正谊一爪子拍到他脸上，差点把他的鼻子打歪。但左正谊没伸指甲，只用肉垫揍纪决，不疼，痒痒的。

纪决捉住布偶猫猫的脚，捏了捏它的肉垫。

左正谊十分无语："你巴不得我变不回去是吧？"

纪决居然神奇地猜中了他的意思："没，我当然希望你变回去，但变成猫猫也很可爱，让我再撸一会儿。"

"撸你个头！"左正谊两爪并用，施展无敌猫猫拳，使劲揍他。

一只布偶猫能有多大的力气呢？纪决把它的攻击当成按摩，享受地眯了眯眼。

左正谊是真的急了，生气道："你只知道撸猫！一点都不为我着想！我打死你！"

"我不是不为你着想。咦？"纪决顿了顿，"我能听懂你说话了，怎么回事？什么原理？"

左正谊又揍了他一拳："我哪知道？"

纪决接上没说完的那句："我为你着想也不知道该怎么办啊，我都怀疑这是在做梦，要不你掐我一下？……不好意思，哥哥，忘了你的肉垫不能掐人了。"

他还有心情开玩笑？

左正谊气得不想理他，挣脱他的怀抱，跳到了地板上。布偶猫猫掉头就走，大尾巴一颠一颠的，跑得飞快。

纪决连忙追上去："你要去哪儿？"

"不关你的事！"

庆功宴在一楼大堂里举办，现在正是人最多、最吵闹的时候。闪烁的彩灯下，左正谊穿过人群，跑到门口，一溜烟儿地跑没影了。

纪决慌张地跟出门，四处张望："左正谊？！"

可哪里还有猫猫的影子？他焦急地四处寻找，怕这么漂亮的布偶被人偷走了。太危险了，左正谊刚变成猫，一点防范意识都没有。就在纪决惊慌失措的时候，左正谊忽然从灌木丛后跳了出来。蓬松的大尾巴在半空中扫过一道得意的弧度，他小小地耍了纪决一下之后，大度地原谅了他，提醒道："我在这里。"

猫猫喵喵叫了两声。纪决回过头，松了口气。

左正谊警告道："不许再惹我生气，否则我就离家出走，再也不回来了！"

很有力度的威胁。

"遵命，my princess。"纪决弯腰抱起它，给猫猫捋毛。

可左正谊得意不过半分钟，惆怅地叹了口气："怎么办？我不会变不回去了吧……"

纪决也很惆怅："等会儿还有直播节目呢，粉丝们都在等，你不能缺席。"

纪决想了想，出了个馊主意："要不你就这样直播吧！"

左正谊："……"

这也行？不会被当成妖怪抓起来吗？

直播活动是战队组织的，类似于线上庆功宴，目的是让选手们和粉丝互动，共庆三冠之喜。

节目包括直播K歌、水友赛、斗地主、你画我猜、抽奖等。

这种战队集体活动，左正谊当然不能缺席，但他现在变成猫了，"本人"参加不了。怎么办呢？只能以猫代播。

经过方才一番波折，左正谊已经稍微平静了一些，暂时接受现实了。

现在的他是一只不急不躁的气质猫，趴在纪决的肩膀上，大尾巴在纪决的背后扫啊扫，指挥道："走吧，去训练室。"

直播间在训练室里。

他们赶到的时候，封灿等人早就已经转移场地，开始播了。

直播间里不少粉丝都在问：为什么Righting和End没开播？他俩在搞什么小团体？

"马上就来。"程肃年一边回答弹幕，一边向领队使眼色，让她赶快去找人。

钟蓉应了，可还没走出大门，就撞见了迎面走来的一人一猫。

钟蓉惊讶："好漂亮的布偶，哪来的？"

"楼下捡的。"纪决满口胡诌，开始编，"钟姐，End 身体不舒服，今晚播不了。"

"哪里不舒服？要去看医生吗？"

"没事，喝多了而已，他的酒量嘛，你们懂的。"

话音刚落，纪决就被猫猫揍了一拳。

钟蓉惊奇地盯着如此"活泼"的猫猫，眼珠都快被它吸走了。纪决轻咳一声："你去忙吧钟姐，End 的粉丝我来安抚，放心。"

"好吧。"钟蓉转身走了。

纪决走到自己的座位前，打开电脑，队友们也很惊讶。

"我的天，哪来的猫啊？"

"好大一只，好可爱！"

"我女朋友，呸，前女友，最喜欢布偶了，我能摸摸吗？"

"不能。"纪决冷酷地拒绝了所有人，"它是代班小猫，今晚要替 End 直播的。"

"啊？"

封灿一脸不解："End 人呢？"

"身体不舒服来不了了。"纪决端正坐好，把猫猫放在腿上，打开直播。

封灿道："五黑水友赛怎么办？"

"程肃年上吧。"纪决调整了一下坐姿，让猫猫蹲得更舒服。

这时他的摄像头已经打开了，布偶猫猫一出现在镜头前，直播间里的粉丝们就发出了跟领队和队友们一样的声音，纷纷问"哪来的猫"，还有很多人在问"End 怎么不来"。

纪决又讲了一遍刚才编好的借口，替左正谊解释了一下。他的摄像头拍到自己的上半身，这个高度完美地展现了猫猫全身。

就在这时，布偶猫忽然站起身来，两只前爪扒住桌沿，倾身探头，往电脑屏幕上贴。

甜美可爱的猫猫忽然靠近镜头，观众们情不自禁地尖叫起来。

"啊啊啊啊是蓝双布偶！小仙猫！"

"亲亲亲亲！再近点！"

"它在干吗呀？想钻进电脑里吗？"

纪决扫了一眼弹幕，也问："你在干吗？"

布偶猫喵喵地叫了几声。

纪决回答观众："他说他在看弹幕。"

"天啦，识字的猫猫？"

"看得懂中文？"

"Hi~maomao！ Ni dong yingyu ma？"

"Stop！别拿拼音骗我们聪明猫猫。"

"太子竟然听得懂猫语？"

"他胡扯你们也信。"

"是真的，我也听懂了，猫猫说你们都是愚蠢的人类。"

"看我！看我！猫猫猫猫！让姨姨亲亲！"

"它长得好眼熟啊，你们不觉得它的表情有点像 End 吗？"

"对对对，我也觉！"

"确实，一股子傲娇劲儿，看谁都像看废物的眼神，很'核善'。"

"为什么这么像？"

"这是 End 哥哥养的猫吗？"

"不是，是我的。"纪决搂住布偶猫，把探头探脑的小猫咪捞回怀里，并收获了猫咪的一巴掌。

直播活动的第一个节目是水友赛：SP 的五个人被拆成两队，再从直播间里选五个水友，补全队伍的空缺。然后两队打比赛，规则是 BO3。

由于左正谊"本人"不在，程肃年上号补位。

在程肃年组织开房间抽选水友的时候，有很长一段等待时间。

纪决没事做，就在镜头前不停地吸猫。他揉揉猫猫的头，又揉揉猫猫的脸。他觉得抱着猫猫就像抱着一团棉花糖。

左正谊被他蹂躏得不爽，恼火地叫了两声，伸爪子推人时露出了粉色肉垫，弹幕顿时又兴奋起来了。

"啊啊啊啊啊啊好漂亮！好可爱！！！"

"jiojio（脚脚）！好粉的 jiojio！"

"姐姐捏捏！"

"我也想亲呜呜呜！"

"我能把它亲秃！"

"哇呜，它又看镜头了，看这表情，它不是 End 谁是 End？"

"我就知道！End 宝宝是小猫成精！哼哼，现出原形了吧！"

"End！End！如果你是 End 你就喵一声！"

"喵。"左正谊面无表情地喵了一声。

弹幕震惊。

"啊啊啊啊啊啊啊啊！"

"它竟然真的看得懂中文！"

"真的是 End 吗？我不信。"

"不要颠覆我的唯物主义世界观，我是科学的信徒……"

"怪不得 End 哥哥今晚不能直播。"

"不，我还是不信！是巧合！一定是巧合！"

"如果你真的是 End 你就再喵一声！"

"喵。"左正谊又喵了一声。但他不喜欢被人摆布，冲着摄像头挥了好几下猫拳，作势要把命令他的人都打哭。

弹幕简直疯掉了。

所有等着左正谊开播却等不到他的左粉都涌进纪决的直播间里，来看现出原形的小猫精。

但"小猫精"不肯再陪他们玩了，它窝在纪决的怀里，调整成舒服的姿势躺着，用爪子拍拍嘴巴，打了个呵欠，眼睛一闭，要睡觉。

"你睡吧。"水友赛已经开始，纪决进入了游戏，说，"我按键盘轻点，尽量不吵醒你。"

左正谊这一觉睡了一个多小时。变成猫之后，他有点控制不了自己，比如会不知不觉地舔舔爪子，舔舔毛，下意识地用脑袋蹭纪决，求抚摸。

睡姿也不受控制，一会儿趴着，一会儿仰着，四只爪子高高翘起，偶尔还蹬一下腿。

根本没几个观众认真看游戏，都在盯着猫。

纪决也打得不专心，水友赛娱乐局，他竟然玩中单，还选了个伽蓝。

由于操作太令人下头，被左粉好一顿嘲笑。

左正谊睡醒的时候，水友赛已经结束了，纪决正在玩斗地主。

这个环节的比赛规则很简单，SP 的五个人每人充二十万欢乐豆，谁先赢到一百万，谁就胜出。如果没赢到一百万就把欢乐豆输光了，则提前出局。如果所有人都输光了，那么最后一个被淘汰的就是胜者。

左正谊打了个呵欠，瞄了一眼纪决的屏幕："喵喵，喵喵喵喵喵。"

观众们见猫醒了顿时精神抖擞："它说什么？太子快翻译一下！"

纪决道："他在指挥我打牌。"

纪决按住左正谊试图摸鼠标的猫爪："不行，下家还有王炸没出呢。你不会打，歇着吧小猫咪。"

纪决单手操作斗地主，另一只手按住猫猫，让它动弹不得。

左正谊不悦且不屑："不听我的，你必输无疑。"

"得了吧，就你那牌技！"纪决故作无奈，实则炫耀，说，"我的欢乐豆和钻石都是被你输光的，我充一次你输一次。"

水友们看不下去了。

"哎哟，别秀了。"

"决子哥真的，我哭死。"

"我就是欢乐豆，我证明是真的！"

"我刚点进来，什么情况？End 哥哥在哪里？"

"小猫精！小猫精！"

纪决抱着猫打牌，超常发挥，完全不受左正谊添乱指挥的影响，成了全队第一个赢得一百万欢乐豆的人。他是冠军，赵靖是亚军，丁海潮是季军。

封灿两把就把二十万欢乐豆输光了，跑到程肃年身后去出谋划策，不负众望地把程肃年的欢乐豆也给输光了，节目效果拉满，搞得程肃年很无语。

斗地主结束，下一个节目是你画我猜。这个小游戏比斗地主更搞笑。

在纪决玩游戏的时候，左正谊突然有点坐不住了，扒开他的手臂，想跳下去。

"怎么了？"纪决低头问猫猫。

左正谊道："快十二点了。"

"十二点怎么了?"纪决莫名其妙。

好问题。

左正谊也不知道十二点有什么问题,但他的脑海里有一个声音在说:马上要十二点了,马上要结束了。他踩住纪决的腿,一下一下地踩,圆溜溜的眼睛可爱又无辜,噌的一下跳到地上,一溜烟跑走了。

直播间里的观众们都很遗憾。

"猫猫怎么跑啦?"

"End 哥哥——你去哪儿——"

"你回来——我不能没有你——"

"小猫精!小猫精!"

"你快回来——"

但这些左正谊都看不到了,他就像是躲避午夜钟声的灰姑娘,飞快地跑出了训练室。但要往哪儿跑呢?这里没有送他走的南瓜马车。

布偶猫猫有点茫然,他跑进了一片黑暗里。跑啊跑,跑到又累又饿,跑到根本跑不动了,突然有什么东西绊了他一下,左正谊猛地摔倒……

"啪。"有人打开了灯。

"怎么了?做噩梦了吗?"

是纪决的声音。

"没,做了个好奇怪的梦。"左正谊打了个呵欠,重新闭上眼睛,"梦到我变成猫了,和你一起做直播。"

"然后呢?"

"然后……"

没有然后,左正谊又睡着了。

番外二　ER.W & RE.X

正所谓天下无不散之筵席，三冠的辉煌尚未落幕，左正谊和纪决就一起离开了 SP。这件轰动全世界电竞圈的大事，要从纪决退役开始说起。

8月1日，SP 内部举办了一场盛大的三冠庆功宴。宴会当晚，左正谊喝醉了，在梦里变成了猫，神游 SP 基地。他刚醉倒的时候，纪决就把他送回了六楼休息。然后纪决折返宴会，当场宣布了自己的退役决定。

纪决一开口，不可谓不惊人。连程肃年都愣了一下。

但纪决身上自带一种"无论干出什么事都很合理"的气质，程肃年只愣了片刻，就冷静下来问他原因。

宴会人多，纪决没说太多，只讲"因为手伤"。

后来程肃年找他单独聊，他才把之前对左正谊说过的那些讲了出来。

听完，程肃年问："End 怎么说？他不退役吧？"

纪决想了想道："不退役，但他想自立门户。"

程肃年一点也不意外："猜到了。"

纪决虽然对程肃年的为人有较深刻的了解，但还是为左正谊解释了几句："他不是有意要离开 SP 的，而是……"

纪决顿了顿道："想回去。"

回哪儿去，纪决没有明说，也不需要明说。

程肃年何其聪明，一点就透。况且在左正谊来 SP 之前，他们第一次面对面深谈的时候，左正谊就向程肃年表明了他想建俱乐部的愿望。

后来签订合约，他们签的是"双赢"长约：除了自建战队去打次级联赛之外，左正谊在 S17 赛季之前不能离开 SP 加入任何一家俱乐部，包括国内外。但如果他想自建战队，可以随时离开。这份特殊的合约像是一场有关人生选择的赌博。

程肃年赌的是左正谊的愿望只是愿望，他根本不可能在职业生涯的黄金期离开 EPL，去次级联赛建新战队从头打起，因为这几乎意味着自毁前程，新战队大概率好几年都进不了世界赛。

世界第一中单没资格打世界赛，这是何等的遗憾？

但左正谊赌的是，他敢于"自毁前程"。

左正谊赢了。

赢了合约，也"赢"来了无数未知的风险。

消息一传出去，整个电竞圈都震动了，看客们一面惊讶于纪决这么年轻就退役，一面感慨于左正谊这么做和退役没什么区别，第一中野组合就此携手退出电竞舞台。

在粉丝看来，纪决退役虽然遗憾，但尚可理解，电子竞技只是人生的一部分，退役后他有更多的精力去拥抱生活。相比之下，左正谊的做法就几乎让所有人不能理解了。

既然他还要继续打比赛，为什么不在 SP 打？非要把自己送到次级联赛去受折磨，自建战队真的有必要吗？

放眼望去，圈内一片不看好。直到左正谊公布新战队的名字：ER.W。"ER"取自：End 和 Righting。"W"意味着什么也不难猜，虽然碍于 XH 战队左正谊没有明说，但老 WSND 粉丝都懂他未言明的情怀——"WSND"不在了，但 W 队的精神将永远延续下去。

这一出搞哭了一大批老粉，当左正谊看到一个评论说"当初跟着 End 一起离开 XH，去蝎子，去 SP，在蝎粉和 SP 粉中间混时，都感觉自己是外人，现在终于有家可归了"时，他也鼻酸了。

"老 WSND 粉"是个成分复杂的群体，有队粉，有不同选手的粉丝，也有既喜欢战队也喜欢选手的粉丝。

当年的大部分左正谊粉无疑就是第三种：爱他，也爱 WSND。正是这群人陪着左正谊在不同的战队之间辗转流浪，不离不弃。他们变不成蝎粉，也变不成 SP 粉,在支持左正谊的同时,心里仍怀念着当初的 WSND。

但,怀念的是 WSND 吗?或许怀念的是一段青春。

总之,他们又跟随左正谊,来到了 ER.W。这次不用再离开了。

除此以外,还有左正谊转会后吸引来的新粉丝、纪决的粉丝、左正谊和纪决的 CP 粉……成分更加复杂,但大家相聚在此,为着共同的目标,要把 ER.W 战队建设起来。

这很难,但左正谊和纪决都下定了决心,粉丝们自然相信他们。

回国那天夕阳太美,气氛太煽情,左正谊相当"无私"地对纪决说了一句"你是自由的",意味着对于纪决进入别的领域,他是同意的。所以当他着手处理新战队的相关事宜,下意识想拉纪决加入时,竟然没好意思开口。

这种不好意思的情绪出现在左正谊身上,可太罕见了。他很清楚,只要他开口,纪决就不会拒绝。他不希望这样。

纪决应该去做自己真正喜欢的事,而不是被迫入伙,帮他建俱乐部。所以左正谊的战队一开始并不叫"ER.W",而叫"EW",没有"R"。

纪决看到之后,问他:"什么意思?不带上我吗?"

左正谊瞄了纪决一眼,用眼神反问:"你又是什么意思?"

他俩你看看我,我看看你,前所未有地含蓄起来,相对无言了。最终还是纪决先开口,把他退役后的打算讲了出来。

纪决是个目的性很强的人,他想要什么,总是非常明确。用他自己的话说,抛开一切主观情感,从现实角度看,退役等同于辞职,所以他接下来要做的是职业规划,为自己寻找下一个经济来源。

知名职业选手退役后基本都去做游戏主播了,有人气积累,相对来说比较容易赚钱。以纪决的名气,跟直播平台签一单大合同轻而易举,而且还会是几个平台争相上门,让他随便挑。

但如果要去当主播,整天坐在电脑前打游戏,他又何必退役呢?他的手伤也不允许他长久地劳累。

纪决铺垫了半天,最后对左正谊说,他要开公司,开那种表面叫信息科技公司,实际上做游戏主播经纪业务的公司。说白了,仍然是吃直播这碗饭，但他自己不当主播，他培养主播。

这种公司在圈内并不少见，大的小的都有，经营好的和经营不好的也都有。纪决毕竟是圈内人，有资金有人脉，要做也未尝不可。

纪决说："我一个人可能不太行，你得帮我，End 哥哥。"

不等左正谊开口，他又说："作为交换，我也帮你管理战队。"

"对了，我们的战队叫什么来着？ EW ？把 R 加进去吧，叫 ER.W 怎么样？"纪决指着左正谊的电脑桌面说，"既然如此，我们的公司就叫 RE.X 吧，对称。"

话都被他说完了，左正谊无语凝噎了片刻，问："X 是什么意思？"

"未知。"纪决说，"也是无限可能。"

就这样，ER.W 和 RE.X 同时诞生了。如果说 ER.W 代表一种精神归属，那么 RE.X 则代表着探索意志，探索未知，探索无限可能。

左正谊和纪决，迎来了他们新的明天。

番外三　粉丝视角

某电竞论坛 EOH 版块，出现了一个帖子，《是时候认真讨论一下那对中野的关系了》

LZ：如题。

1L：哪对中野？

2L：（回复 1L）世界第一中单和他背后的男人呗。

3L：公司都开起来了，还讨论啥？

4L：ER.W 和 RE.X，是路过的蚂蚁看了都要喊一句"他们真的，我哭死"的水平……

5L：他们真的，我哭死。

6L：End 和 Righting？楼主你还不知道他俩什么关系吗？？？

7L：（回复 6L）我知道决谊胜负的 CP 粉很多，我一直觉得都是捕风捉影，但一起开公司多少有点夸张了，亲兄弟还要明算账呢。

8L：太子退役，End 去建队，SP 的江山塌了一半，泪目。

9L：太子退役我不意外，虽然 SP 没公开说过什么，但他的手伤早就不是秘密了。End 离开 SP 是我没想到的，这只能说，他实在太爱老爹队了。

10L：ER.W，江湖人称小爹队。

11L：留在 XH 的爹队老粉哭晕在厕所。

12L：XH 还有爹队老粉？我以为都跑光了。

13L：（回复 12L）你应该问 XH 还有粉？

14L：上赛季还有，现在小日和航神一走，老粉也都走光了。柯总别的不说，至少不卡合同，谁想走都会放他们走。

15L：确实，金哥都能回韩国。

16L：我听说小日和航神要加入 ER.W 了，有懂哥知道这是真的还是假的吗？

17L：什么？！哪来的消息？

18L：？？？真的？

19L：能等到老爹队五虎重聚吗？爷青回呜呜呜呜呜！

20L：真的假的啊，我没搜到消息。

21L：大家都在猜呢，昨天航神在直播里说他即将搬出 XH 基地，没说新东家是谁。一个小时后，他就和太子微博互关了。

22L：小日也和太子互关了。

23L：虽然说太子和 End 哥哥是自家人，跟 End 哥哥的老队友互关很正常，但这个时机……你们懂的。

24L：啊啊啊啊啊啊啊啊爷青回！！！

25L：唉，但五人齐聚是不可能了，金哥不会再离开 ECS 了。勇子哥应该也不会离开 CQ。

26L：AD 和上单找的是新人吧，这两天 End 不是一直在高分局找队友吗？

27L：难啊！

28L：慢慢来呗，我看 End 的心态挺好，一点都不急。

29L：两座世界冠军 FMVP，三冠王，还急什么？就算他原地躺下，别的中单都追不上。

30L：ER.W 的官博皮下是工作人员吗？

31L：是太子吧，还没正式招聘呢，没有员工。

32L：怪不得官博天天发 End 哥哥的照片，决子哥，真有你的。

33L：昨天晚上看 End 哥哥直播，他说他和决子哥在找房子，他们要先租个别墅当新战队的基地，顺便住在那儿。

34L：（回复 32L）我爱看！我爱看！多晒点！

35L：我也是，每一张都保存了。

36L：昨晚直播间里的弹幕全都是梗，好多改名字送礼物的，越改越离谱，后来 End 都不念 ID 了，笑得我。

37L：End 哥哥军训水友也很搞笑，"你们别惹我""我会生气""房管呢？干活啊！"。

38L：End："新来的水友可能不知道，我们直播间的规矩就是尊重主播。房管给我把刚才送礼物的都封了。"

39L：我在现场，笑死。

40L：别的主播：老板们送点礼物吧，求求了。End 哥哥：把送礼物的都给我封了！哈哈哈哈哈哈！

41L：说到直播我突然想起来了，End 现在的直播合同不在 SP 了吧？和平台单独签的？

42L：是吧，据说龙象 TV 给他开了一份天价新合同，不知真假。

43L：肯定要重新签啊，End 和 SP 签的合同都到期了。

44L：我怎么听说他签 SP 的时候就不带直播合同呢？

45L：End 和 SP 签的合同是个谜，说什么的都有，都快成业内奇谈了。

46L：什么奇谈，大部分谣言都是从蝎粉那儿传出来的，造谣传谣虚假辟谣一条龙服务，安排得妥妥当当的。

47L：聊得好好的，突然提他们干什么？蝎粉都臭了。

48L：前阵子太子退役的消息刚传出来还没官宣的时候，蝎粉在他们自家超话里"画大饼"，我看见差点没笑死。他们说太子这么年轻就退役是应父母的要求，他要来管理蝎子了，说不定会把 End 带回蝎子。

49L：他们好会做梦。

50L：你别说，这个梦乍一听还挺合情理的。

51L：他们还好意思惦记 End 啊？凡事先想想自己配不配。

52L：癞蛤蟆想吃天鹅肉，呕了。

53L：怎么了？Akey 不是蝎粉的小宝贝了？

54L：（回复 53L）End 是实打实的三冠王，Akey 充其量是未来可期，蝎粉是装瞎，又不是真瞎。

55L：Akey 都被 End 哥哥打服了，还说这些。

56L：我有个内部瓜。其实 Akey 是 End 的资深粉，崇拜 End 哥哥很久了，后来被 End 打败后，吃不下饭，睡不好觉，所以比赛大失水准了。

57L：真的假的……这也太扯了吧？

58L：这才是业内奇谈吧。

59L：我也有一个内部瓜。据说太子爹已经把蝎子的股份卖了，以后跟蝎子没关系了。所以说，蝎粉就别做太子回宫重振蝎队的美梦了，End 更不可能去，接受现实吧。

60L：我听说太子当年可是为了和 End 一起打游戏专门练的打野。

61L：《Righting 传》第一章《苦练打野逐梦电竞圈》

62L：第二章《误打误撞成为世界第一野王》

63L：第三章《一举夺得三冠王功成身退》

64L：太子真乃人生赢家，我羡慕死。

65L：我最羡慕的是昨晚直播间里有好多人调侃太子，玩烂梗，但 End 哥哥没跟节奏，一直在维护他，从上面那个尊重梗到后面那句"Righting 很好"，我哭死了……

66L：End 哥哥的粉丝都酸死了。

67L：虽然总是决子哥在哄着 End，但我看得出 End 很喜欢和他相处。

68L：太子在微博上说过，End 像猫一样，很黏人的。但你不能说他黏人，他会傲娇地一躲十米远。

69L：啊啊啊啊啊啊啊不准躲！决子哥抓住他！

70L：你们好会呀，我快要昏古七（谐音：昏过去）了……

71L：我已经昏古七了。

72L：End 哥哥今晚还直播吗？

73L：播，现在刚开始播，我已经充好钱了嘻嘻，ID 都改好了嘿嘿嘿！

74L：呜呜呜呜呜我也去看直播了！

……

番外四 温柔午后

自立门户之后，左正谊和纪决变得比以前忙碌了很多，计划之中的事务自不用说，各种预料之外的大事小事也兜头砸到了他们身上，把两个人变成了滴溜转的陀螺。即使创业很忙碌，他们心里也是喜悦的，有一种万物萌芽生机勃发的感觉，热热闹闹，开开心心。

这天午后，左正谊忙里偷闲，关上卧室的门睡午觉。房间在 ER.W 基地的三楼，他刚和新教练开完会。

新教练的确很新，是一个没有大赛经验的纯新手，但战术水平还行。左正谊对这个教练比较满意，他不挑剔，他很清楚现阶段难以找到水平更高的。

他自己勉强也算半个教练，可以兜底。

左正谊这一觉睡得不太踏实，梦中仍在开会，呓语不断。

纪决毫无睡意，在一旁近距离盯着他看，心想，End 哥哥似乎瘦了点，下巴上都没肉了，幸好精神状态很不错。

这是难免的，左正谊根本不是那种能闲下来什么都不做的人。用网络词语来形容他，他是一个"奋斗咖"，也是"卷王"，一天都"躺"不下来。

左正谊半睡半醒，似乎感觉到了纪决的目光，迷迷糊糊地说："你睡啊。"说完发出一个含糊不清的语气词，又睡过去了。

对忙碌的人来说，睡觉是一种享受。

在梦里，左正谊终于开完会了，闭上嘴巴，不讲梦话了。可能是因为空调温度调得高，他有些热，脸色发红。纪决把空调温度调低了点，让他睡得舒服些。

他自己仍然毫无睡意，思绪乱飘，虽然现在麻烦事儿一堆，但一切都逐渐步入正轨了，他和左正谊已经走进了他们的未来。十年前，当他们在潭舟岛的放学路上、网吧乃至海边谈论"长大"的时候，根本没有想到，长大后的他们会是现在这种模样，过现在这种生活。

纪决突然觉得很幸福。

他少年时期心理有些病态，幻想出的未来多少有点灰暗。但他们最终没有走向极端，反而过上了和大多数人一样，忙碌而又平淡的生活。

前几天，左正谊心血来潮，放弃外卖采购，突然拉着纪决去逛超市。用"逛"字形容可能不准确，他们没有太多闲暇时间慢慢挑选，在出门之前就列好了采购清单，力图以最快的速度买东西。采购的时间很短，过程却令人享受。

如果要问纪决，做什么事情能让他感受到生活情调，他觉得采购日用品一定算其中之一。垃圾袋、透明胶、剪刀、牙签、备用灯泡、门锁、遥控器电池……需要长期使用的小物件里蕴含着"来日方长"，他喜欢这种感觉。

左正谊显然没想这么多，提出线下采购的人是他，买到一半抱怨不如网购省事的人也是他。纪决推着购物车，一件件整理好他随手乱丢进来的东西，觉得好笑："那我们回去吧，剩下的在网上买。"

"不，来都来了。"左正谊的回答很经典。

和以前相比，左正谊真的变了很多，但在某些时候纪决又觉得他一点都没变。他还是满口的"好烦"，看谁都觉得菜，凡人难以入他的法眼。只有心情特别好的时候他才会一脸"高冷男神"的模样，虚伪地对工作人员和新来的队员说："你们都不知道，我这人特别好说话。"还真把这群人给唬住了。

左正谊的另一个变化是，变得更宽容了。

ER.W 战队目前只有六个选手，符合联盟关于最少人数的规定。除去左正谊，打野和辅助是他在 WSND 时的老队友：方子航和段日。另外三个都是他从路人局里挑出来的新人，没有职业经验。

新人有一堆毛病，技术水平还行，但职业意识不足，游戏习惯不好，经常犯不该犯的低级错误。而且刚组建起来的战队配合得也不够默契，训练赛打得很不顺利。

一开始纪决很担心左正谊会受不了，就像吃惯了山珍海味的人，突然被迫吃糠咽菜，怎么可能好受？一次两次还好，如果队伍总是磨合不好，新人跟不上他的节奏，以他的脾气，恐怕天天都会被气炸。

但事实证明，纪决的担心纯属多余。即使新队员做出特别令人下头的操作，左正谊也没有大发雷霆，他变得无比宽容，甚至称得上温和有耐心，队员犯了错他就慢慢教，反而是对方被他弄得诚惶诚恐，十分不好意思。

左正谊私下对纪决说，这些困难都在意料之中，都是可以解决的。他不会畏难，更不可能后悔。说"不后悔"的时候，他表情轻松，语气坚定，结果下一句话就是"我困了，快点睡觉"。最近太累，他总是发困。他已经很久没有午睡的机会了，今天破天荒地睡一会儿，纪决耐心地陪着他，祈祷他好眠。

午后阳光从窗帘边的缝隙里漏进来，温柔地照着左正谊的侧脸。

纪决伸手遮住那一束光，一直遮到他醒来。

番外五　左正谊和纪决的生活碎片

电影

如果把人类划分为"宅"与"不宅"两类，左正谊和纪决毫无疑问属于前者。

他们很少进电影院，出门一趟有太多事可做，一起看电影是其中比较无聊的一种。在纪决看来，这种活动的互动性太低，左正谊总是看到一半就睡着，不知是他自己的问题，还是纪决的选片水平有问题。所以，与其进电影院，不如在家里看。

大狗

自从做过那个变成猫的梦后，左正谊就经常梦到小动物。有一回，他梦到纪决变成狗了，很大一只，毛是黑棕色的，不知道是什么品种，这也不重要。总之很大，真的很大，它站起来比左正谊还高。

梦里的左正谊推开门回家，发现纪决不在，只有一只大狗蹲在门口等他。

他问："你是从哪来的？"

大狗不说话。

他又问："纪决呢？"

大狗扑上来蹭了蹭他。

这么大一只狗狗，体重自然也十分惊人，左正谊差点被它扑倒，后背直靠到门板上，姿势就像是被"壁咚"了。大狗摇了摇尾巴，很开心的样子。

后来，左正谊去哪儿它就跟到哪儿。

左正谊还是没认出它。梦境是奇怪的，本身不需要太多逻辑。左正谊找不到纪决，家里莫名其妙多了只大狗他也不惊奇，直到梦到这只狗突然从门外冲进来直接扑到他身上。

他被压得喘不过气，惊慌醒来，发现是纪决出差回来了，刚进门正在放行李。

左正谊惊魂未定："好烦！"

纪决不解："哥哥的起床气好大，梦到什么不开心的事了吗？"

"没有。"左正谊没说。

后来，过了好几天，纪决才知道自己在他的梦里变成了狗。

纪决说："这是你的梦，反映了你的潜意识。"

左正谊横了他一眼："你少污蔑我。"

纪决改口："好吧，是我的问题。都怪我平时太凶了，给你留下了不好的印象。"

"你知道就好。"

不管多少年过去了，左正谊还是这么傲娇。

手游

最近有一款手机游戏请世界第一中单 End 哥哥当代言人，游戏官方安排了一场直播，原本说好在直播中随便玩玩就行，以新手视角探索新游戏。但由于 End 哥哥的天赋实在太高，什么类型的游戏他都能轻松打通所有关卡，让粉丝们误以为这款游戏很简单。等他们下载了亲自玩之后才知道，一切都是错觉。

诈骗型主播

不要相信 End 口中的"简单"

游戏官方表示也很无奈

争吵

左正谊和纪决并非不吵架，但他们两个吵架的原因很无厘头，和好的速度也相当快。通常其他人还没看出他们吵架了，他们就已经和好了。

毕竟，左正谊虽然爱生气，但生的都是些小气，几分钟就能忘到脑后。

奶茶
左正谊喜欢喝奶茶，纪决不太感冒。
纪决喝过的百分之九十的奶茶，是左正谊点外卖凑起送价时顺手帮他点的，还有百分之十来自奶茶店的"买一送一"或者"第二杯半价"。

手机
某知名手机品牌出了新款，虽然手机没有"第二台半价"的活动，但左正谊还是在换新机时，体贴地帮纪决也买了一台。
纪决发朋友圈炫耀："我说今年手机出的新款不好看，他偏要给我买。"
左正谊评论了一个翻白眼的表情。

厨艺
如果厨艺水平能量化，那么纪决约等于一百个左正谊。纪决做出来的菜是名厨水准，左正谊做出来的菜是"蔬菜和肉一起倒进锅里，都弄熟了，能吃"。
但左正谊玩做菜小游戏比纪决厉害，不得不说，这也是一种本事。

家庭
今年春节，纪决和左正谊一起去纪决爸妈家过年了。谢兰女士亲自下厨，做了一大桌左正谊爱吃的菜，席间又讲了不少贴心话，希望能冰释前嫌。
左正谊心软，遇强则强，遇弱则不知道该说什么。他和纪决愿意来吃饭，本身就已经表明了态度。他早已经明白，不论什么关系，好坏都是相互的。对方笑脸相迎，他也愿意笑一下。
这顿饭吃得还算愉快，他们甚至留宿了，第二天早上才回家。
对了，他们新买的房子离 ER.W 基地不远，高科技未来感的装修风格，如当初约定的那般，留了一面墙专门用来贴照片。

旅行

左正谊和纪决的第一次正式长途旅行，是在纪决退役的一年后。

他们去了一趟西北。在东南地区出生的两个人，去到离家乡最远的地方，感受完全不同的风土人情，心情相当奇妙。但这只是开始，左正谊答应纪决，以后每年的休赛期，只要没有特殊情况，都会陪他去旅行。

中国这么大，世界这么大，他们没去过的地方太多了。这样一想，他们有那么多没做过的事情可以两个人一起做，每年都会有新的体验，真好。

来生

前几天，纪决不知在哪里看见了什么奇怪的东西，突发奇想，来找左正谊讨论来生。他说："下辈子我也想和哥哥在一起，但我怕遇不到你。"

当时左正谊正在喝奶茶，咬着吸管抬头看他："啊？"

纪决神神道道地说："我们去寺里许个愿吧，我听说那个什么寺很灵。"

左正谊问："有多灵？"

纪决道："能保佑我们来生一定还能遇上。"

左正谊："……你去下载一个反诈 APP 吧。"

纪决："……"

惊喜

左正谊偶尔也会给纪决惊喜。比如今年生日，他给纪决写了一封超长的信，信中讲述了他前半生在每个不同的阶段对纪决的不同看法，其中包含喜欢、讨厌、憎恨、怀念、依赖……许多种复杂的情绪。这封信左正谊写了一个多月，递到纪决手中的时候，他还有些不好意思。

纪决看完沉默了很久，他们本来准备吃晚餐，但最后晚餐没吃成，纪决哭崩了，躲进厨房里不好意思出来。

左正谊笑他："你不至于吧？"

纪决也笑："你让我冷静会儿。"

左正谊把他从厨房里拽出来，难得温柔地道："哎呀，在我面前哭吧，不丢人。"

纪决回身抱住他，几乎泣不成声："左正谊，我会永远守护你。"

番外六 冠军人生

　　两年前，SP 在巴黎登顶世界之巅，左正谊三冠王荣誉加身却毅然离开冠军战队，从零开始组建自己的俱乐部：ER.W。业内对他的选择普遍不看好，认为他是在浪费天赋和青春，以后恐怕会后悔。在一片质疑和可惜声里，左正谊坚持到底，拿出他全部的积蓄，投入到俱乐部的建设中。

　　两年后，ER.W 战队摘取神月冠军杯桂冠，获得进入 EPL 的晋级名额，左正谊带领他的新团队，重返顶级赛场。

　　那一天，颁奖典礼现场直播，盛夏的夜里焰火腾空，人声鼎沸。满身荣誉的 End 选手又交出了一份让所有拥护者感动、质疑者信服的完美答卷。

　　无论做什么选择，他好像都不会输。

　　有新闻称赞：他不只是赛场上的冠军，更是人生的赢家。

　　大家羡慕他的成功，也崇拜他的强大，只有纪决在那天晚上以粉丝身份上台献花，给了他一个颇具安慰色彩的拥抱，万分感慨道："这两年你辛苦了，End。"这一幕定格在了 S15 赛季的尾声……

　　世界第一中单回归 EPL，传奇仍在继续。

　　但我们要讲述的，是传奇背后的故事。

　　一般人追忆往事，习惯用年份做标记，例如"某件事发生在 20XX 年"。但左正谊不一样，他的人生被划分成一个又一个以字母 S 为开头的赛季的阶段。S13 赛季无疑是左正谊比赛生涯里的巅峰，三冠王给了他空前的圆

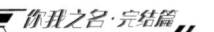

满。但任何圆满都是暂时的，人只要活着，就要不停地走向下一阶段。

当时"下一阶段"即将来临，谁都没想到，刚从巴黎回国的左正谊竟然选择离开 SP，自己组建战队。

按照历史规律，一个选手在巅峰之后很容易走下坡路，他选择的这条路在大众看来，甚至都称不上走下坡路，更像是跳崖。因此很多人说：他的情怀可以理解，选择却很不明智。

但不论外界怎么评价，左正谊都不在乎。他选择建立 ER.W 战队，不是因为他认为这么做有多正确，只是因为这是他的愿望，他想做而已，不分对错。

然而，正如我们只看得到记载了重大事件的史书，看不到编者夙兴夜寐的编写过程一样，一个人的奋斗历程也不是只有做决定那一刻的潇洒和取得成功之后的辉煌这"两点"，还有中间那条串起开始与结束的"长线"：疲惫和高压日复一日地充斥着他的生活，整整两年，左正谊是熬过来的。

但如果让他自己回头审视，他不觉得这两年过得不好，遇到什么值得一提的困难。因为他一直很坚定，没有焦虑和迷茫过。毕竟他是经历过大风大浪的，哪会轻易再受打击？反而是纪决，不止一次地替他焦虑和迷茫。

纪决印象最深刻的，有三件事。

第一件事，发生在 S14 赛季的后半程。当时 ER.W 作为一个备受关注的"野队"，一路打进神月冠军杯半决赛，然后，不幸被淘汰了。这意味着左正谊重返 EPL 失败，只能明年再来。

团队游戏，输比赛的原因三言两语说不清。那天纪决坐在台下的观众席里，看见现场大屏幕上的左正谊低头沉默着，似乎对键盘叹了口气。不知道左正谊在那一刻是什么心情，其实纪决有好几次想问他："组建战队这么艰难，你有没有觉得坚持不住的时候？哪怕只有一秒？"

左正谊的答案必然是"没有"。

纪决了解他，所以不问，但忍不住心疼。

纪决清楚地记得，那天场馆外在下雨。左正谊落寞的表情只短暂地出现了几秒，赛后全队一起回基地，大家垂头丧气地穿过雨幕，左正谊竟然还笑得出来，在车上说了一番安慰的话。其实他怎么安慰别人不重要，重要的是他本人的状态。

这支战队由左正谊在 WSND 时期的两个老队友和后来在路人局中"捡"来的几个新人组成，老队友一直极其信赖他，新人不仅信赖他，还崇拜他。所以，左正谊成了战队的主心骨，他不气馁，大家就不气馁。他清楚这一点，所以即使输了比赛很难受，也强颜欢笑，摆出乐观的态度，维护大家对他的信任和对战队未来的信心。

　　——这实在辛苦，左正谊却乐在其中。

　　第二件事，是跟钱有关的。

　　虽然 End 本人名气大，但 ER.W 在组建之初，是一支小到不能再小的战队，甚至都称不上正规。他们没有专业的数据分析团队，没有顶级教练，没有完善的后勤，什么都没有，只有六名选手、一个不知名的教练、一个做饭阿姨和一个只能在场外给他们提供帮助的"副总"纪决。任谁看见这样一支战队，都不会觉得它有冠军相。

　　世界第一中单的个人能力再强，也不能弥补 ER.W 和其他一线战队之间的巨大差距。拉不到赞助，因为赞助商担心他们很快就会解散。基地的别墅是租的，租金不菲，还有设备花销、日常生活花销以及选手的高额薪水，对左正谊来说，一切都是只出不入，战队赚不到钱，他的积蓄却是有限的。

　　不知不觉中，左正谊养成了算账的习惯。后来公司有了财务，他仍然经常翻账本，拿一台计算器按来按去，时不时响起一声"归零"。纪决在一旁看着，时而看计算器，时而看他的脸。

　　左正谊颇有些单细胞，一旦认定要做某件事，就会全身心投入进去，埋头往前冲，不瞻前顾后做无谓的忧虑。但有一回他算账算到一半，突然抬头说："欸，纪决，你说万一我的钱花光了，战队还没发展起来怎么办？"

　　纪决一愣，脱口而出："还有我呢。"

　　左正谊摇头："你也没多少钱啊。"

　　"……"那段时间纪决的确也资金紧张，创业不是那么简单的，他的烦恼不比左正谊的少。好在两个人能互相依靠，用更煽情的说法说就是"同甘共苦，共渡难关"。

　　可纪决偶尔也担心渡不过去。电竞选手吃青春饭，即使是退役后做直播，也受年龄限制，年纪越大职业病越多，不可能天天打游戏，打一辈子。而且他俩其实都不太想当主播。别的选手解决这个问题的方式是趁年轻多赚钱，将来才不会有经济压力。他和左正谊却相反，眼看就要把"养老钱"败光了，以后怎么办呢？

纪决前所未有地因为钱而焦虑，如果他是一个人过日子，公司破产也没什么所谓，大不了换个工作，重新开始。但他不希望左正谊也走到需要"重新开始"的那一步，去受那些本不该他受的苦。焦虑最甚的时候，纪决甚至反思过，他当初或许不应该连考虑都不考虑一下就支持左正谊的决定，他们有互相把关的责任，他也得对左正谊的未来负责：阻拦一下、劝一劝，和网友一样，"为了他好"。但也只是这样想想罢了，如果真的重新来过，纪决依然会支持左正谊。

他们两个骨子里是同一种人：自我高于得失，不怕撞南墙。

第三件事，是有关人际关系的。

左正谊以前从不为人情而忧愁，这些事不会成为他的压力。但组建俱乐部之后，情况就不一样了。

来陪左正谊组建战队的老队友是方子航和段日，这两位兄弟知道左正谊的资金不多，于是自降年薪来陪他。用"陪"来形容可能不合适，应该说是他们有情怀，有热血，也真心相信他能带兄弟们夺冠，再创辉煌。

左正谊的肩上担着这份信任，自然不想辜负兄弟。

大家都不是初出茅庐的十几岁少年了，职业生涯短暂，打一年少一年，不能蹉跎时间。所以每次输了比赛，左正谊都承受着来自多方面的压力，就算他自己输得起，也不想耽误别人。

他真的一秒也没后悔过？其实不见得。

但左正谊之所以能成为左正谊，不是因为他聪明，总能在人生的关键时刻做出正确的选择，而是因为，无论做了什么决定，把自己推入何种境地，他都能保持斗志，从低谷重新爬回顶峰，实现自己的愿望。

后来，纪决的公司发展逐渐步入正轨，赚得越来越多。左正谊的战队也稳中向好，大家的配合趋于成熟，S15赛季赢得多、输得少。

冠军杯夺冠的那晚，左正谊请全队吃饭。席间点了很多酒，这两年他的酒量也提升了些，不再一杯倒了，但还是很容易醉。纪决笑着看他，左正谊面带酡色，醉意微醺地追忆往事。心有灵犀一般，他也提到了S14赛季战队被淘汰和自己每天拿着计算器算账的事情。纪决每次回想起这些都觉得心酸，左正谊却是在忆苦思甜，把往事当作自己下酒的佐料，庆祝今晚夺冠。

大概，这个阶段的故事也要结束了。

下一阶段会发生什么？他和纪决，和队友，会取得新的成就吗？还不知道，也不必想那么远。

左正谊今晚开心，只想喝酒。

剑客的一生有剑有伤有爱，也得有好酒。

他酒劲上头，一把按住纪决，胡言乱语道："他们都给我敬酒了，你怎么不敬我一杯？"

纪决忍不住笑："好，敬你。"

"敬我什么？"左正谊绷着脸，二十三岁的他没成熟多少，喝醉的模样依然带着点蛮横，带着点傻。

纪决想了想，说："敬你执着，努力，敢想敢做。"

"好官腔。"左正谊抖了抖身上的鸡皮疙瘩，一脸嫌弃。

纪决又笑："那就，敬你永远是冠军，还有……"

"嗯？"

"敬你永远不回头。"

图书在版编目（CIP）数据

你我之名.完结篇：全二册/娜可露露著.—北京：中国致公出版社，2023.8
ISBN 978-7-5145-1962-4

Ⅰ.①你… Ⅱ.①娜… Ⅲ.①长篇小说－中国－当代 Ⅳ.①I247.5

中国国家版本馆CIP数据核字(2023)第020242号

本书由娜可露露委托湖北知音动漫有限公司正式授权中国致公出版社，在中国大陆地区独家出版中文简体版本。未经书面同意，不得以任何形式转载和使用。

你我之名.完结篇：全二册/娜可露露 著
NI WO ZHI MING.WAN JIE PIAN:QUAN ER CE

出　　版	中国致公出版社
	（北京市朝阳区八里庄西里100号住邦2000大厦1号楼西区21层）
出　　品	湖北知音动漫有限公司
	（武汉市东湖路179号）
发　　行	中国致公出版社（010-66121708）
作品企划	知音动漫图书
责任编辑	付　阳　高　瑞
责任校对	魏志军
装帧设计	余璐杉
责任印制	程　磊
印　　刷	武汉市新华印刷有限责任公司
版　　次	2023年11月第1版
印　　次	2023年11月第1次印刷
开　　本	787 mm×1092 mm　1/32
印　　张	15.25
字　　数	469千字
书　　号	ISBN 978-7-5145-1962-4
定　　价	69.80元

（版权所有，盗版必究，举报电话：027-68890818）
（如发现印装质量问题，请寄本公司调换，电话：027-68890818）